## Hervé Jaouen

Hervé Jaouen est né en 1946 à Quimper. Il commence à écrire dès l'adolescence, mais après des études de droit et d'économie, devient chef d'agence, métier qu'il abandonnera peu à peu au profit de l'écriture. Il publie en 1979 son premier roman, *La mariée rouge*, un roman noir qui lui vaut une reconnaissance immédiate. Il élargit ensuite sa palette aux récits de voyages avec *Journal d'Irlande* (1985), aux romans – *L'adieu aux îles* (1986) et *Connemara Queen* (1990) –, et à la littérature pour la jeunesse : *Le cahier noir* (1992). Son œuvre a été de nombreuses fois récompensée, notamment par le prix du Suspense (*Quai de la fosse*, 1982), par le Grand prix de littérature policière (*Hôpital souterrain*, 1990) et par le prix Populiste (décerné à *L'allumeuse d'étoiles* en 1996). Il collabore régulièrement à l'écriture de scénarios. Cinq de ses romans ont été adaptés à la télévision. L'Irlande et la Bretagne restent ses sujets de prédilection.

# QUE MA TERRE DEMEURE

DU MÊME AUTEUR
*CHEZ POCKET*

L'ADIEU AU CONNEMARA

HERVÉ JAOUEN

# QUE MA TERRE DEMEURE

PRESSES DE LA CITÉ

ISBN : 2-266-11872-2

A mes grands-parents,
qui ont gratté cette terre.

A mes parents,
qui m'ont appris à la respecter.

Ce livre est un roman. Toute ressemblance avec des personnages existant ou ayant existé serait fortuite.

H. J.

Mais il semble déjà que les convulsions de la société, la destruction aveugle de la nature, le gaspillage des matières premières, la peur atomique et mille autres appréhensions poussent nos contemporains à diverses formes de ressourcement qui assureraient au progrès humain de nouveaux départs puisqu'il semble bien que nous soyons acculés à bien des impasses.

Pierre Jakez Hélias
*Le Cheval d'orgueil* (Plon)

Cette nouvelle Bretagne, je l'ai vue venir, d'année en année, comme ma mort lente...

Michel Le Bris
*L'Homme aux semelles de vent* (Payot)

## PROLOGUE

Anna venait d'avoir vingt ans et le regard qu'elle portait sur son passé d'enfant de la DDASS commençait à se nuancer. Au début de son adolescence, elle avait maudit en silence les religieuses de la Maison rurale où elle avait appris la cuisine, la couture, le raccommodage, le repassage, l'hygiène alimentaire et les soins corporels, en deux mots ces « arts ménagers » supposés faire de la jeune sauvageonne une épouse économe, une reproductrice docile et une mère attentionnée. Malgré tout, il fallait bien en convenir à présent, les bonnes sœurs avaient eu le mérite de la pousser dans ses études, jusqu'à obtenir deux CAP en même temps : d'employée de bureau et d'aide-comptable. Par la suite, les Filles de l'Enfant Jésus l'avaient inscrite à divers concours administratifs, ce qui lui avait valu de trouver cette « place sûre », comme on disait à l'époque, à la mairie de Plouralez, une commune rurale d'à peine trois mille âmes, au nord de la Cornouaille.

Après cette prime jeunesse de bure sous la férule des nonnes, la liberté de la majorité et l'indépendance pécuniaire fournie par un travail agréable lui procuraient une joie sans pareille. Peu à peu une brume de tendresse voilait ses souvenirs du pensionnat à la façon de ces feuilles de papier translucide intercalées entre les photographies des albums de mariage qu'on feuillette avec nostalgie. De jour en jour, l'indulgence remplaçait l'amertume et le ressentiment. L'eau n'était plus aussi glacée, qui giclait des robinets du lavabo collectif, en fonte émaillée, une auge plus qu'un sanitaire, devant lequel les filles en petite chemise se pressaient, grelottantes, la peau bleuie ; le potage qu'on vous servait midi et soir, été comme hiver, était moins aigre ; le pain n'était plus vraiment rassis ; la lumière des néons des salles d'étude était moins crue ; les draps moins rêches, les sœurs moins revêches, leurs ciseaux moins prompts à vous couper les cheveux et les prières obligatoires moins ennuyeuses.

Sur la page unique de son enfance et de son adolescence — unique parce qu'elle constituait une tranche de temps monochrome, écrite en pattes de mouche par un gros cafard sorti tout dégoulinant d'encre noire de l'encrier de la DDASS — les mauvais souvenirs tendaient à s'estomper. D'abord visibles en filigrane, les moments gagnés sur l'ennui se précisaient et prenaient les couleurs pastel de chromos dont on sait bien qu'ils ne représentent pas la réalité, mais qu'on accroche néanmoins aux murs de sa mémoire, pour rêver, pour oublier que naguère on désespérait de tout.

Depuis six mois qu'elle jouissait de son indépendance, Anna revivait sans déplaisir certains de ces instants : l'odeur de cendres froides du poêle à bois, au petit matin, dans le dortoir aux vitres givrées ; la bonne chaleur du lit entre les draps de coton raide et épais, qui avaient comme un goût de salé — parce qu'ils avaient été mouillés d'embruns avant de sécher au bord de la falaise ? — quand on posait les lèvres dessus pour embrasser un amoureux imaginaire ; les batailles à coups de polochons et le sommier métallique sur lequel on rebondissait comme des diablesses à ressort — et alors là, attention aux punitions ! on riait jaune quand on était surprises ; le goût de la chicorée au lait, pourtant détesté pendant de si longues années, mais qui maintenant, à se le rappeler, en pensée, vous faisait promener le doigt autour d'un grand bol blanc, ébréché et fêlé comme les sentiments qu'on éprouvait alors ; les tours qu'on jouait aux sœurs, en travaux pratiques de couture, comme par exemple ces boutons-pression cousus en douce au-dessus de l'ourlet de la jupe et qui vous permettaient de la raccourcir en un tournemain, lorsque les religieuses vous lâchaient en groupes, à la kermesse du pardon des Cieux, où l'on pouvait un peu, un tout petit peu, aguicher les garçons et se croire aimée, après un seul regard échangé. Anna souriait, en pensant à tout cela. Oui, à vingt ans, elle était libre de sourire de son passé.

Elle avait un chez elle — un gîte rural, à la sortie du bourg —, une Mobylette pour aller et venir, quelques meubles achetés à crédit. Son travail se situait au bas de l'échelle mais pour elle, venue de si bas, il représentait l'émancipation. A la mairie, elle tenait le standard téléphonique, remplissait un tas d'attestations et de registres et s'occupait de l'envoi des demandes de cartes d'identité et de passeports à la préfecture.

Remplir les premières fiches individuelles d'état civil lui fut pénible, parce que cela lui rappelait à chaque fois qu'elle était née de père inconnu, mais elle apprit à surmonter son trouble. Les habituels grincheux ne le restaient pas longtemps en présence de cette jolie fille, bien proportionnée, ni grande ni petite, aux yeux gris-bleu de Celte et aux longs cheveux châtain foncé, qu'elle laissait le plus souvent cascader sur ses épaules. A la belle saison renaissaient sur ses joues quelques-unes de ces taches de rousseur qui lui firent un véritable masque, jusqu'à l'adolescence.

Elle était de ces filles dont les yeux sourient tout le temps et qu'on imagine ouverts par défi au début d'un baiser, et clos bientôt, chavirés. Le secrétaire de mairie, un veuf de longue date qui s'en allait vers la retraite en claudiquant sévèrement, se moquait des bouquets de fleurs des champs — primevères, violettes, digitales, marguerites, fleurs de Marie, chrysanthèmes des blés — qu'elle cueillait en chemin pour agrémenter son bureau.

— Tu as encore cueilli des fleurs, Anna ? C'est pas gentil pour elles. Regarde-les, elles sont toutes tristes. Tu sais pourquoi ? Parce qu'elles ne peuvent pas te faire concurrence. Elles se trouvent moches à côté de toi.

Une autre plaisanterie avait pour sujet, bien sûr, ses futures amours.

— J'espère que tu ne resteras pas à la maison

après qu'un lascar t'aura mis la corde au cou ! Promets-le-moi, sinon, tintin ! je ne publierai pas les bans ! Manquerait plus que ça que tu nous fasses faux bond, à peine arrivée.

Mi-août, le secrétaire de mairie la prévint qu'il y aurait très bientôt affluence au guichet. Les chasseurs allaient venir « tirer leur permis », et ces « andouilles-là » ne s'y prenaient jamais à l'avance. « Ils se pointent tous à la dernière minute. »

Il exagérait. Anna avait déjà ouvert le grand registre où s'inscrivaient les noms de bon nombre d'entre eux. Mais il se révéla exact que le gros de la troupe avait l'habitude de se présenter la veille de l'ouverture. Toujours les mêmes. Les noms se retrouvaient au même endroit, à peu près avec le même numéro d'ordre, d'une année sur l'autre, dans le registre. Les vieux semblaient les moins pressés. Sans doute hésitaient-ils jusqu'à la dernière heure, doutant de leurs articulations, et puis se décidaient soudain, ne fût-ce que pour essayer de battre un record.

— C'est mon cinquante-neuvième permis ! annonçait avec fierté un rhumatisant.

— Mon frère aîné a raccroché son fusil à quatre-vingt-dix, je ne vois pas pourquoi je ne ferais pas aussi bien que lui ! disait un autre.

Youenn Kermorvan, trente ans au mois de novembre — Anna avait les dates de naissance sous les yeux —, poussa la porte de la mairie le samedi après-midi, retardataire parmi les retardataires. C'était un paysan, un vrai, un cheval de trait fait homme, bâti comme un champion de lutte bretonne, mais aux traits fins, presque juvéniles, et au regard pétillant sous son front de *penn koad*, de tête de bois. « Têtu, mais sûrement pas bête », se dit Anna. Décidé. Fort de caractère. Et n'ayant pas de temps à perdre en salamalecs.

Une fois entré, il marqua un temps d'arrêt, écarquilla les yeux et mima l'incrédulité.

Anna lui adressa un sourire qui ne fut pas seulement de politesse. Cet homme des bois s'était mis beau pour descendre au bourg, et elle trouva cela touchant : un pantalon de bleu de chauffe mal repassé — du travail d'homme —, une chemise à carreaux au col ouvert par lequel on voyait le tricot de corps, propre mais usagé. Il s'était rasé et aspergé d'after-shave. Ses cheveux blonds ondulés avaient été plaqués au peigne humide sur les tempes, à l'ancienne mode. Anna pensa qu'il devait savoir faire valser les filles, à l'endroit comme à l'envers, mais ne rien connaître aux danses modernes. Il s'assit de travers sur la chaise en paille en face d'Anna, l'avant-bras posé bien à plat sur le bureau, l'autre main sur la hanche.

— La vieille a eu son sac ? demanda-t-il.

— Eu son sac ?

— Réformée, mise à la retraite, quoi !

— Il faut croire, puisque j'ai été embauchée à sa place.

— Tu es d'où, toi ?

— De nulle part.

— Comment ça ? On est toujours de quelque part !

— Ça dépend.

— Tu es de la ville ou de la campagne ?

— Disons des deux.

— Ah ! C'est déjà mieux. Et tu as envie de moisir toute ta vie dans la paperasse ?

— Qu'est-ce que ça peut bien vous faire ?

— Parce que, si jamais t'avais envie de voir une belle ferme qui n'attend qu'une patronne, on pourrait arranger le coup.

— Il y a des fermes partout, par ici.

— Sûr que oui, mais des filles comme toi j'en vois pas trente-six. Tu habites sur la commune ?

— Vous êtes bien curieux.

— Tu connais le *Lutun Ru* ?

— Non, c'est quoi ?

— La salle de bal du dimanche soir. Ça te dirait que je t'emmène danser ?

— Je réfléchirai.

— J'ai dit danser, pas caramboler dans un tas de foin.

— Merci de la précision.

— Alors ? C'est oui ou c'est non ?

Ce fut oui. Ils allèrent valser au *Lutun Ru* et six mois plus tard Youenn, en vue du mariage, présenta sa future à son père, Loeiz Kermorvan, alias Loeiz Vraz — le Grand Loeiz — pour les amis, et pour ses enfants Tad, le Père, avec la majuscule, car il en imposait, le maître de Menez Glaz. En voyant Anna, il plissa les yeux.

— D'où tu es, ma fille ? demanda-t-il lui aussi.

A cet homme-là, elle n'osa pas répondre « de nulle part ».

— Anna est une fille de la DDASS, Tad, dit Youenn. Il n'y aura pas d'invités de son côté, ça fera moins de tralalas.

— Personne n'est responsable de sa naissance, dit Tad Kermorvan. Assieds-toi donc, ma fille, et causons de ce que vous avez dans la tête, tous les deux.

Il semblait ne pas pouvoir la quitter des yeux. Il enfonça ses mains dans les poches de sa veste et de longues années s'écouleraient avant qu'Anna ne se doutât que c'était parce qu'elles tremblaient.

Il savait très bien d'où elle venait et qui elle était.

Il l'avait reconnue.

# PREMIERE PARTIE

# 1

Anna entra dans le poulailler et jeta du grain autour d'elle. Les poulets se précipitèrent. Elle en attrapa un, lui ficela les pattes avec un bout de raphia et le laissa choir contre le grillage, près de la porte, où il ne se débattit qu'un instant. Ses congénères, d'un seul mouvement, s'étaient regroupés au fond du poulailler. Anna dispersa un peu de blé entre ses bottes et recula d'un pas. Les poulets oublièrent leur méfiance. Elle en saisit un deuxième par une aile, lui ficela également les pattes, ramassa le premier et passa dans l'enclos des pondeuses qu'un grillage séparait des jeunes coqs. Elle leur donna un mélange de blé et de brisures de coquilles d'huîtres, ainsi que du vieux pain trempé dans une vieille bassine.

Au coin de la grange, elle suspendit les poulets à deux clous séparés d'environ un pas, à un endroit du mur en planches maculé d'éclaboussures de sang séché. Depuis des lustres, c'était là qu'on sacrifiait la volaille et les lapins, à proximité du trou de fumier où l'on jetait les boyaux et des feuilles mortes par-dessus. De la pointe d'un couteau affûté comme un rasoir, Anna égorgea les coqs. Ils saignèrent pendant qu'elle arrachait des feuilles de chou jaune pour les pondeuses, dans le carré voisin du verger. Les lapins auraient leur pitance de son et de pain mélangés un peu plus tard, après la traite des vaches que Youenn était parti chercher dans la pâture près de la rivière. Quand Anna revint sous l'appentis, les poulets avaient cessé de claquer des ailes. Elle les décrocha, les soupesa — deux kilos de viande nette chacun, estimerait Tad Kermorvan — et alla s'asseoir dans la cour, sur le banc de bois entre la fenêtre de la cuisine et la porte d'entrée de la maison. Dos au mur, elle se mit à plumer les coqs.

Au bourg et alentour, on appelait la ferme de Menez Glaz « le manoir », à cause de sa maison de maître bâtie en pierre de taille, aujourd'hui grêlée de lichen comme les visages des saints des calvaires. D'un petit manoir, la maison avait en effet l'allure et les proportions. Au rez-de-chaussée, un large couloir en lambris de châtaignier séparait deux immenses pièces, chacune enrichie d'une cheminée monumentale. A droite, la cuisine où l'on se cantonnait du début à la fin de l'année ; à gauche, une salle à manger et un salon qu'on n'ouvrait que dans les grandes occasions. Le couloir menait à un escalier et l'escalier à quatre chambres et un cabinet de toilette. Audessus, un grenier perdu, sous une charpente en acacia, un bois indestructible, avec le temps devenu plus dur que du fer, dans lequel on aurait essayé en vain de planter un clou.

Il y avait deux ans et demi qu'Anna avait

épousé Youenn, le fils aîné du grand Loeiz Kermorvan. Elle ne se berçait pas d'illusions. C'était moins l'amour tout court que l'amour de l'homme pour sa terre qui avait fait qu'elle lui avait dit oui à la mairie et à l'église. Un homme heureux rend sa femme heureuse, et Anna ne réclamait rien d'autre qu'un bonheur simple.

Bien sûr, le travail ne manquait pas, mais seule une chochotte de la ville aurait pu se plaindre d'être assise sur ce banc, par une belle matinée d'octobre, face au soleil levant, à plumer les poulets du lendemain. Un dimanche un peu spécial, ce jour de l'année où Tad Kermorvan exigeait que toute la famille se réunisse à l'occasion de la messe anniversaire du décès de sa femme, Herveline, morte d'un cancer et enterrée au cimetière du bourg, neuf ans auparavant.

Menez Glaz avait vécu sans femme jusqu'à ce qu'Anna reprenne le collier, aux fourneaux, à la traite, au potager, aux poulaillers, aux clapiers, au lavoir, partout où les tâches l'attendaient. La naissance de Gwenola ne l'avait dispensée d'aucune corvée. A la campagne, un gosse c'est du travail en supplément et non pas une excuse pour fainéanter. La petite, un an à la fin de l'année, n'était pas exigeante, heureusement. Elle tenait de sa mère une bonne humeur innée et de son grand-père une sorte de sagesse réfléchie. Elle posait sur toutes choses un regard sérieux, comme si elle voulait graver dans sa jeune mémoire ces premières images du monde et leur donner déjà un sens. Elle réclamait toujours le sein, à l'heure du coucher. Le matin, elle dormait souvent jusqu'à dix heures. Une gamine du bourg venait s'en occuper dans la journée, quand Anna était trop prise par les travaux de la ferme.

Une porte claqua à l'intérieur. Anna tourna la tête. Ronan, son jeune beau-frère, se tenait sur le seuil, face au soleil, et se frottait les yeux. Il était torse nu sous sa veste de pyjama — un des pyjamas rayés de Youenn, trop grand pour lui — plus ou moins rentrée dans la ceinture d'un jean râpé. Il avait chaussé ses bottes de cow-boy.

— Tu dors avec tes bottes ? plaisanta Anna.

— Ho ! Anna ! Déjà au boulot ?

— Si tu crois qu'il va se préparer tout seul, le repas de demain !

— Ne m'en parle pas ! Je suis déjà au bord de l'indigestion, rien que d'y penser.

— Pourtant, à te voir maigre comme un coucou, on se demande ce que tu peux bien manger, en Angleterre.

Il se pencha pour l'embrasser sur la joue et son regard s'attarda sur la naissance de ses seins. L'automne était doux, Anna avait juste enfilé une vieille veste de chasse de Youenn par-dessus sa chemise de nuit. Le coq reposait au creux de ses cuisses, sur un bout de toile cirée duquel dépassaient ses genoux. Le pilou de la chemise évoquait la tiédeur du lit, ses cheveux étaient nimbés de soleil, ses jambes étaient nues dans les demi-bottes en caoutchouc : Anna se sentait belle et désirable. Elle rougit, serra les jambes et boutonna sa veste jusqu'au col.

— Je peux t'aider ? lui demanda Ronan.

— Tu sais plumer les poulets ?

— Qu'est-ce que tu crois ? Je suis né ici, non ?

— Le café est prêt. La cafetière est sur le coin de la cuisinière.

— Et toi, tu as pris ton petit déjeuner ?

Anna secoua la tête.

— Pas eu le temps. Quand j'aurai fini de préparer les poulets.

— Eh bien alors, on le prendra ensemble. En attendant, plumons !

Ronan s'assit à côté d'elle et coinça un poulet entre ses cuisses.

A peine eut-il commencé à arracher des plumes qu'il frissonna et se gratta.

— Ils ont des poux, tes poulets.

Anna éclata de rire.

— Tu vas t'en mettre partout. Regarde ta veste de pyjama. Je vais te chercher un tablier.

Elle se leva, entra dans la cuisine, revint avec l'un de ses tabliers, qu'elle passa autour du cou de son beau-frère. Une seconde, leurs visages demeurèrent proches, très proches. Elle tourna vivement la tête, comme une fille à qui on veut voler un baiser. Ronan noua la ccinture du tablier autour de sa taille.

— Tu sais, Anna, il y a un mystère que je ne m'explique pas. Je me demande comment mon cher grand frère a fait pour séduire une fille comme toi.

— Il avait des arguments, comme n'importe quel homme, il faut croire.

— Je le vois mal dans le rôle du galant, à genoux en train de te déclarer sa flamme, lui qui peut à peine aligner deux mots aimables de suite.

— Arrête de dire des bêtises. Travaille !

Rasé de frais, Tad Kermorvan apparut à son

tour sur le seuil. Il enfonça ses mains dans les poches de sa veste en velours côtelé et, comme chaque matin, le dos droit, le menton levé, considéra son domaine. D'abord, hors sa vue au-delà du mur d'enceinte mais emplissant son esprit, ces champs qui avaient un nom, baptisés en des temps immémoriaux — le champ triangle, le champ au hêtre, la pâture aux châtaigniers, *lez mein*, le champ aux cailloux — et, bien plus loin encore, par-delà la plaine de l'Aulne, les landes rases et les bruyères mauves du pays d'Arrée. Les pensées de Tad délaissaient ces paysages et revenaient à l'intérieur de chez lui. A main gauche, les crèches, en pierre de taille comme le manoir. A main droite, le hangar, immense abri à foin, à bois et à fagots, sous le toit duquel on garait aussi le tracteur et les machines. Enfin, au milieu, dernière halte du regard de Tad Kermorvan, dans l'encadrement du porche en ogive, le chemin vicinal, un bout de talus et son *toull karr* — son passage à charrette — qui menait à un champ en pente et tout en bas à une vallée encaissée où coulait le Dour Gwenn, un ruisseau aux allures de torrent, principal affluent d'un fleuve côtier de la baie de Douarnenez.

Sur la butte d'en face, de l'autre côté de la vallée, on apercevait la ferme d'Armand Salaun, l'éleveur de porcs. Tad Kermorvan leva les yeux vers le ciel. A l'aube d'une nouvelle journée de grâce, il trempait son esprit dans le paysage comme on mouille ses doigts dans le bénitier à l'entrée de l'église. Enfin, il tourna la tête vers Anna et Ronan et dit : « *Salud toun'dud* ! », bonjour tout le monde, son expression à lui. Le

« *salud* » et le « *dud* » sonnaient clair et fort, comme le chant du coq.

— Comment va la jeunesse ? continua-t-il.

Anna se sentit rougir de nouveau. « La jeunesse » : une façon de lui rappeler qu'elle avait dix ans de moins que son mari et à peu près le même âge que son beau-frère ?

— La jeunesse est une chose charmante qui part au commencement de la vie à la conquête des vertes collines d'Enna, dit Ronan.

— *Mar plij* ! S'il vous plaît ! C'est toi qui as inventé ça ? demanda Tad Kermorvan en riant de plaisir.

— Hélas non. Un type qui s'appelait Chateaubriand.

— Tu as de ces idées dans le crâne ! Je ne sais pas à quoi ça peut servir dans la vie, mais en tout cas c'est joli à entendre et ça vous fait regretter d'avoir été seulement trois ans à l'école.

— De votre temps, Tad, il n'y avait que les riches qui allaient au lycée, dit Anna.

— Et toi, pourquoi tu n'y es pas allée ? Tes parents n'avaient pas les moyens ? demanda Ronan.

— Parfois on se demande où tu as la tête, dit Tad Kermorvan. Dans les nuages, sûrement. Au repas de noce, il aurait fallu changer les serviettes entre chaque plat, tellement les commères n'arrêtaient pas de s'essuyer la bouche avec, pour dégoiser derrière sur le bulletin de naissance de ta belle-sœur.

— Ronan n'était pas au mariage, dit Anna. Il n'est arrivé que le lendemain.

— C'est vrai, j'avais oublié, dit Tad Kermorvan. Anna est une fille de l'assistance.

— Pas de mal à ça, dit Ronan.

— Sûr que non, qu'il n'y a pas de mal à ça. Je n'aurais pas pu rêver d'avoir une meilleure belle-fille.

— Vous êtes gentil, Tad. Mais allez donc boire votre café, vous deux, vous m'empêchez d'avancer mon travail.

Anna avait fini de plumer les deux poulets. Elle les vida sur l'établi de la remise, mit de côté les abats et jeta les boyaux sur le tas de fumier. Devant la porte de la maison, elle ôta ses bottes et chaussa des mules. Elle accrocha la veste de chasse au porte-manteau du couloir et monta chercher un pull-over à col roulé. Elle se vit, jambes nues, dans la glace de l'armoire. Elle renonça à passer une jupe ou un pantalon. Sa chemise était décente, qui lui arrivait juste au-dessus du genou. Elle aimait rester ainsi jusqu'à sa toilette, après le petit déjeuner. Pourquoi changer ses habitudes ? Pour Ronan ? Il n'en avait pas perdu la vue, jusqu'ici. Elle redescendit.

Dans la cuisine, Tad Kermorvan était assis en bout de table, sa place de maître des lieux. Il tira son couteau de sa poche, traça une croix sur le pain et trancha d'épaisses tartines. Anna alluma le grand feu de la gazinière, flamba les poulets, fourra les cœurs, les foies et les gésiers à l'intérieur et mit les deux coqs dans le réfrigérateur. Elle tira du garde-manger l'assiette de lard rôti qu'elle posa à droite de Tad Kermorvan. Il en coupa une tranche dans le sens de la longueur, divisa une tartine en petits morceaux, qu'il garnit un à un de dés de lard pendant qu'Anna bourrait la cuisinière de bois, secouait la grille du cendrier, remettait de l'eau à frémir dans la bouilloire sur les rondelles les plus éloignées du foyer, pliait un torchon qui traînait et le suspendait à la poignée chromée, balayait des brins de mousse sèche détachés des bûches et s'assurait que rien ne manquait sur la table. En posant la compote de pommes et la confiture de rhubarbe devant Ronan, elle accrocha son regard, qu'elle évitait depuis son retour dans la cuisine.

— Assieds-toi donc, dit-il, tu me files le tournis.

Il lui versa du café. Elle hésita à s'asseoir. Sa place était à la droite de Tad Kermorvan. Ronan tapota le banc à côté de lui. Elle céda. Tad Kermorvan plissa les yeux.

— Ça fait tout drôle d'être assise à une autre place, dit Anna un peu gênée. On voit la pièce autrement.

— Tu dois être crevée à la fin de la journée, dit Ronan.

— Tu crois que je serais mieux à l'usine ? C'est pas deux poulets que j'aurais à plumer et à vider, mais mille ou peut-être dix mille.

— Le travail de la ferme n'a jamais tué personne, dit Tad Kermorvan.

— Avant de se marier Anna travaillait à la mairie, non ? Ce n'était pas mieux ?

— Tu parles ! dit Anna, remplir des fiches d'état civil toute la journée !

— Il y en a qui ne sont pas nés pour bouffer de la paperasse, dit Tad Kermorvan.

— Par contre moi j'en bouffe, c'est ça que tu veux dire ?

Tad Kermorvan regarda son fils dans les yeux, but une gorgée de café, coupa un dé de lard et le pressa du bout de son couteau sur un morceau de pain.

— Tu as fait des études et j'en suis fier, même si je ne comprends rien à la philosophie et à tout le bataclan. Je t'ai laissé vivre ta vie et je ne te reproche rien. Mais il faut que tu te rappelles que c'est la terre qui a payé tes études. La terre nourrit ceux qui la respectent, il faut respecter ceux qui travaillent la terre.

— Je les respecte mais je n'ai pas oublié que la veille de sa mort maman trayait encore les vaches.

Anna avala son café d'un trait, se leva d'un bond, posa son bol dans l'évier et, le dos tourné, dit :

— Allons, on ne va pas se disputer un beau jour comme aujourd'hui.

— Papa et moi on ne s'est jamais disputés, dit Ronan.

Tad Kermorvan eut un fin sourire.

— C'est vrai que tu n'as jamais eu la fessée.

— Le petit dernier est toujours le plus gâté, dit Anna.

— On ne se dispute qu'avec celui qui vous ressemble, dit Tad Kermorvan.

— Alors, tu penses que je ne te ressemble pas ? Tu te trompes. Malgré toutes les âneries que je raconte, s'il y a un endroit au monde où je me sens bien, c'est ici.

Tad Kermorvan haussa les épaules.

— Sans doute pour ça que tu n'y mets plus les pieds que les trente-six du mois.

— Il faut voyager loin pour aimer revenir vivre à l'ombre de son clocher.

— Arrête de m'en foutre plein la vue, mon fils.

— C'est beau, Londres ? demanda Anna.

— Je vais y rester encore quelques mois. Vous viendrez me voir. Je vous ferai visiter la ville.

— Youenn ne voudra jamais.

— J'espère que ce n'est pas un boui-boui, le bistrot où tu travailles, dit Tad Kermorvan.

— Tout ce qu'il y a de plus sélect ! A deux pas de la City.

— Et ça te sert à quelque chose, pour tes recherches, ou tes études, je ne sais plus comment tu appelles ça ?

— Ma maîtrise de sociologie, papa. Oui, ça me sert.

— Et tu gagnes assez pour payer ton loyer et le reste ?

— La preuve, j'ai pris l'avion dès que j'ai reçu ta convocation. A propos, si tu permets... Pourquoi exiger ma présence à ce gueuleton, demain ? La date anniversaire de la mort de maman n'est que dans un mois.

— A mon âge les années commencent à compter double. Il est temps que j'arrange mes affaires. Demain je vais tout étaler sur la table. Je voulais que tout le monde soit là. Même toi, bien que tu t'en foutes. Ou justement parce que tu t'en fous. Il risque d'y avoir du grabuge avec ta sœur. Tu l'impressionnes. Toi, elle t'écoute. Tu la calmeras si elle rue dans les brancards.

— Ça me fait penser qu'il faut que j'aille au bourg acheter des biscuits à la cuiller, dit Anna. Margrite et ses enfants adorent le diplomate.

— N'oublie pas la crème anglaise, dit Ronan. Ma chère sœur en raffole. Bon ! Tu me trouves un boulot pour aujourd'hui, tendre belle-sœur ?

— Tu es embauché aux cuisines, répondit-elle, le feu aux joues. Ce qu'elle peut chauffer, cette cuisinière ! ajouta-t-elle en mouillant une serviette sous le robinet pour se rafraîchir.

— Le hêtre, c'est du bon bois, mais il brûle trop vite, dit Tad Kermorvan.

Il referma son couteau. Au moment où il se levait, un grondement se fit entendre, auquel se mêlèrent peu après les aboiements des chiens et les cris de Youenn.

— Plus vite, salopes ! *Diwall* toi la garce ! Avancez donc, pisseuses ! Bêtes sales ! Bande de chieuses de merde !

Harcelées par les chiens, affolées par les éructations de Youenn, les vaches arrivaient au galop. Leurs pis gonflés ballaient entre leurs pattes. Anna se précipita dans la cour, suivie de Tad Kermorvan et de Ronan.

— Arrête ! Mais arrête donc de les pousser comme ça, ces pauvres bêtes ! cria-t-elle.

Elle siffla les chiens. Le jeune setter se coucha sur les chaussons de Ronan, comme pour chercher sa protection. Le vieil épagneul rampa vers Anna, l'oreille basse, en gémissant un drôle de roucoulement, sa façon à lui de quémander le pardon. Elle ne put s'empêcher de rire.

— Ah ! on est moins fiers, maintenant, hein ! Qu'est-ce qui vous a pris de courir après les vaches ? C'est votre patron qui vous a excités comme ça ?

Dans un concert de beuglements, les vaches se regroupèrent devant les abreuvoirs. Youenn bouscula Anna, son père et son frère, et entra dans la maison.

— Ho ! dit Tad Kermorvan, tu as perdu ta langue ? Qu'est-ce qui se passe ?

Youenn s'arrêta net, se retourna et, au lieu de répondre à son père, apostropha son frère.

— Tu pourrais pas t'habiller au lieu de te promener à poil devant ta belle-sœur ?

— Je ne suis pas frileux.

— Heureusement pour toi, parce que c'est pas le boulot qui te réchauffera.

— Tu remarqueras que moi, j'enlève mes bottes avant d'entrer.

— T'as tort, elles sont propres. La merde de vache risque pas de te coller aux semelles.

— Mais qu'est-ce qui te prend ? dit Anna.

— Toi, va donc traire les vaches avant qu'elles commencent à pisser le lait par le trou de balle !

— Décidément, ironisa Ronan, le machisme rural n'est pas une simple vue de l'esprit des sociologues.

— Ta gueule, l'étudiant prolongé ! Quand t'auras fini tes beaux discours, amuse-toi à vider les crèches.

— Hercule nettoyant les écuries d'Augias ?

— Va pas trop loin, m'oblige pas à te rentrer dedans.

Les deux frères se toisèrent. Ronan rendait bien

vingt kilos à son aîné mais ne paraissait pas le craindre pour autant.

— La paix ! dit Tad Kermorvan. Pas de bagarre chez moi !

Youenn rompit le face-à-face. Il ne resta qu'un instant à l'intérieur, le temps de prendre son fusil de chasse et sa cartouchière sur le dessus de l'armoire, dans la cuisine. Son père lui barra le chemin.

— Tête de mule, tu vas me le dire, ce qui t'a mis dans cet état ?

— Ce fumier de Salaun a encore bouché le chemin du point d'eau ! Les vaches crevaient de soif.

— Et c'est avec ce fusil que tu comptes rouvrir la garenne ?

— T'occupe, c'est mon affaire !

Youenn força le passage.

— Donne-moi ce fusil ! dit Tad Kermorvan.

— J'ai passé l'âge de recevoir des ordres !

Youenn monta sur son tracteur, mit le Diesel en route, siffla les chiens, qui sautèrent aussitôt dans la benne à fumier, et lâcha la pédale d'embrayage. Le tracteur démarra sèchement. La fourche se mit à l'horizontale tandis que l'engin, sans ralentir, franchissait le porche.

— La guéguerre n'est pas terminée ? demanda Ronan.

— Elle ne sera jamais terminée tant que celui d'en face vivra. Ou tant qu'il n'aura pas mis la main sur Menez Glaz.

— Il t'a fait une offre ?

— Des appels du pied.

— Tu n'as pas peur que Youenn le flingue ?

— Aucun risque. Il fait faire son sale boulot par ses journaliers, la nuit. A l'heure qu'il est, il boit son thé, en robe de chambre, pendant que sa femme joue du piano.

— Ho ! Tad ! Tu rigoles ou quoi ? Il boit du thé ? Avec le petit doigt en l'air, biscuits au gingembre et tout ?

— A ce qu'il paraît, en face on est devenu un monsieur. Le goût du chiqué lui est venu avec ses dents longues.

— Mais vous étiez copains, dans le temps, non ?

— Je ne sais pas si on peut vraiment dire ça. Quand on était tous les deux des jeunes chiens galeux, sans doute.

Tad Kermorvan tendit l'oreille. Le rugissement du tracteur de Youenn déclinait au fur et à mesure qu'il progressait vers la limite de propriété.

— Enfin, oui, disons qu'il fut un temps où je me suis plus ou moins arrangé avec celui d'en face. Ce n'est plus le cas depuis longtemps.

Le bruit du Diesel fut masqué par la pente qui menait au ruisseau.

— J'ai été patient, Youenn le sera moins que moi, j'en ai bien peur, conclut Tad Kermorvan.

S'ensuivit un long silence. Ce fut une chouette qui le brisa. Tad Kermorvan fronça les sourcils et caressa son menton rasé de frais.

— Tu te rappelles ce que disait ta mère ?

— Oui. Ce qu'elle pouvait me coller les jetons avec cette histoire, quand j'étais petit ! dit Ronan. Chouette qui ulule en plein jour apporte la mort autour. C'était à peu près ça, non ?

Tad Kermorvan haussa les épaules.

— Si tu lui montres la vie, la mort ramasse sa faux. Va donc voir si ta nièce n'est pas réveillée. Moi, je vais aller donner un coup de main à ta belle-sœur.

## 2

Excepté pour ceux de Menez Glaz, « *en face* » avait un nom, écrit noir sur blanc dans les registres cadastraux : Kergrenn Uhellan, Kergrenn d'en haut — ou de l'Est, du côté où le soleil se lève — cependant que Kergrenn Izella, Kergrenn d'en bas, ne désignait plus, en aval d'un chaos de roches au fond de la vallée, que les ruines d'un moulin et un « trou » à saumons, autrefois fameux, quand les poissons remontaient par dizaines de milliers, jusqu'aux sources des fleuves côtiers et que les Anglais venaient pêcher en Bretagne, une région qui les dépaysait plus encore que les hautes terres d'Ecosse ou les tourbières du Connaught irlandais.

Aux pierres séculaires du manoir de Menez Glaz et à ses ouvertures étroites de ferme fortifiée, la bâtisse de Kergrenn Uhellan opposait l'orgueil de son toit à quatre pentes et de ses cheminées de pignon — l'une surmontée d'une girouette, l'autre d'un paratonnerre — ainsi que la modernité de ses grandes baies vitrées et la vanité de son escalier de façade à double volée de marches en haut duquel Salaun, les mains dans les poches, un sourire suffisant sur les lèvres, accueillait ses invités de marque — député, sénateur, maire, conseiller général, président de la coopérative agricole.

L'environnement lui-même accentuait le contraste entre les deux propriétés : à l'arrière du domaine de Salaun, les nombreux bâtiments de sa porcherie industrielle, des champs remembrés et plus loin le bourg, et bien au-delà du bourg le chef-lieu de canton qui élargissait son emprise d'année en année ; le manoir de Menez Glaz était quant à lui adossé à un bocage préservé, creusé de vals et de prairies naturelles, et aucune laideur n'atténuait le plaisir des yeux, aussi loin qu'on portait le regard, à buter contre l'horizon des Montagnes Noires. Rive droite du Dour Gwenn, la goinfrerie de l'élevage porcin hors sol. Rive gauche, la sagesse et le respect de la terre. Rive droite, encore, une cour et des allées bitumées. Rive gauche, toujours, les vrilles du liseron et les festons du lierre au bas des murs en moellons.

Salaun croyait au marché et à l'Europe, qui sueraient des richesses si l'on voulait bien labourer les champs de la croissance avec des charrues à dix socs. Tad Kermorvan, n'eût été la nécessaire adaptation qu'il avait acceptée en la mesurant, aurait volontiers continué de creuser le même sillon à l'araire tiré par un postier breton.

Les anciens se rappelaient que les deux hommes avaient débarqué dans la commune en même temps. Ce qu'ils avaient fait avant se perdait dans les brumes du *yeun*, le marais de Brasparts qui les avait vus naître. Deux hommes jeunes, deux copains apparemment, différents de physique et de caractère, mais deux gars qui semblaient n'avoir aucune envie de se tirer dans les pattes. Ils avaient tous les deux débuté dans la vie comme journaliers, sur les terres ingrates du pays d'Arrée, au service d'un grand propriétaire, un nommé Henri de Guersalek, mort depuis de sa belle mort.

Pourquoi leur avait-il vendu ces deux fermes en Cornouaille et à quelles conditions ? Mystère. En leur temps, des vieux aujourd'hui morts et enterrés avaient parlé d'un tour de passe-passe. Une donation déguisée ? Pour quelles raisons ? En dehors des intéressés, personne n'aurait su le dire. Or, ni l'un ni l'autre n'avaient jamais lâché un mot là-dessus, comme s'ils étaient liés par un serment. Plus on avait avancé vers le présent, plus l'origine de propriété des domaines de Menez Glaz et de Kergrenn Uhellan s'était parée du charme obscur des légendes, jusqu'à ce que la légende elle-même disparaisse avec les vieux nés avant la Grande Guerre et que leurs descendants se fichent du pourquoi et du comment.

Du passé n'émergeaient plus que de maigres certitudes : devenus propriétaires, les deux gars s'étaient débrouillés chacun à leur façon et selon leur tempérament. Salaun avait épousé la fille d'un avoué et la dot lui avait permis d'investir en grand dans des porcheries. Tad Kermorvan, de mémoire d'employé du Crédit rural, n'avait jamais emprunté un sou.

Dès le début de leur installation, les deux hommes s'ignorèrent et ne s'opposèrent pas, malgré leurs ambitions antagonistes. Ce *statu quo* dura le temps d'une génération, jusqu'à ce que Youenn sorte diplômé du lycée agricole et se montre déterminé à continuer l'exploitation des terres que Salaun se mit à convoiter, du jour où il fut notoire que Tad Kermorvan, se sentant faiblir, allait passer la main avec quelques années d'avance, alors que Salaun était en proie à une espèce de démon de midi des affaires, cravaché par une ambition qui semblait n'avoir aucune limite, en tout cas pas celle de l'âge de ses artères. L'éleveur de porcs déclara les hostilités dans l'espoir, laissait-il entendre dans les cafés du bourg, que « le jeune ferait une connerie ». Du « vieux », du grand Loeiz, Salaun ne parlait jamais, pas plus que Tad Kermorvan ne disait vraiment du mal de son voisin. Etrange situation, que celle d'ennemis potentiels qui refusent d'en découdre. Les anciens auraient-ils été encore en vie qu'ils auraient dit : « Les forces contraires s'annulent, voilà la preuve qu'ils partagent un secret. »

« Pas demain la veille que tu me dégoûteras de ma terre », songea Youenn en poussant son tracteur à fond sur le chemin en pente au milieu duquel poussaient le genêt, le pissenlit et le plantain. Tout autant que les provocations de Salaun, c'était la quasi-neutralité, feinte ou réelle, de son père, qui le rendait fou de rage ; outre que — et là son esprit se heurtait véritablement à un mur en béton armé — la prudence et le manque de combativité de Tad Kermorvan, sinon son indifférence à l'égard des turpitudes de Salaun, semblaient avoir grandi depuis l'arrivée d'Anna à la ferme. Lui revenaient à l'esprit, par bribes, des allusions entendues quand il était gosse. Incompréhensibles. Hermétiques. Son père lui cachait quelque chose, il en était sûr. Seulement voilà, il était aussi vain d'essayer d'interroger un Tad Kermorvan décidé à rester muet que de vouloir poser des questions à un têtard de chêne. En lançant la fourche de son tracteur contre les souches déposées au milieu de la garenne, c'était moins contre Salaun que contre le mur du silence de son père que Youenn allait donner de furieux coups de bélier. Il arrivait en vue de la rivière. La pente du chemin s'accentua.

Au début du siècle, avant que les journaliers n'aient les moyens de se payer des vélos et plus tard de rouler à vélomoteur puis en voiture sur les routes goudronnées, le chemin vicinal de Menez Glaz appartenait à un réseau de garennes par lesquelles les pauvres, le dimanche, allaient à pied de pardon en pardon, de grand-messe en vêpres pascales, de kermesses en fêtes foraines. On partait à l'aube, on revenait au crépuscule, les garçons étaient éméchés, les filles échauffées, et les curés, comme si Dieu leur avait délégué sa prescience, ou comme s'ils entretenaient un réseau de Judas, dénonçaient en chaire celles qui avaient perdu leur vertu au coin d'un talus. Après la dénonciation publique, l'anathème. Aux pécheresses, l'enfer paroissial des pâques refusées, à moins qu'elles n'épousent à très brève échéance n'importe lequel de leurs coquins, et en blanc si elles le désiraient, là-dessus l'imprécateur fermerait les yeux, pourvu que le sacrement du mariage les lave du péché de luxure.

Le chemin vicinal n'était plus qu'une impasse

qui longeait la crête et menait à une vaste lande que personne n'avait coupée depuis la dernière guerre. Youenn fit rugir son moteur. Grâce à l'écho, on l'entendrait d'en face. L'engin parut basculer à la verticale dans une garenne où le granit était à nu au fond de ravines creusées par les eaux de ruissellement. Youenn dut rétrograder en première. Secoués, bringuebalés, les chiens sautèrent de la remorque pour courir devant le tracteur.

De la crête au lit de la rivière, il y avait près de soixante mètres de dénivellation. Un sentier à vaches coupait à travers la grande lande et c'était par là que les bêtes venaient s'abreuver quand elles paissaient de ce côté-ci de la ferme. Ainsi, on économisait l'eau du puits — sans compter qu'il aurait fallu la transporter dans la citerne, au cul du tracteur. On économisait aussi le gazole. Jusqu'à quand ? Si Salaun continuait à jouer ses tours de cochon — Youenn ricana et dit tout haut : « C'est le cas de le dire ! » —, il faudrait se résoudre à installer une station de pompage, avec tous les problèmes que posait la pente. En face, on l'avait fait, mais en face on avait les moyens de se payer des pompes électriques et des kilomètres de tuyaux.

A la vue des souches que les gars de Salaun avaient trimballées de là-haut pour boucher la garenne, la rage de Youenn monta encore d'un cran. Il se mit à parler tout seul, interpella Salaun : « Mais qu'est-ce que ça peut te foutre que mes vaches viennent boire à la rivière ? L'eau est à tout le monde, bon Dieu ! T'as pas assez de sous comme ça, que t'aies besoin de faire chier le monde en plus ? »

Par une de ces énigmes dont le cadastre rural est coutumier, Salaun possédait une enclave rive gauche, sur les terres de Menez Glaz. Juste quelques dizaines de mètres carrés, l'intérieur d'un méandre du Dour Gwenn, en amont du point d'eau. Par conséquent, d'un point de vue strictement juridique, il était libre d'y entasser des carcasses pourries de batteuses ou de lieuses, si ça lui faisait plaisir. Aller au tribunal pour revendiquer le droit de passage vers le point d'eau ? Ce n'était pas le genre de Youenn.

La fourche du tracteur souleva une première souche. Youenn allait mettre toute cette saleté en tas, au bord du Dour Gwenn, et quand il aurait le temps l'arroserait de gazole et d'huile de vidange et y foutrait le feu. Ça brûlerait pendant quinze jours ou un mois. La fourche revint à l'horizontale, Youenn emballa le moteur. « Et han ! » grogna-t-il, les mains crispées sur son volant, la tête dans les épaules, comme s'il était un taureau et qu'il encornait Salaun. Il ricana : question cornes, la femme de Salaun était gâtée. Au rabe de branches dans la ramure ! Youenn rigola tout seul : éleveur de cochons et cochon lui-même, le vieux verrat !

Rien de tel que la haine pour vous donner du cœur à l'ouvrage. La garenne fut nettoyée en moins d'une demi-heure. Youenn retrouva son calme. Il s'essuya le front, coupa le moteur de son tracteur, prit son Darne à canons juxtaposés, le chargea de deux cartouches de huit, referma la culasse et siffla ses chiens.

Le setter et l'épagneul baguenaudaient à la lisière de la lande, la truffe sur des grattages de lapin. Ces chiens-là daignaient arrêter le poil, par courtoisie. Si leur maître était décidé à tirer un lapin, et ne le manquait pas, ils consentaient à agiter la queue, mais d'un jappement pressaient l'indélicat de fourrer la bête en vitesse dans sa gibecière, afin qu'on puisse s'adonner à une plus noble quête, celle de la plume.

Youenn accrocha un grelot au collier du setter. Une seule clochette suffisait. Les deux chiens chassaient de concert. Le setter était le plus rapide et l'épagneul patronnait. Autrement dit, le vieux se mettait au garde-à-vous derrière le jeune, ce qui froissait l'amour-propre de Youenn parce que l'épagneul était son chien et le setter celui de Ronan. Enfin, façon de parler. Youenn le nourrissait pendant les douze mois de l'année, mais le setter réservait ses joies à Ronan, bien qu'il ne l'ait vu que deux fois en dix-huit mois. Bon gré, mal gré, Youenn était bien obligé d'accepter cette ingratitude et cette sécheresse de cœur. Le setter était de la race des bécassiers d'exception et il devait s'estimer heureux que le fiérot accepte de chasser en sa compagnie. Un jour, il résuma ainsi ce *modus vivendi* : « On dit qu'à certains chiens il leur manque que la parole ! Celui-là, s'il parlait, il me causerait pas ! »

Les deux chiens disparurent dans la lande où les bécasses de novembre aimaient se reposer dans la journée, après avoir verroté de bon matin dans les prairies au bord de la rivière. Délogées par les chiens, elles n'avaient qu'une solution pour se sortir de la broussaille : monter tout droit ;

et c'était un jeu d'enfant de les abattre lorsqu'elles finissaient leur ascension à la verticale et jaillissaient de la lande en claquant des ailes comme de gros colibris.

Les bécasses de fin de saison étaient moins faciles à tirer. Familiarisées avec le grelot — à leurs oreilles, les notes lugubres d'un glas qu'il fallait fuir —, depuis deux ou trois mois habituées au terrain et à tromper les chiens et le chasseur, elles piétaient sous les ronces, choisissaient de se lever à proximité d'un obstacle, plus silencieuses que des hiboux, et on les voyait trop tard, au moment où elles disparaissaient par une trouée à travers un bouquet de saules, ou bien volaient au ras du sol sur toute la longueur d'un peuplier géant abattu par une tempête et, au bout du tronc, piquaient d'un saut de crapaud au milieu de roseaux, hors de portée. Il fallait recommencer : quête, arrêt, levée. Il n'était pas rare de lever cinq fois de rang une bécasse de janvier sans pouvoir faire autre chose que la saluer d'un coup de fusil en l'air, en guise de coup de gueule et de coup de chapeau du chasseur admiratif et dépité à la fois.

La clochette se tut. La bécasse tint sous l'arrêt une bonne minute. « Ho ! » cria Youenn. Il entendit les chiens bondir sous la lande. Un bruit d'ailes. Il épaula. La bécasse surgit de l'ajonc, comme lestée de son long bec. Youenn la manqua au premier coup. Les nerfs lui grattaient encore d'avoir dégagé la merde de Salaun. Il vida l'air de ses poumons, visa soigneusement et tira sa seconde cartouche. Désailée, la bécasse tomba. Assez loin. Le grelot reprit sa petite musique. Ce fut l'épagneul qui rapporta l'oiseau. Youenn le félicita.

— Alors, Poulidor, t'as gagné, pour une fois ? T'as baisé le jeunot ? C'est la victoire des manuels sur les intellectuels, dis donc !

Il flatta aussi la tête du setter, des fois que ce chien comprendrait le français, ou lirait dans ses pensées. Il avait intérêt à le caresser dans le sens du poil, cet animal.

A l'ordre du chasseur, les chiens repartirent broussailler. Arrêt, départ, tir : le setter rapporta une deuxième bécasse. La partie de chasse était terminée. Youenn accrocha son fusil derrière lui à l'intérieur de la cabine du tracteur, jeta sa cartouchière sur le plancher et démarra. Les chiens, qui n'avaient pas eu leur content, choisirent de courir plutôt que de sauter dans la remorque.

Une bande de gamins et de gamines, des pots à lait accrochés au guidon de leurs vélos, attendaient devant l'atelier de traite. Tad Kermorvan, malgré les critiques de Youenn — « Qu'est-ce que ça nous rapporte ? Rien que des emmerdements ! Et un de ces jours, on aura le contrôle sanitaire sur le dos, avec les normes européennes ! » — tenait à perpétuer cette tradition : vendre du lait frais aux gens du bourg, le samedi matin. Il avait le sentiment, en se donnant cette peine, de faire le bien autour de lui, et cela lui plaisait de voir tournicoter tous ces gosses dans la cour de Menez Glaz. Lorsqu'ils seraient grands, ils se rappelleraient que le lait coule des pis des vaches dans un seau et non pas des robinets des usines dans les briquettes en carton des hypermarchés.

Tad Kermorvan était un des derniers à tenir

d'une main ferme les rênes des usages de sa génération et, s'il était avare de ses paroles, il ne l'était pas de son mépris à l'égard des cravatés de la chambre d'agriculture et de la DDA qui prétendaient savoir mieux que les paysans comment cultiver la terre et soigner le bétail. De son vivant, tant qu'il aurait ses yeux pour voir et sa langue pour dire non, pas un sac d'aliment fabriqué avec des vaches et des chiens crevés ne passerait sous le porche de Menez Glaz.

Dans la cuisine, Anna donnait sa bouillie à la petite. Tad Kermorvan préparait sa caissette pour rendre la monnaie aux gosses. Youenn balança les deux bécasses sur la table et dit à Anna :

— Tiens ! Tu les mettras avec les poulets et tu les serviras spécialement à la bourgeoise et au beau-frère.

— La bourgeoise ! le reprit Anna. Tu ne devrais pas dire ça de ta sœur. Ce n'est pas parce qu'ils ne travaillent pas de leurs mains que...

— Ils ont quitté la terre, coupa Tad Kermorvan, ce sont des bourgeois. Youenn a raison.

— Pas pour autant qu'il faut leur jeter la pierre à tout bout de champ.

— Non, mais il faut dire les choses comme elles sont, ma fille.

Anna baissa la tête. On ne répliquait pas deux fois à un Tad Kermorvan. Il appartenait à cette lignée, en voie d'extinction, des patrons de ferme, véritable noblesse de la terre. Des aristocrates, de qui ils avaient de tout temps été respectés, ils avaient la froideur des traits et cette raideur de maintien sur lesquels s'appuyaient des regards à la fois lointains et pénétrants. La plupart de ces maîtres étaient très grands pour des Bretons, ce qui semblait faire d'eux, déjà, des êtres d'exception. Maîtres chez eux, ayant commandé dans le passé, avant le machinisme, à une dizaine de commis, ils ne s'estimaient comptables envers quiconque de leurs décisions et regardaient d'encore plus haut ceux qui avaient préféré le confort des maisons de la ville au froid dallage des fermes, la régularité d'un salaire aux aléas des récoltes, la sécurité à l'insécurité, la soumission à l'indépendance.

— Heureusement que vous n'avez pas eu dix enfants, Tad, dit Anna. Déjà que trois ne peuvent pas s'arranger entre eux. (Elle soupesa les bécasses.) Elles ont l'air bien grasses. Je les plumerai cet après-midi.

— Une bécasse chacun, ils en auront plein la gueule. Avec ça au moins on pourra les remettre à leur place.

— Je veux que chacun tâche d'éviter les prises de bec, demain, dit Tad Kermorvan.

— Oh t'inquiète pas, je serai doux comme un agneau ! Tant qu'ils n'ouvriront pas leur grande trappe !

— Ne fais pas ta sœur plus méchante qu'elle n'est, dit Anna.

— Je la connais depuis qu'elle est née, la Margrite, moi. Pas toi. Son mari ne vaut pas mieux. Qui se ressemble s'assemble.

Dehors, les gosses s'impatientaient. On entendait tinter des sonnettes de vélos. Tad Kermorvan sortit. Youenn prit la petite Gwenola dans ses bras.

— Alors, poussin, quand est-ce que maman te fera un petit frère ?

— Rien ne presse, dit Anna.

— Dans le temps, on n'attendait pas que le premier soit débrouillé pour mettre en route le deuxième.

— Appelle l'inséminateur, tant que tu y es !

— Ho ! Pourquoi tu me réponds comme ça ?

— Je suis sur les nerfs, c'est tout.

— Mais pourquoi ?

— Pour rien.

— T'as pas l'habitude de t'énerver pour rien.

— Sans doute le repas de demain et tout ce travail supplémentaire. Il me reste encore les gâteaux à faire et les hors-d'œuvre à préparer.

Le soir, alors qu'ils se mettaient à table, des coups de feu retentirent dans la vallée du Dour Gwenn. Youenn courut dehors. Il laissa la porte ouverte. Les chiens en profitèrent pour se couler sous la table de la cuisine.

Une nuée sombre et bruissante vira au-dessus de la cour, sembla flotter un instant sur l'horizon, dans la clarté opaline du crépuscule, puis disparut comme une flèche en direction de l'est et de l'obscurité. C'était une bande d'une centaine de *glaziks*, en français des « petits bleus », les premières palombes à descendre du nord de l'Ecosse. En chemin pour le Midi, elles s'abattaient sur les éteules et reprenaient des forces en nettoyant les parcelles non encore retournées de leurs derniers grains de blé.

Youenn prit son fusil dans le tracteur et tira deux coups de fusil en l'air. Dans la cuisine, on sursauta. Les chiens aboyèrent. Youenn revint, l'air jouasse.

— Le salopard d'en face braconnait les *glaziks* dans le bois de mélèzes, dit-il.

— Sur quoi tu as tiré ? demanda Anna.

— Sur rien.

— Tu es devenu fou ?

— Il faut montrer qu'il y a de la vie à Menez Glaz !

— Et ton fusil ? demanda Tad Kermorvan.

— J'ai décidé qu'il resterait dans le tracteur jusqu'à la fin de l'hiver.

— C'est moi qui porte les bottes de cow-boy mais c'est toi l'homme du Far West, plaisanta Ronan.

— Ouais, peut-être, mais que ça t'empêche pas d'aller en ville voir un western, répondit Youenn.

— Tu me diras si je me trompe, mais j'ai l'impression de gêner, depuis que je suis arrivé, dit Ronan.

— Personne ne gêne personne, dit Tad Kermorvan. Tu es chez toi ici, aussi bien que n'importe qui.

— Et la donation, alors, c'est quoi ? Du pipeau ? cracha Youenn.

— Samedi n'est pas dimanche. Demain sera le jour d'en parler. Ne me fais pas regretter d'avoir été chez le notaire. Je vois qu'il était vraiment temps que je règle mes affaires.

— Attends un peu d'entendre les dents de ta fille grincer comme un soc de charrue dans la caillasse ! Demain soir, tu pourras peut-être dire que tes affaires sont réglées, pas avant !

— La paix, maintenant ! J'en ai assez entendu pour aujourd'hui.

Anna servit le pot-au-feu. Ils mangèrent en regardant la télévision. Une fois la table débarrassée, la vaisselle essuyée et Gwenola couchée, Tad Kermorvan tira le tapis et le jeu de cartes du tiroir du buffet.

— Pour une fois qu'on est quatre, dit-il, autant en profiter.

— Anna sait jouer à la belote ? s'étonna Ronan.

— Elle a appris, dit Youenn. Et toi, tu joues à quoi ? Au bridge avec les Angliches ?

— Je joue au con avec les cons.

— Encore un mot de travers et je vous fous dehors tous les deux ! dit Tad Kermorvan.

— Laissez-les donc, Tad, dit Anna, ils adorent se chamailler.

Ils tirèrent les rois. Le sort désigna Anna et Ronan comme partenaires. Anna eut la chance des néophytes — des annonces en veux-tu en voilà — et Ronan celle qui sourit aux téméraires (il « prenait avec rien », ou à l'avcuglcttc, cn ramassant sur le tapis un valet retourné sans regarder ses cinq premières cartes), si bien qu'ils gagnèrent les deux « mille » et la belle à quinze cents.

Ils montèrent se coucher peu après minuit. Youenn retroussa la chemise de nuit d'Anna et glissa sa main, en force, entre ses cuisses. Elle rabaissa sa chemise et serra les genoux.

— Je te dégoûte ou quoi ? se plaignit Youenn. Malheureux aux cartes et malheureux en amour ? C'est ma fête, ce soir !

— Je suis dans mes mauvais jours, dit Anna.

— Presque deux semaines ? C'est plus le débarquement des Anglais, c'est l'Occupation !

— Oh, ne sois pas grossier, en plus !

— Eh ben, dormons à l'hôtel du cul tourné, alors !

Anna éteignit la lampe de chevet. Depuis l'arrivée de Ronan, elle se refusait à Youenn de peur que, de la chambre voisine, on n'entende le sommier grincer. Cette pensée la glaçait.

Une chouette se posa sur le rebord de la fenêtre et ulula.

3

Ronan ne fréquentait plus l'église, Anna avait le grand repas à préparer : Tad Kermorvan les dispensa de grand-messe. La famille se réunirait dans la salle à manger où, dès le matin, Anna avait allumé un bon feu dans la cheminée. Rarement ouverte, la pièce sentait le renfermé et, bien qu'elle ne fût pas humide, les belles armoires bretonnes, le lit clos, la table et les chaises massives moisissaient en hiver, quand on oubliait d'aérer les jours où le vent soufflait du nord ou de l'est. Ronan installa les rallonges. Ils posèrent sur la table ce qui avait constitué la dot d'Herveline : une nappe et des serviettes brodées et ajourées, un service en faïence de Quimper, une ménagère en métal argenté et des verres en cristal. Hormis quelques « Pardon ! » quand ils s'effleuraient par mégarde, Anna et Ronan n'avaient pas échangé trois phrases depuis le petit déjeuner.

— Excuse-moi, Anna, mais je vais te dire ce que j'ai dit hier soir à ton mari : j'ai l'impression de déranger.

Elle haussa les épaules, puis le regarda droit dans les yeux.

— C'est idiot. Pourquoi tu me gênerais ?

— Je repars lundi, tu sais.

— Lundi ? Demain ? Déjà ? Je croyais que c'était mercredi ou jeudi. Dommage. Tu aurais pu repeindre les volets. En bleu ils seraient plus jolis.

— Hé ! Ho ! Relax, Anna, relax ! Tu ne penses qu'à bosser ? Tu veux me mettre au boulot, toi aussi ? Mon cher frère a déteint sur toi, dis-moi !

— Tu voulais qu'on parle, je parle !

— J'ai du mal à croire que tu es heureuse, entre ces murs.

— Va chercher du bois, sinon ta sœur va se plaindre d'avoir froid. Ou elle sera capable de garder son manteau sur le dos. On se demande bien ce qui pourrait la réchauffer, la Margrite.

— Ce bon vieux Thomas, je suppose. Encore que... On les imagine mal en train de brûler de tous les feux de l'amour au point d'embraser la literie.

— Tu vois, on ne peut pas causer avec toi, ça se termine toujours par des bêtises.

— Plains-toi ! Cette maison dégouline de sérieux. Ça ruisselle sur les murs. Tout est pesé, sensé, rationnel, ramené à son utilité, à sa rentabilité. On crève, dans cette bicoque !

— Hier, tu disais que tu te plaisais ici.

— Parce que tu me regardais.

Ronan hésita une seconde avant d'ajouter :

— Parce que j'aime quand tu me regardes comme ça.

— Comment ?

— Comme en ce moment. Comme si tu n'étais pas mariée.

Anna baissa les yeux et resserra le nœud de son tablier.

— Evite de dire des choses pareilles devant ton frère.

— J'ai peur que tu ne sois étouffée par la terre, Anna.

Anna se força à rire et fit mine de s'éventer avec une serviette de table.

— Pour le moment, c'est dans cette salle à manger qu'on étouffe. Ah ! J'entends un bruit de moteur !

La DS des invités, la voiture de luxe, la fierté des Dagorn, claironna son arrivée à coups de Klaxon. Thomas manœuvra de façon à se garer face au porche, prêt à repartir.

Thomas, Margrite et leurs deux enfants — Marine, cinq ans, et Julien, sept ans — descendirent de voiture. Les gosses, habillés comme des petits mannequins, se précipitèrent à l'intérieur de la maison en réclamant Gwenola.

— Elle joue dans son parc, dit Anna.

— Gare à vous si vous salissez vos habits ! les menaça Margrite.

Elle tendit une joue sèche à baiser. Sèche de peau, de cheveux et de caractère, elle avait hérité de sa mère un corps frêle et une petite santé, et, à force de lire des magazines, avait fini par se persuader que le cancer du sein était héréditaire. Elève médiocre, elle était allée jusqu'au brevet, un niveau suffisant pour passer une année dans un cours privé de comptabilité et entrer ensuite, à dix-huit ans, au Crédit rural. Employée de banque, c'était quelque chose pour une fille de la campagne ! Sitôt embauchée, elle ne s'était plus « sentie pisser » — selon les propres mots de Youenn, par ailleurs bien heureux de se débarrasser de cette geignarde, toujours à se plaindre du froid et de l'humidité, de la boue dans la cour et de l'odeur du fumier.

A vingt ans, elle épousa le premier homme qui la courtisa, son cavalier à une noce : Thomas Dagorn, comme elle un transfuge, fils de paysan converti dans le travail de bureau, et à présent son propre patron, propriétaire de l'agence locale des Assurances agricoles, une sinécure gratifiante à tous points de vue. Lorsque Tad Kermorvan, autrefois, leur reprochait d'avoir trahi la terre, ils répondaient qu'ils ne l'avaient pas quittée. Ils ne la travaillaient plus, certes, mais restaient à son service. « C'est ça, comme le lierre est au service du chêne, avait répondu Tad Kermorvan. Moi, j'appelle ça parasiter. » Et la discussion fut close une fois pour toutes.

Thomas tendit à Anna une boîte de gâteaux de pâtisserie.

— Il ne fallait pas, dit Anna à Margrite, tu pouvais te douter que j'en aurais fabriqué.

— Je ne digère plus le gâteau breton.

— J'ai fait un diplomate à la crème anglaise.

— Merci bien, on a tous les deux du cholestérol.

Margrite toisa Ronan.

— D'où tu viens cette fois, toi ? D'Angleterre, bronzé comme tu es ?

— Ah ! D'où viens-je ? Qui suis-je ? Où vais-je ? Graves questions, ma sœur. Primordiales, essentielles, existentielles !

— Je ne comprends rien à ton charabia. Enfin ! Mène la belle vie pendant que tu peux ! Tu es bien le seul d'entre nous qui ne se sera pas crevé la paillasse.

Ronan enfonça l'index dans la brioche de Thomas.

— Hé ! Voilà une paillasse bien rebondie, il me semble. Tu le nourris bien, ton homme !

— Moi ? Sûrement pas ! C'est au restaurant qu'il engraisse. Il est toujours à gueuletonner avec ses clients, ou bien avec le maire, les adjoints et compagnie.

— Diable ! ironisa Ronan, on fréquente du beau linge, chez les Dagorn.

— Uniquement par obligation professionnelle, tu sais, se défendit Thomas.

A Menez Glaz, le « rapporté », comme l'appelait Youenn, marchait sur des œufs, s'astreignait à avoir les mots aussi légers que les pas. Il regrettait de n'avoir pas pris la R6 de sa femme. Sa DS, dans la cour, brillait un peu trop des feux de la réussite. La 4L de Tad Kermorvan se gara à côté. Youenn jeta un regard mauvais sur la Citroën.

— Vous envisagez de prendre racine devant la porte ou bien vous attendez qu'on déroule le tapis rouge ? râla-t-il.

— On a fait un détour par le cimetière, sur la tombe de votre mère, dit Tad Kermorvan.

— Je l'ai nettoyée il y a huit jours, dit Margrite.

— J'ai vu des fleurs fanées, dit Tad Kermorvan.

Margrite pinça les lèvres et entra. Tout le monde suivit le mouvement.

Trois heures plus tard, Youenn dénouait sa cravate, déboutonnait le col de sa chemise du dimanche, allumait un ninas et, l'œil brillant, envoyait une pique à Margrite.

— Alors, tu t'en es mis plein l'entonnoir ? Tu pourras plus dire dans le bourg que, chez ton frère, on bouffe que du ragoût de chou !

Tad Kermorvan redressa le menton et écrasa l'étincelle d'un regard.

— Remercions Anna de s'être donné autant de mal, dit-il.

— C'était normal, Tad, dit Anna.

— Mon meilleur repas depuis longtemps, ma fille.

— Certainement, acquiesça Margrite en fronçant le nez.

Ils avaient d'abord pris l'apéritif, Saint-Raphaël pour les femmes, Ricard pour les hommes. Le menu avait été digne d'un vrai grand repas du dimanche : macédoine et jambon, joues de lotte à l'armoricaine, poulet, fromage, diplomate. Margrite avait chipoté sa bécasse, qu'Anna avait pourtant flambée au lambig.

— Je n'aime plus tellement le gibier. On n'est plus habitués à ce goût fort.

— Eh ben laisse ! Ça fera plaisir à quelqu'un ! avait dit Youenn en lui prenant son assiette.

Ce fut le seul incident du repas. Chacun s'était tenu sur ses gardes, attentif à ne pas aborder de sujets délicats. Ronan aida Anna à servir le café et le pousse-café.

— Tu n'avais pas quelque chose à nous annoncer ? demanda Margrite, impatiente.

— Chaque chose en son temps, répondit Tad Kermorvan.

Du tiroir du buffet, il tira le tapis et le jeu de cartes, le stylo à bille et une feuille de papier pour marquer les points. Lorsqu'il y avait dans la boîte à lettres des publicités simplement imprimées au recto, on les gardait, et on se servait du verso. Quand on était à court — il arrivait que les gosses de Margrite prennent les feuilles pour dessiner —, on utilisait la marge du journal. Il n'y avait pas à Menez Glaz de beau papier à gâcher.

— Pendant que les femmes feront la vaisselle, les hommes ne refuseront pas une belote.

Anna et Margrite débarrassèrent la table. Tad Kermorvan tira les rois. Il ferait équipe avec Ronan, contre Youenn et Thomas. On déboucha une bouteille de bordeaux. Anna apporta quatre verres propres. Ronan choisit de rester au café. Elle lui en fit du frais.

Vers cinq heures, Gwenola se réveilla. On interrompit la partie. Tad Kermorvan ordonna une promenade. Personne n'aurait osé se rebiffer. Ils allèrent en groupe jusqu'au bout du chemin vicinal. Le cousin et la cousine poussèrent le landau de la petite. Youenn, d'excellente humeur, ne s'excita même pas quand on tira des pigeons, en face.

— Risque pas de leur faire grand mal, l'autre con, il tire comme un pied.

De retour dans la cour, Margrite regarda ostensiblement sa montre.

— Bon, il va falloir qu'on rentre. Peut-être qu'il serait temps d'aborder le sujet.

— Madame a rendez-vous en ville ? ironisa Youenn.

— Oui, justement ! On est invité à prendre l'apéritif chez le maire adjoint. Il voudrait faire entrer Thomas dans la commission aux affaires sportives.

— C'était pas le jour pour, dit Tad Kermorvan, on a besoin de tout le monde pour manger les restants.

C'était un nouvel ordre. Margrite soupira. On remit la table et on posa au milieu un plat de charcuterie et de poulet froid, du pain et des cornichons, des crêpes, du beurre et de la confiture, ainsi que les gâteaux de pâtisserie. On reprit l'apéritif. Youenn ouvrit une bouteille de côtes-du-rhône et remplit les verres des hommes à ras bord. Les femmes acceptèrent un verre de bergerac.

La nuit était tombée depuis belle lurette quand la table fut débarrassée de nouveau. Youenn était très gai, dans les deux sens de l'adjectif, à la campagne : réjoui et bien éméché. Les joues de Thomas brillaient, rubicondes. L'alcool, dont il n'abusait pas, il est vrai, semblait n'avoir aucune prise sur Kermorvan. A part une raideur du buste un peu plus prononcée et un air légèrement plus méditatif qu'à jeun, rien n'indiquait qu'il avait bu presque autant que les autres. Anna dit de laisser la vaisselle, qu'elle la ferait plus tard, que Ronan l'aiderait.

— Il a l'habitude, dans son bistrot, plaisanta Youenn. C'est le roi de la plonge.

— Désolé mon grand, il y a une machine à laver les verres dans le pub où je travaille.

— Oh ben dis donc, c'est moderne, en Angleterre !

Tad Kermorvan se leva et ouvrit le réfrigérateur. Sans qu'il ait eu besoin de lui dire quoi que ce soit, Anna prit les coupes dans le buffet.

— Oh non ! Pas du champagne, maintenant ! se plaignit Margrite.

— Je croyais que tu ne servais plus que ça chez toi ? dit Youenn.

— En apéritif, mais pas quand on en a déjà jusque-là.

— Mets donc un verre pour Marine et Julien, dit Tad Kermorvan à Anna.

— Tu ne vas pas faire boire mes enfants ! protesta Margrite.

— A l'hôpital, ils en donnent aux malades, dit Youenn.

Margrite pinça la bouche. Elle boirait la coupe jusqu'à la lie. On choqua les verres avec hypocrisie. Tad Kermorvan reprit sa place en bout de table et, d'un geste, invita l'assemblée à s'asseoir. Il but une gorgée de champagne, claqua de la langue, posa ses deux mains bien à plat sur la table et déclara :

— Voilà comment j'ai arrangé mes affaires chez le notaire...

Youenn mit ses pouces dans sa ceinture, se laissa glisser sur sa chaise et sourit béatement.

— Toi, dit Kermorvan, ne bombe pas la poitrine trop tôt. Tu vas en avoir à porter sur tes épaules, et j'espère que tu feras face. Avec l'aide d'Anna tu devrais en être capable. Sans elle à tes côtés, je n'en aurais pas été sûr du tout.

Margrite se dressa comme une vipère.

— Tu leur donnes la ferme ?

— Tais-toi pendant que je parle. Chacun aura sa part.

— Encore heureux ! ne put s'empêcher de répliquer Margrite.

Tad Kermorvan frappa des deux poings sur la table.

— La paix ! cria-t-il. Jusqu'à nouvel ordre, je suis encore le maître chez moi !

Il fit durer le silence, puis, de sa diction lente, d'une voix égale, il expliqua comment il avait « arrangé ses affaires ». A Youenn et Anna, il donnait les terres, les bêtes, le matériel, les bâtiments d'exploitation, bref tout ce qui concernait la ferme. Il gardait la maison à son nom. A sa mort, elle reviendrait également à Youenn et à sa femme. Lors du partage définitif, quand il ne serait plus de ce monde, Margrite et Ronan recevraient une somme d'argent correspondant à leur part au jour d'aujourd'hui, plus les petits que les sous auraient fabriqués, puisqu'ils étaient déjà placés et les bénéficiaires désignés.

— Placés comment ? demanda l'assureur. En assurance vie ? En bons de capitalisation ?

— Toi, tu n'as pas ton mot à dire, mais je vais te répondre quand même : bien placés, en valeur sûre.

Youenn remplit les coupes.

— Allez, on arrose ça ! Un dernier pour la route !

Margrite se leva d'un bond, ramassa une petite

cuiller dans l'égouttoir sur l'évier, se rassit et se mit à touiller nerveusement son champagne.

— T'as peur de pas digérer les bulles ? se moqua Youenn.

— Les bulles et le reste ! explosa Margrite. Je ne suis pas d'accord ! Ce que tu viens de dire, Tad, ça équivaut à nous déshériter, Ronan et moi.

— Pas moi, dit Ronan, je ne veux rien.

— Ah bon ? Et pourquoi, tu peux me le dire ?

— Parce que je n'en ai pas besoin.

— Bon ! Libre à toi de cracher sur ta part ! Enfin, si on peut appeler ça une part, puisqu'on ne sait même pas combien il y a.

— Le moment venu, Youenn et toi vous vous partagerez ce que Tad a mis à mon nom. Ça te va ?

— C'est incroyable ! Alors, tu te fous vraiment de tout ? continua Margrite.

— Je ne me fous pas de tout. Je ne me fous pas de la terre, je ne me fous pas de la ferme, je ne me fous pas de nos racines : je me fous de leur valeur. Le fric, j'en ai rien à cirer.

— Merci l'artiste ! dit Youenn d'un ton goguenard.

— Méfie-toi de ce qu'on dira derrière ton dos, dit Margrite à Ronan, trop bon, trop con.

— Oh, moi je le connais bien ce refrain ! s'exclama Youenn. Tu l'as assez crié sur tous les toits quand j'ai quitté l'école à la mort de Mamm pour turbiner ici comme un bagnard.

— La paix ! intima Tad Kermorvan en cognant sur la table. Ah et puis non, tiens ! Profitons de l'occasion. Videz votre sac, et qu'on n'en parle plus !

Margrite et Thomas se concertèrent d'un regard sournois. Leurs pensées étaient au diapason. Pas pour rien qu'ils s'étaient mariés, ces deux-là. Ils avaient les mêmes vues sur tout et sur ce partage anticipé leurs opinions ne risquaient pas de diverger. L'un après l'autre — le ton mielleux de Thomas venant édulcorer à point nommé les paroles acerbes de Margrite, et les précisions claires et nettes de la femme éclairant crûment un sous-entendu prudent du mari —, rodés comme des comédiens qui auraient maintes fois répété leurs répliques, merveilleusement complémentaires, ils exposèrent leurs griefs.

Margrite fit valoir toutes ces années, de l'enfance à son départ de la maison, où elle avait servi de bonne à tout faire sans qu'on la rémunère autrement qu'avec de quoi se payer un billet de cinéma, quatre fois par an. « On appelle ça le droit à un salaire différé, dit Thomas. — Et bien mérité ! » renchérit Margrite. Elle montra ses mains abîmées par la lessive, par les pis des vaches, par la poignée de l'écrémeuse, par la manivelle du puits, par l'arrachage des patates et des betteraves.

— Tu ne m'as jamais aimée ! lança-t-elle à la figure de son père. Tu ne voulais que des garçons. Une fille, c'était une bouche inutile.

Tad Kermorvan encaissa le coup mais ses yeux s'emplirent d'eau. Il dit d'un ton las :

— Votre mère vous a élevés tous les trois sans faire de différence.

Margrite poussa son avantage. Sa colonne vertébrale amochée par les seaux d'eau, ou de lait, ou de manger du cochon, qui oserait prétendre que ça ne valait pas un dédommagement ? Elle pourrait bien se ruiner en produits de beauté, jamais elle n'aurait de jolies mains fines de minette, comme Ronan, à qui on avait payé des études jusqu'à la licence et elle ne savait pas trop quoi, et pour que faire ? Pour qu'il se les roule, à présent ! Ronan fit remarquer qu'il avait travaillé aux champs tous les étés, quand il était collégien et lycéen, et qu'à Rennes où il était allé en fac, pour payer son loyer il avait travaillé dans un restaurant tous les soirs, samedis et dimanches compris.

Youenn se rendit soudain compte qu'il avait en son frère un allié inespéré.

— Ronan a raison. On a bossé tous les trois ! dit-il.

— Admettons ! dit Margrite. Mais c'est pas tout ! Thomas va vous expliquer comment on voit les choses.

— D'un point de vue purement économique et objectif, précisa prudemment le rapporté.

Tad Kermorvan lui permettait-il de mettre son grain de sel ? Oui. Alors, il avait envie de dire qu'à son avis la donation était « fautive ». Pour quelle raison ? Parce que les parts, l'argent à la banque destiné à Ronan et Margrite, avaient été évaluées en fonction de la valeur des terres données à Youenn. Or, au jour d'aujourd'hui, elles ne valaient que pour ce qu'elles étaient : de la terre agricole. Tad Kermorvan avait-il tenu compte du fait que les choses allaient changer à la vitesse grand V ? La ville s'étendrait vers le bourg et le bourg vers la campagne. Dans dix ou vingt ans, trente au maximum, Menez Glaz côtoierait les cités-dortoirs. La plupart des champs seraient constructibles. De l'or, ils vaudraient. De l'or, en tant que terrains à lotir, et Youenn s'enrichirait sur le dos de ses frère et sœur, pendant qu'ils recevraient, eux, de l'argent dévalué. Voilà où était le hic.

— Cette donation-partage est léonine, conclut Thomas.

— Léonine ? Qui c'est celle-là ? ricana Youenn. La femme à Léon ?

— Ou j'ai une compensation immédiate, ou on ira au tribunal ! dit Margrite.

— Le tribunal ! Et voilà ! Les grands mots, maintenant ! s'exclama Youenn.

— Quelle compensation ? demanda Tad Kermorvan d'un ton glacial.

— Un bout de terrain.

— Lequel ?

— Dans les projets de la mairie, dit Thomas, il y a celui de prolonger le chemin vicinal pour plus tard rejoindre l'échangeur de la future voie express.

— Continue, tu m'intéresses, gronda Youenn.

— Le premier terrain qui sera constructible si ce projet devient réalité...

— Où on aimerait bien faire construire notre maison plus tard, à cause de la vue sur la vallée, compléta Margrite.

— Eh ben, c'est un terrain qui ne te sert à rien, Youenn, dit Thomas.

— La lande, dit Margrite.

— Ma lande ! s'écria Youenn.

Il bondit sur ses pieds et prit dans l'armoire la

bouteille de lambig dont il se remplit un demi-verre.

— Youenn, je t'en prie, chuchota Anna, tu as assez bu.

— J'ai besoin d'un coup de fort pour avaler ça !

— Cette lande ne vaut rien, dit Thomas.

— Tu parles ! huit hectares ! Vous auriez pas dans l'idée de la lotir, des fois ? Ma lande ! Ma réserve de chasse !

— Une terre inculte, dit Margrite.

— Inculte mon cul !

— Youenn ! cria Anna.

— La paix dans le poulailler ! dit Tad Kermorvan.

— La paix ? hurla Youenn, la guerre, oui ! Inculte ? Tu sais ce que je vais semer là-dedans ? Du blé noir ! Du sarrasin que je récolterai même pas ! Juste pour les pigeons ! Juste pour vous faire chier ! Et d'ailleurs, je m'en vais tout de suite préparer le terrain, restera plus que les semences à acheter ! Ça tombe à pic, j'ai des lames neuves sur mon rota !

— Ne le prends pas comme ça, dit Thomas, on voulait juste discuter.

— Y a plus rien à discuter ! répliqua Youenn.

Il sortit en claquant la porte. Ils se levèrent tous. Dans la cour, Youenn mit son tracteur en route, décrocha la remorque, manœuvra et fixa le puissant broyeur à l'arbre de transmission arrière. Margrite et Thomas poussèrent leurs enfants dans la DS. Le tracteur vint à toucher le pare-chocs de la Citroën. Youenn fit ronfler le moteur en jouant de la pédale d'embrayage. Les Dagorn prirent la fuite. Anna sauta sur le marchepied du tracteur et supplia Youenn de revenir. Il ne l'écouta pas. L'engin sortit de la cour, suivi par les chiens.

— Laisse-le faire, dit Ronan, ça lui calmera les nerfs.

— La lande est en pente, dit Anna.

— Il connaît le terrain, depuis le temps qu'il chasse là-dedans.

— Il n'y chassera plus, s'il coupe tout.

— Justement. Il en voudra à mort à Margrite. C'est ce qu'il va chercher dans la lande, une raison définitive de la haïr.

— Le pire, c'est que tu as sûrement raison.

— Tu comprends maintenant pourquoi j'ai eu besoin de changer d'air ?

— Comment pouvez-vous être aussi différents l'un de l'autre ?

— C'est la campagne, ma petite belle-sœur... La campagne et ses contrastes. Ou ses contradictions. Le purin dans les bottines et les méninges encombrées de fierté. La culture du grain et la thésaurisation des gains. L'instinct de propriété et le désir de montrer. Sous les pavés la plage, sous la bouse le veau d'or.

— Arrête, je t'en prie ! Si Tad t'entendait !

— Il t'adore. Il faudra que tu prennes soin de lui. Il sera de plus en plus paumé. Ses traditions vont être balayées. A propos de traditions, il y a toujours bal au *Lutun Ru* le dimanche soir ?

— Je suppose que oui.

— Avec les filles sagement assises et les garçons qui font le tour de la salle en les reluquant comme des maquignons évaluent le poids des bestiaux ?

— Quand tu parles sur ce ton j'ai l'impression que c'est de moi que tu te moques.

Ronan s'inclina devant Anna.

— Vous dansez, mademoiselle ?

— Désolée monsieur, je ne suis pas libre, répondit Anna du même ton léger.

— Alors tant pis, j'irai au bourg tout seul.

— A pied ?

— En stop. Et je trouverai bien une fille pour me ramener en voiture.

— Une fille qui pourrait te garder au pays ?

— Elle ne va plus au bal, celle-là.

Les feux rouges du tracteur avaient disparu au bout du chemin. Les chiens revinrent, pantelants. Le setter se coucha aux pieds de Ronan.

— Ce chien est amoureux de toi, dit Anna.

— Et il chasse avec mon frère qu'il n'aime pas. Drôle de drame, tu ne trouves pas ?

— Il faut que j'aille voir si le bruit du tracteur n'a pas réveillé la petite, dit Anna.

Elle croisa frileusement les bras et rentra dans la maison. Tad Kermorvan buvait son grand verre d'eau du coucher.

— La petite dort, dit-il.

— Pensez-vous que mon devoir est d'aller raisonner Youenn dans la lande ?

— Non. Quand le chien est enragé il faut le laisser ronger son os. Le mieux est de se mettre au lit, demain on verra plus clair dans nos affaires. Où est Ronan ?

— Parti danser au *Lutun Ru*.

Tad Kermorvan secoua la tête, incrédule.

— Celui-là, il n'a jamais pu faire comme tout le monde.

# 4

La lande est plus âgée que Youenn. Il n'a pas connu cela, mais il le tient de son père : dans le temps d'avant les tracteurs on semait de l'ajonc et on donnait les pousses de l'année à manger aux chevaux. Personne n'était volontaire pour tourner la manivelle du broyeur. Au bout d'un quart d'heure vous aviez les bras en flanelle. On semait la lande sur les landes. Il fallait défricher. Lorsque le patron annonçait la corvée, les commis affûtaient leurs serpes et crachaient dans leurs mains. C'est que ce bois-là n'avait pas la tendresse du noisetier ou du bouleau. On attaquait en ligne, la tête dans les épines. Les femmes suivaient, armées de houes, qu'à Menez Glaz on appelait des « tranches ». Cassées en deux, les costaudes arrachaient les souches plantées comme des griffes dans la terre à bruyère, sous un pied d'humus de fougère. On gardait le bois le plus gros — de la taille d'un poignet de jeune fille. Couvert, il durcissait encore, et aussi bien dix ans plus tard brûlait en donnant une flamme claire, presque blanche, et une chaleur vive, idéale pour faire bouillir en vitesse une lessiveuse de linge ou chauffer la *pillig* en moins de temps qu'il n'en fallait pour battre la pâte à crêpes. Et puis les tracteurs envoyèrent les chevaux à l'abattoir et les landes furent abandonnées à la sauvagine.

Youenn a décidé d'attaquer par le haut, là où le terrain est à peu près plat. Il se concentre. Devant les phares du tracteur, une véritable muraille d'ajoncs. Les mains crispées sur son volant et le front sur les mains, il pleure et marmonne sa rancœur. Soudain, il redresse la tête, s'essuie les yeux d'un revers de manche, serre les mâchoires, enclenche la première vitesse et embraye le rotavator. Dans un ronflement de chaudière qui s'emballe, les lames se mettent à tourner. Le capot du tracteur s'enfonce dans la jungle. Les roues avant écrasent l'ajonc. A l'arrière, la broussaille n'a pas le temps de se redresser que la gueule de la machine l'avale, la réduit en poudre et recouvre d'un tapis de poussière végétale, fine comme du sable de dune, le chemin forcé. Une bécasse s'envole dans la lumière des phares, puis une deuxième, puis une troisième. Youenn leur souhaite bon vent, les prie d'éviter le territoire d'en face et leur annonce, au cas où elles ne l'auraient pas deviné, que demain à l'aube il n'y aura plus rien à gratter. Il le leur dit à voix haute : « Plus rien à gratter ! » De rage, il pousse un gémissement. Eclate de rire en imaginant la gueule que feront les chiens devant l'étendue rasée. Pulvérisé, le paradis aux bécasses ! Culbutés, les terriers des renards ! Bondonné, le trou du blaireau ! Ecrémé, le plateau ! Les lames rotatives pulvérisent, saccagent, massacrent la réserve de chasse, épouvantable moisson des plaisirs de l'hiver.

Ayant tracé sur le crâne du plateau un premier tondage en ligne droite, Youenn vire dans le dru, repart dans l'autre sens et chaume une autre bande. Sa colère ne faiblit pas. En mutilant la nature, il se mutile lui-même, mais souffre et jouit à la fois. Il éprouve par avance le plaisir malsain du reproche. Ah que oui, qu'il les traînera ici par la peau du dos, la Margrite aux doigts crochus et son gros sac de marlou, et il leur dira : « Voilà votre lande, espèces de branquignols ! Du terrain inculte ? Fini ! De la bonne terre à blé noir ! Question de construire, tintin ! Allez vous rhabiller, la bourgeoisie ! »

Le tracteur vire et repart. Les lames dévorent l'ajonc et c'est Youenn qui grince des dents. Tout y passera. Il aborde la partie pentue. Le tracteur prend de la gîte. Il peut verser, Youenn le sait, mais il se dit que le rotavator vaut bien une ancre, une ancre énorme, une mâchoire à mille crocs, qui chasse quand la drague vire, mais d'un coup de volant on remet l'équipage d'aplomb.

Une autre image surgit dans le cerveau embrumé de Youenn : dans le temps, les chevaux étaient devant la charrette, maintenant ils sont derrière, voilà toute la différence. C'est dix mille bourrins qu'il tire par la queue. Le cou par terre, ils bouffent la lande, tchak-tchak-tchak-tchak-tchak, comme des morts de faim, chient le crottin par les naseaux, hennissent, hihihihihihin ! Youenn se tord de rire. Ah le progrès, c'est quelque chose ! Rien, il ne restera rien de cette lande, nom de Dieu !

Le tracteur vire et repart au milieu de la pente. Youenn chevauche un dahut des montagnes. Petites pattes d'un côté, grandes pattes de l'autre. Il faucarde l'étang à bascule. Débarre le barrage. Il ne restera que de la vase. De la haine en putréfaction.

Anna avait fini par s'endormir. Vers une heure du matin, ce fut le bourdonnement du tracteur qui la réveilla. Non pas le bruit en lui-même, mais sa régularité. Plus de rugissements du Diesel, plus d'accélérations rageuses, plus de claquements secs — des pierres projetées par les lames contre les chaînes de protection. Anna tendit l'oreille : le moteur tournait au ralenti. Elle se leva et regarda par la fenêtre. Les phares éclairaient le sommet des mélèzes. Elle sortit dans le couloir. La porte de la chambre de Ronan était entrouverte. Il n'était pas rentré. Elle renonça à réveiller son beau-père. La jeune femme passa un pull et un pantalon par-dessus sa chemise de nuit, mit ses bottes, enfila la vieille veste de chasse de Youenn, prit une torche électrique et courut en direction de la lande.

Youenn n'avait pas raté son rendez-vous avec l'Ankou. Près d'un piège sous la lande qu'il n'avait pas su ou pu éviter — à mi-pente, la dépression d'une carrière d'où on avait extrait des pierres pour bâtir les crèches de Menez Glaz —, Youenn gisait, recroquevillé à l'intérieur de la cabine du tracteur renversé. Il ne respirait plus.

Anna revint en hâte à la ferme et réveilla Tad Kermorvan.

— Le malheur est arrivé dans la lande, Tad. Je vais chercher le docteur.

Elle sauta dans la 4L et fila au bourg. Le médecin de famille, le docteur Kermarrec, prit sa propre voiture et suivit la 4L jusqu'au bout du chemin.

Les phares du tracteur avaient été éteints et le moteur coupé. La silhouette de Tad Kermorvan surgit à la lisière de la lande.

— Il est mort deux fois, dit le père. Ecrasé et tué d'un coup de fusil dans le dos.

— Un coup de fusil ? s'étonna le médecin. Déconne pas, Loeiz.

— Il gardait son Darne dans la cabine, dit Tad Kermorvan. Regarde, je l'ai dégagé.

Le médecin empoigna le fusil, fit basculer la clé de culasse et ôta les étuis vides. Il referma la culasse et appuya sur les deux détentes.

— Plus de première jeunesse, cette pétoire. Le choc aura fait partir les coups. Donnez-moi la lampe, demanda-t-il à Anna.

Tant bien que mal, il se faufila dans la cabine et jeta un coup d'œil sur le dos de Youenn.

— Bon Dieu ! dit-il. Quels dégâts ça peut faire, un fusil de chasse à bout portant ! Normalement, je devrais appeler les gendarmes. A toi de décider, Loeiz.

— Il est mort, dit Tad Kermorvan, et les gendarmes n'ont jamais eu le pouvoir de ressusciter les gens.

— Dans ce cas, je vais bourrer la plaie de coton hydrophile, et que personne ne parle du fusil. Tu m'entends, Loeiz ? Vous m'entendez,

Anna ? Pas un mot, sinon nous aurions des ennuis tous les trois.

— Sois tranquille, Kermarrec. Ramène Anna à la maison. Autant que tu remplisses tes papiers avant de retourner au lit. Toi, Anna, en passant demande à Justin de venir avec son bull, des câbles et un treuil. On va tout de suite dégager le tracteur de là. Youenn, on le mettra à l'arrière de la 4L.

— Vous voilà veuve, ma pauvre Anna, dit le docteur Kermarrec.

— Anna est veuve, Gwenola est orpheline et Menez Glaz n'en a plus pour longtemps, dit Tad Kermorvan.

— Tad ! Il ne faut pas dire ça !

Anna se serra contre son beau-père et Tad Kermorvan eut ce geste inouï de la part d'un homme qui jamais ne montrait ses sentiments : il déposa un baiser sur les cheveux de sa bru et se mit à sangloter.

A son retour aux aurores, Ronan trouva son frère allongé sur la table de la salle à manger. Toilette du mort achevée, deux vieilles femmes du bourg habillaient le défunt de son costume de marié.

— Le tracteur a versé dans la lande, dit Anna.

Ronan la prit dans ses bras. Elle s'écarta brusquement, comme frappée par une décharge électrique. Il en resta les bras ballants, en perdit ses mots de réconfort, ne put que dire :

— Qu'est-ce que tu vas faire, maintenant ?

— On ne pourra pas l'enterrer avant mardi. Tu peux retarder ton départ ?

— Autant que tu le voudras.

— Aide-nous, s'il te plaît.

Il fallut soulever le corps pour glisser sur la table un drap propre dont les femmes effacèrent les faux plis à quatre mains. Anna alluma des bougies de chaque côté du catafalque. Aux pieds du mort, sur un tabouret, les vieilles disposèrent une branche de buis et dans une écuelle en grès de l'eau que le curé bénirait. Anna et Ronan apportèrent des chaises de la cuisine. Youenn était prêt pour recevoir les visites. Les vieilles se signèrent et prirent congé.

— C'est bizarre, murmura Anna, maintenant qu'il est là, sur cette table, j'ai l'impression que ça devait arriver.

— Ça ne m'étonne pas, dit Ronan.

Il ne dit pas que ce mariage lui avait paru contre nature et qu'il pensait que la fatalité s'était accordé un droit de repentir, comme un peintre décide un jour de brûler des toiles indignes.

Anna écoutait une voix intérieure lui dicter avec une netteté un peu effrayante ce qu'on attendait d'elle. C'était à croire que ces usages étaient incrustés en elle, alors qu'elle n'avait jamais vécu un tel événement. Acheter tout le nécessaire pour les collations à servir aux gens qui viendraient en visite : pain, jambon, pâté de campagne et pâté de tête, cornichons, vin blanc et vin rouge. Emprunter ici et là des thermos qu'on remplirait de café fort. Commander les fleurs. Faire teindre son manteau en noir et acheter des bas noirs. Repasser la plus belle chemise blanche de Tad Kermorvan. Organiser le goûter d'après l'enterrement, au *Bar des Sports*. Prévoir le dîner à Menez Glaz.

— Qu'est-ce qui ne t'étonne pas ? murmura-t-elle. L'accident dans la lande ?

— Non, tes prémonitions. Mon frère n'avait pas les moyens de s'offrir une étoile.

— Tu veux dire que je porte malheur ?

— Quand quelqu'un comme toi tombe du ciel, il est forcément porteur d'un message de Là-haut.

— De Là-haut ? Mais tu ne crois en rien !

— Je crois en ce que je vois. Et je te vois, toi.

— Ne me regarde pas comme ça, et ne me touche plus comme tout à l'heure. Je ne peux pas le supporter.

— Les étoiles filantes, ça brûle encore pendant longtemps après avoir touché terre.

— Mais qu'est-ce que tu racontes ?

— Des conneries.

— Heureusement que je suis seule à les entendre.

— Mais c'est tellement bon de délirer. Si tu voulais, je t'apprendrais.

Tad Kermorvan entra dans la salle à manger.

— Tu lui apprendrais quoi ? demanda-t-il.

— L'anglais.

Tad Kermorvan secoua la tête comme pour en faire sortir toute l'indulgence qu'une telle réponse nécessitait, en de telles circonstances.

— Ton frère parlait breton. J'aurais dû te l'apprendre aussi. Peut-être que ça t'aurait retenu ici.

Il posa sa main sur les mains jointes du mort.

— Il a l'air reposé. Allons dans la cuisine, il faut qu'on parle de la cérémonie.

— Et Margrite et Thomas ? dit Anna. On ne les a pas encore prévenus.

— Je ne voulais pas que tu aies ta belle-sœur tout de suite sur le dos. Ronan ira au bourg quand les poules seront levées.

# 5

Sous le couvercle fuligineux de *miz du* — novembre, le mois noir —, une grisaille humide escamotait les formes de granit et les pans d'ardoise. Dans ce paysage d'étain embué, quelques couleurs parvenaient néanmoins à éclore : vieil or des feuilles mortes d'un hêtre, croûtes orangées des lichens sur le toit de l'église, ocre rose du pignon de la mairie. Au centre de la croix formée par les deux allées principales du cimetière, la statue du soldat de Quatorze grimaçant sur les genoux de la Patrie en larmes semblait vernie de frais. Les voiles de bruine faseyaient au-dessus des navires fantômes des stèles entre lesquelles les gens défilaient pour venir s'arrêter un instant devant Anna, Tad Kermorvan, Margrite, Ronan et Thomas, à proximité de la fosse que les cantonniers de la commune combleraient à la fin des condoléances.

Salaun se présenta parmi les derniers. Comme des paupières qu'on baisse à demi pour épier par en dessous, des parapluies s'inclinèrent de biais.

Anna fut la seule à entendre ce que lui dit Salaun à voix basse :

— Un sale coup, mais c'est la faute à personne. Maintenant que ce pauvre Youenn est parti, tu es la patronne. Il faudra qu'on se parle, j'aurai des propositions à te faire. En attendant, que ça ne t'empêche pas de me demander mon appui, au besoin.

— Merci, répondit Anna.

Tad Kermorvan accepta la poignée de main de celui d'en face, sans desserrer les dents. Margrite estima de son devoir de manifester plus de politesse à l'égard du notable. Salaun l'embrassa. Elle le remercia de sa présence. Seuls les proches assistèrent à l'ensevelissement du cercueil.

Le goûter fut servi dans l'arrière-salle du *Bar des Sports*, qui faisait également dépôt de pain et horlogerie-bijouterie — dans un bout de vitrine trônaient des réveils Jaz, des oignons suisses et des montres-bracelets, ainsi que des cadeaux de première communion, gourmettes, médailles et missels reliés de cuir enluminé. Tad Kermorvan n'économisa pas ses sous, et cela se saurait dès le lendemain dans tout le bourg : Saint-Raphaël, assiette de charcuterie, vin blanc, vin rouge, gâteaux et café servis à volonté.

A la fin du goûter, les Kermorvan se rassemblèrent autour d'une table au fond de la salle. Margrite se moucha.

— Je crois bien que j'ai attrapé la crève, dit-elle sur un ton qui signifiait que le mort serait responsable de ce rhume en train de couver.

Elle demanda un verre d'eau pour avaler un cachet d'aspirine et leva son nez pointu, d'un air à juger l'avenir du monde à l'aune de ses propres misères. Tad Kermorvan sut qu'elle n'allait pas patienter jusqu'au lendemain pour poser la question qui la tourmentait.

— Dis-le donc, ce qui te gratte le nez et le derrière, dit-il, comme ça tu pourras ramasser ton mouchoir dans ta poche et tenir en place sur ta chaise.

— Puisque tu me le demandes si gentiment... Vous avez décidé quelque chose entre vous, depuis lundi matin ?

— Je ne suis pas seul à décider, dit Tad Kermorvan. Les papiers ont été signés chez le notaire, Youenn est parti, Gwenola hérite de son père et cette petite a une mère qui est responsable d'elle jusqu'à sa majorité.

— Anna peut reprendre son travail à la mairie, dit Thomas. J'en ai déjà parlé au maire adjoint, il n'a pas dit non.

Margrite enfonça le clou :

— C'est la meilleure solution. Mais qu'est-ce qu'on va faire des terres, du bétail et des machines ?

Tad Kermorvan se tourna vers Anna et d'un coup de menton lui intima de répondre.

— Je reprends la ferme à mon nom, dit Anna.

— Hein ? Quoi ? explosa Margrite. Mais c'est de la folie ! Et notre part ? Il va falloir attendre la saint-glinglin pour la toucher ?

— A ce sujet, rien n'est changé. Le dernier partage aura lieu quand je serai sur mon lit de mort.

— En ce qui me concerne, pas de changement

non plus, dit Ronan. Tu peux considérer que l'argent placé à mon nom est à toi, Anna.

— Ça alors, c'est le bouquet ! Quelle générosité ! Qu'est-ce qu'elle t'a promis, en contrepartie ?

Tad Kermorvan tapa des deux mains sur la table.

— La paix ! Anna vient de dire qu'elle reprend la ferme à son nom. Je suis d'accord. Voilà, c'est comme ça et ce ne sera pas autrement.

— Pas du tout ! Ah, mais pas du tout ! Ah, elle ne passera pas comme une lettre à la poste, votre histoire !

— Si tu as des idées d'avocat ou de tribunal derrière la tête, autant te les enlever tout de suite, ma fille, dit Tad Kermorvan.

— Derrière la tête ou pas, mes idées elles sont encore à moi ! Je suis sûre d'en hériter, au moins ! Et elle, pourquoi elle ne dit rien ?

— Anna est plus raisonnable que toi.

— Plus raisonnable, ça m'étonnerait. Plus riche, en tout cas !

— Assez ! La messe est dite !

Margrite et Thomas se levèrent et rassemblèrent leurs affaires — manteaux, chapeaux, sac, parapluie.

— Oh, j'ai bien compris que je n'avais plus mon mot à dire là-dessus ! reprit Margrite. Comme sur quoi que ce soit, d'ailleurs. Faites à votre goût. Mais en tout cas, Tad, ne t'étonne pas de ne plus voir tes petits-enfants très souvent. Et ne compte par sur moi pour venir te torcher quand tu ne pourras plus t'occuper de toi, puisque tu préfères une bonniche, une moins que rien, à ta propre fille !

— Je t'en prie, Margrite, dit Ronan, ne prononce pas ce genre de paroles définitives.

— Si tu crois que je suis près d'oublier que tu donnes ta part à une étrangère !

— A la veuve de mon frère, Margrite.

— C'est ça, ton frère que tu aimais tant ! Et ce soir, tu vas le remplacer dans son lit, peut-être ?

Tad Kermorvan blêmit.

— Tu n'es qu'une saleté ! dit-il. Fous-moi le camp ! Et si après ça tu te représentes à Menez Glaz, sache qu'il faudra que tu te mettes à genoux avant que la porte s'ouvre devant toi !

Margrite fouilla fébrilement dans son sac et jeta un billet de cent francs sur la table.

— Tiens ! Pour payer notre café !

Tad Kermorvan hocha la tête et glissa le billet sous son bol.

— Un bon pourboire, ma foi. Les serveuses vont me trouver très généreux.

Ignorant Margrite et Thomas qui malgré tout hésitaient encore à partir, Tad Kermorvan demanda à Ronan :

— Et toi, fiston, tu vas rester à la maison, désormais ?

Ronan évita le regard d'Anna.

— Non, il faut que je parte. J'ai des engagements à tenir. Mais je te le promets, je reviendrai dès que possible.





# DEUXIEME PARTIE

# 6

Une année s'était écoulée. « Une année déjà », songeait presque chaque jour Anna, le plus souvent avant de s'endormir, mais encore dans des circonstances inattendues où l'emplissait soudain une sensation prégnante d'appartenance à l'univers, esprit et corps confondus, qui l'enivrait d'un bonheur absolu et d'une confiance illimitée en elle-même, incompréhensibles. Ces bouffées de foi en la nature l'envahissaient devant la majesté d'un orme, tout comme au bord du ravin où Youenn avait perdu la vie ; ou bien quand résonnait le cri perçant d'une buse et qu'elle levait la tête et apercevait le grand rapace immobile très haut dans le ciel, et que l'oiseau semblait la défier : « Imite-moi, vole de tes propres ailes ! » L'instant d'après il décrochait, descendait en spirale et se posait sur un poteau de clôture, sans craindre quoi que ce fût, et lui disait : « Tu as vu ? Pose-toi où tu veux, personne ne te fera de mal. »

Anna s'ébrouait, se traitait d'idiote et cherchait bientôt des explications tangibles à ce sentiment de fusion entre son esprit et la terre. Au chapitre des choses concrètes, il y avait ce qu'elle appelait son uniforme de fermière, les salopettes de Youenn raccourcies et pincées à la taille. Il y avait également, bien que l'on confiât le plus dur à Justin Lichou, l'entrepreneur de travaux agricoles, le tracteur qu'elle avait appris à conduire — autant dire : qu'elle avait dompté, car l'engin était capricieux. Il y avait les bêtes, qui dépendaient d'elle, une grosse responsabilité. « Et n'oublions pas les gens », se tançait-elle, quand elle se trouvait dans cet état de gratitude à l'égard du bon Dieu qui lui avait donné la force de prendre la succession de son mari.

En se rappelant le corps sur la table, elle s'avouait incapable d'imaginer ce qu'auraient été ses années jusqu'à la vieillesse, aux côtés de Youenn, s'il avait vécu. Ces pages-là, dans le journal intime de ses pensées, demeureraient à jamais vierges d'images et de mots. N'eût été cet accident, elle aurait continué de marcher dans l'ombre d'un époux, ne serait pas sortie de sa chrysalide. La mort de Youenn l'avait projetée en plein jour. Qui oserait lui reprocher de se gorger de lumière, comme une plante transplantée d'un fossé au bas d'un talus dans un jardin exposé au soleil ? Tad Kermorvan ? Surtout pas lui. Il s'était effacé. Il lui distillait ses conseils en prenant soin de ne pas la décourager, ni de la vexer. Annonçait-elle : « J'ai décidé de vendre les veaux », qu'il répondait : « Le moment est venu. » Ou bien, et c'était là la forme que revêtaient ses conseils : « Tu as encore deux ou trois semaines devant toi. » Il convenait de l'interroger, dans ce cas, sur le pourquoi de ce délai supplémentaire.

L'harmonie s'était installée entre eux dès le début du veuvage d'Anna. Tad Kermorvan témoignait son affection non par des paroles de convenance mais par des attentions de tous les instants. Ce maître, qui avait commandé à des dizaines de journaliers, mettait la main à la pâte, faisait sa part de corvées ménagères, avait des délicatesses insoupçonnables. Certains hommes, à force de côtoyer les bêtes, manquent de pudeur, jettent à laver du linge souillé, vont au lit les pieds sales. Tad Kermorvan se respectait trop lui-même et respectait trop sa bru pour se négliger. Pour rien au monde, il n'aurait voulu donner à Anna « du travail supplémentaire » ou des tâches rebutantes. Il s'occupait beaucoup de Gwenola et ne manquait pas une occasion d'apprendre à sa petite-fille ces choses de la nature telles que la délicatesse d'une aile de papillon, le soyeux d'une plume, le sérieux problème que posent trois brins de paille que l'on veut tresser ensemble, comment égrener du plantain pour les perruches, piétiner une pâture pour faire sortir les lombrics, chercher un nid de merle dans les rhododendrons et observer les œufs et bientôt les petits et refermer soigneusement la fenêtre des branchages, et s'attrister enfin que les oiseaux se soient envolés du nid. La petite poussait toute seule et partageait ses joies et ses caprices entre sa mère, son grand-père et Justin Lichou, qu'elle appelait « parrain ».

Justin, bien qu'il fût serviable comme pas un, était le seul vrai souci d'Anna. Il avait pris ses aises à Menez Glaz et, petit à petit, s'était posé en prétendant. Tad Kermorvan poussait un peu à la roue :

— Justin n'a pas inventé la poudre, mais c'est un gentil garçon, et je crois qu'il est drôlement mordu. En plus, il s'arrange bien avec la petite.

Anna avait consenti à quelques promenades au bord de la mer, le dimanche après-midi. Justin avait presque formulé sa demande en mariage.

— Une femme a besoin d'un homme, un homme a besoin d'une femme, je crois qu'on s'entendrait bien, nous deux. Au fond, on est complémentaires.

— Complémentaires ?

— Ben oui. Tu as la terre, j'ai les outils pour la travailler. Et puis je suis à peine plus vieux que ne l'était le pauvre Youenn. Je ne suis pas trop tard pour avoir un ou deux gosses à moi.

Anna s'en tirait par un sourire, et Justin prenait son silence pour une promesse. D'autres hommes lui tournaient plus ou moins autour : le chauffeur du camion de la laiterie, le conseiller technique de la coopérative, le représentant en produits de nettoyage. Mais eux, on voyait bien que ce n'était pas le mariage qu'ils cherchaient. Epouser Justin, dans l'intérêt de la ferme et de la petite ? Pourquoi pas ? Le mariage de raison est le destin des veuves, à la campagne. Plus d'une le lui avait dit, au bourg, à la sortie de la messe. Et comme l'idée paraissait enchanter Tad Kermorvan, elle décida de sauter le pas. Elle accepta de passer une soirée chez Justin. Un dîner en tête à tête, qu'elle fixa au mois prochain, pour le regretter dès le lendemain, à réception d'une carte postale de Ronan. Il annonçait son passage, sous quinzaine.

Et il fut devant elle un jour en fin d'après-midi, alors qu'elle revenait d'avoir ramené les vaches aux champs après la traite. Gwenola assise sur ses genoux, il buvait une tasse de café dans la cuisine. Il l'embrassa sur les deux joues. Tad Kermorvan replia son journal.

— Tu peux être content, dit-il à son fils, un aveugle se rendrait compte que tu fais des heureux.

— Le plus heureux, c'est moi. Je ne pensais pas que ça me ferait cet effet-là de revenir au pays.

— En tout cas, mon fils, je te remercie d'avoir pensé à la messe anniversaire de ta mère et de ton frère sans que j'aie besoin de te prévenir comme d'habitude, dit Tad Kermorvan.

Anna regarda les sacs et les valises posés par terre près du poste de télévision.

— Tu t'es chargé comme un mulet, pour un aller-retour, dit-elle.

— Je ne retournerai pas à Londres.

— Tu vas rester ?

— Oh oui, reste, tonton ! cria Gwenola.

— Je vais peut-être poser mon sac un moment. Tout dépendra.

— De quoi ? demanda Anna.

— De... d'une proposition que j'attends plus ou moins. J'en ai un peu marre de rouler ma bosse et pourtant, à l'étranger, dans certains pays, il y a énormément de boulot.

— Ici aussi il y a du travail pour tes bras et pour ta cervelle, dit Tad Kermorvan. On part chercher de l'or au bout du monde et on le trouve en revenant chez soi.

— Voilà une phrase qui donne à réfléchir, dit Ronan.

— Réfléchir n'a jamais donné la diarrhée à personne, dit Tad Kermorvan.

Ronan rit de bon cœur.

— Dans la Grèce antique, tu aurais été philosophe, papa.

— Peuh ! On n'a jamais vu de philosophe trébucher sur les mottes derrière une charrue !

— Détrompez-vous, Tad, moi c'est comme ça que je les imagine, les philosophes.

— Vous les jeunes, vous êtes aussi bêtes l'un que l'autre, à vous fiche de ma poire, dit Tad Kermorvan.

— Je vais préparer le repas de ce soir, dit Anna.

— Pas la peine, je vous invite au restaurant, dit Ronan.

— En l'honneur de quoi, mon fils ?

— Pour fêter mon retour. C'est une bonne raison, non ?

Ils allèrent dîner au café-restaurant du bourg. Ils prirent le petit menu. Tad Kermorvan insista pour payer l'apéritif et les boissons. Pendant presque tout le repas Ronan garda Gwenola sur ses genoux. Anna songea que la petite cherchait à séduire les hommes pour sa mère. A moins que ces hommes-là ne cherchassent à séduire l'enfant pour avoir la maman ? Elle repoussa cette pensée.

A Menez Glaz, ils prirent une infusion et

s'embrassèrent avant d'aller se coucher, ce qui n'était pas coutume, à la ferme.

— Avec toi on va devenir de vrais gens de la ville, plaisanta Anna en tendant sa joue.

— Les gens de la ville ne sont pas différents des gens de la campagne. Simplement, ils n'hésitent pas à montrer leur amitié, alors qu'à la campagne on est plutôt avare de témoignages d'affection.

— Paroles d'intellectuel, mots de rien ! se moqua Tad Kermorvan.

— Non, Ronan a raison, Tad. A la campagne on cst souvent trop renfermés.

Tad Kermorvan secoua la tête.

— Pour ma part, je considère qu'il y a des choses qui doivent être dites et d'autres pas.

— Encore faut-il se les dire, les choses qui doivent être dites, répondit Ronan en captant le regard d'Anna.

Le lendemain matin, quand Anna descendit, une bonne odeur d'œufs frits emplissait la cuisine.

— Un breakfast à l'anglaise ! dit Ronan. Le petit déjeuner est le meilleur repas de la journée.

Il avait déniché dans le vaisselier des écuelles pour les céréales, des verres à pied pour le jus de fruits et de petites assiettes plates où poser son pain.

— J'aimerais bien être servie comme ça tous les matins.

— Un vœu très facile à exaucer.

L'arrivée de Tad Kermorvan interrompit leur conversation. Il regarda la table d'un air ahuri, grimaça en avalant son jus de pamplemousse mais ne laissa pas ses deux œufs sur le plat et son lard aux chiens.

— Alors, papa, ta belle-fille s'en tire bien ? lui demanda Ronan.

— C'est peu de le dire.

— Vous arrivez à vous en sortir, rien qu'avec les laitières ?

— C'est bien suffisant.

— Oui, mais les conseillers de la chambre d'agriculture n'arrêtent pas de me tarabuster, dit Anna. Ils prétendent qu'on pourrait doubler le cheptel en changeant de méthodes.

— Quelles méthodes ?

— Moderniser l'atelier de traite, changer de culture. Mais on ne va pas tout démolir, n'est-ce pas, Tad ?

— Non, pas tant que ce n'est pas nécessaire, ma fille.

— Depuis la mort de Youenn, tu n'as jamais eu envie de partir ? demanda Ronan.

— Partir ? Et où ?

— N'importe où. Avec quelqu'un.

— Anna serait libre de le faire si elle le voulait.

— Vous savez bien que je préfère rester, Tad.

— Rester avec quelqu'un ? dit Ronan.

— Evidemment que ce serait mieux, avec quelqu'un, dit Anna.

Ils se rendirent à la messe de onze heures. Justin les rejoignit à l'église. Quelques cousins et cousines éloignés, plus une demi-douzaine de vieilles commères nécrophiles qui connaissaient par cœur la généalogie de la commune entière et ne manquaient jamais un enterrement ni une messe anniversaire — dans l'espoir, sans doute, qu'à leurs propres obsèques on leur rendrait la politesse — avaient tenu à honorer la mémoire de Youenn.

Sur la route du cimetière, Justin ne quitta pas Anna d'une semelle. Ils se recueillirent sur les tombes et revinrent ensemble place de la Mairie où les voitures étaient garées. Anna quitta les hommes pour aller faire la queue à la pâtisserie. Ils allèrent boire un verre au *Bar des Sports*. Une bousculade isola Ronan et Justin au bout du comptoir.

— Alors, Ronan, dit Justin, t'es en escale ? Pour combien de temps ?

— Une semaine ou deux, en principe. A moins que je ne décide de poser mon sac. Ou en tout cas de passer quelques mois au pays.

— Ah alors, tu seras peut-être de la noce !

— Quelle noce ?

— La mienne !

— Et je connais l'heureuse élue ?

— Hé ! Hé ! Entre ta belle-sœur et moi, ça marche pas mal. J'ai préparé le terrain et ma foi le grain commence à germer.

— Tu l'as demandée en mariage ?

— N'importe comment, elle ne peut pas rester seule.

— Sûrement.

— Je serai fixé samedi prochain. Elle vient dîner à la maison. En amoureux. Et j'espère bien que... Enfin, entre hommes, on se comprend.

Ronan avala d'un trait son verre de muscadet.

— Tu es un sacré veinard, Justin ! Toutes mes félicitations !

Le lundi matin, Ronan emprunta la 4L sous le prétexte d'aller à la poste du bourg. Il en revint en affirmant qu'il avait reçu un télégramme. Un travail bien payé à Bruxelles, mentit-il. Il refit ses bagages et c'est à dessein qu'il commanda un taxi à l'heure de la traite, pour éviter les adieux. Mais Anna l'attendait au bord du chemin. Il descendit du taxi. Il la prit dans ses bras. Elle crut qu'il allait l'embrasser sur la bouche, mais ce ne fut qu'un effleurement au coin des lèvres.

— Au revoir, Anna, je te souhaite beaucoup de bonheur.

— Pourquoi tu me dis ça ?

— Tu as ta vie à refaire.

— Tu fuis quelque chose. Quoi ? Dis-moi ! Hier, tu affirmais toi-même qu'il faut dire les choses !

— Ma place n'est pas ici. Je vous enverrai beaucoup de cartes postales.

— C'est ce que disent ceux qui n'ont pas l'intention de revenir.

— Je ne suis pas heureux de partir, Anna.

Il s'engouffra dans le taxi. Le soir, au dîner, Anna ne prononça pas un mot. Tad Kermorvan brisa le silence.

— Tu n'es pas obligée d'aller chez Justin samedi en huit.

— Je ne suis pas obligée mais j'irai quand même.

— Quand on chasse la bécasse, rien ne sert de prendre un chien courant. Il n'y a que de la déception dans le carnier.

— Vous voulez dire que Justin n'est pas assez bien pour moi ?

— On peut se poser la question, ma fille.
— Nous aurons la réponse dans huit jours, Tad.
— Ne fais rien que tu serais amenée à regretter.
— Vous ne voulez pas que je me remarie ?
— Si. Mais pas pour me faire plaisir. Il faut que tu sois bien sûre de toi.
— Jusqu'à hier, je le croyais. A présent je ne suis plus sûre de rien.

Anna sourit intérieurement en remarquant les plis bien nets du polo bleu layette. Acheté de la veille, ou bien, allez savoir, l'année précédente, mais en tout cas tiré de son enveloppe de Cellophane en son honneur, juste avant qu'elle n'arrive. Le vieux garçon, quant à lui, fut intrigué par le petit sac de voyage d'Anna mais, intimidé, ne se permit aucune réflexion sur son contenu.
— Tu n'es jamais allée plus loin que le bureau, dit-il, viens donc voir le reste... Tu fermeras les yeux sur les toiles d'araignée, je ne fais pas le ménage tous les jours.
Le bureau était un appentis adossé au pignon d'une maisonnette datant des années cinquante, un simple cube à deux étages sur cave. Un vaste terre-plein goudronné la séparait d'un hangar où l'entrepreneur réparait et garait ses trois engins, un tracteur, un tracto-pelle et un bulldozer. Des parterres de fleurs et des massifs d'escallonias et de millepertuis, autrefois entretenus par la mère Lichou, étaient à l'abandon.
Selon l'usage, Justin tint à faire visiter sa mai-

son, qu'il avait briquée pour l'occasion, de la cave au grenier. Dans la cuisine, le torchon de vaisselle avait été soigneusement plié sur la poignée de la gazinière. Un bouquet d'arums et de gypsophiles trônait sur un napperon, au milieu de la table en Formica. Quelques reproductions encadrées, genre cerf réant sous la ramure, ornaient les plâtres nus de la salle à manger. Les meubles, massifs, étaient de style Henri II, à personnages bretons. Anna paria avec elle-même que le buffet, décoré de l'inévitable barrique miniature et de ses tasses en faïence accrochées de chaque côté, contenait un assortiment de verres de toutes sortes, des monceaux de nappes et de serviettes de table, une ou plusieurs ménagères qui avaient été la fierté de la mère de Justin. La décoration de la chambre, avec son papier peint à fleurs et son dessus-de-lit en piqué blanc, était touchante. Anna posa son sac sur le lit. Elle avait décidé de faciliter les choses à Justin.

— J'ai apporté une chemise de nuit et mes affaires de toilette.

— Anna ! C'est oui, alors ? balbutia-t-il.

— Pour l'alliance, oui peut-être. Pour le reste, j'ai été mariée et tu n'es plus tout à fait un jeune cœur.

Il l'embrassa maladroitement. Sa bouche avait un goût d'anis. Il avait pris un verre d'avance, histoire de se donner du courage. Ses mains tremblaient. Elle se détacha de lui.

— La visite n'est pas finie... Et ton rôti va brûler...

Volubile soudain, Justin entreprit de décrire dans le détail les travaux qu'il envisageait de réaliser « pour moderniser la maison ». Une autre chambre lui servait de débarras et de lingerie, aussi, dit-il :

— En un rien de temps je pourrais l'aménager pour Gwenola et, au cas où elle aurait un petit frère, il y a la soupente qu'on peut facilement mansarder.

Il tint absolument à ce qu'Anna admirât la salle de bains et la baignoire neuve qu'il avait fait installer depuis peu. Sur la tablette au-dessus du lavabo, le rasoir, le bol à raser, le blaireau et la lotion after-shave étaient rangés dans un ordre que la jeune femme supposa immuable. Tout cela sentait le vieux garçon, enrobé de routine.

La perspective — la certitude ! — d'accueillir Anna dans son lit rendit Justin fébrile. Il cassa un verre à pied dans l'évier. Il déchiqueta le bouchon de la bouteille de saint-émilion et il fallut passer le vin au chinois. Malgré les protestations de son hôte, Anna l'aida à servir, à débarrasser et à faire la vaisselle. Elle accepta un verre de Marie Brizard, trouva la liqueur amère et eut envie de partir. Mais ç'aurait été trop cruel de laisser Justin sur sa faim. Elle proposa qu'ils aillent se coucher. Justin ne se fit pas prier. Pendant qu'Anna occupait la salle de bains, il ferma toutes les persiennes du rez-de-chaussée, tourna le verrou de la porte d'entrée, éteignit les lumières et monta se mettre en pyjama. En se glissant à côté de lui entre les couvertures trop courtes, Anna lut dans son regard qu'elle représentait pour lui la huitième merveille du monde. Il commença à la caresser, ici et là, au petit bonheur de son inexpérience. Il s'embrouilla dans les chemins.

— Je n'ai jamais eu de femme, Anna, bredouilla-t-il.

— Même pas pendant ton service militaire ?

— J'ai été au bordel, une fois, en Algérie, mais c'était pire que d'enfermer le mâle avec la lapine dans le clapier.

— Mais ça t'a au moins appris comment est fabriquée une femme, non ? chuchota-t-elle.

— Je n'ai pas été jusqu'au bout. Et toi tu es si belle, Anna, et si fine...

— Je ne suis pas en porcelaine, tu ne me casseras pas en morceaux.

Il fallait en finir. Elle l'attira sur elle, baissa son pantalon de pyjama et voulut le guider. Mais à peine l'eut-elle touché qu'il se répandit en tressaillant de tout son corps, accroché à elle comme un noyé à son sauveteur. Il enfonça sa tête dans l'oreiller. Quelques minutes plus tard, elle le repoussa avec délicatesse, se rendit dans la salle de bains, se rhabilla, revint dans la chambre et s'assit au bord du lit.

— Je ne suis bon à rien, dit-il.

— Ça arrive à tous les hommes.

— Tu ne me donnes pas une deuxième chance ?

— Il y a trop d'amitié entre nous. Il vaut mieux que tu restes le parrain de Gwenola.

— Elle m'adore, cette gosse.

— Tu crois ? Moi je crois plutôt qu'elle te déteste ! répondit Anna en riant.

— Heureusement que je suis meilleur avec la terre qu'avec les femmes. Sinon, il ne risquerait pas de pousser grand-chose après mes semis.

— Il ne faut pas désespérer, Justin, tu finiras bien par trouver chaussure à ton pied.

Elle déposa un baiser sur son front et tapota son oreiller.

— A demain, Justin.

— A demain, Anna.

— Fais de beaux rêves, malgré tout.

— Oh ça, tu te doutes bien que c'est demander l'impossible !

Pendant le trajet jusqu'à Menez Glaz, Anna garda un sourire sur les lèvres en songeant aux tâtonnements de Justin.

Tad Kermorvan était assis dans la cuisine et regardait la télévision. Anna se servit un verre d'eau au robinet de l'évier. Son beau-père se leva et éteignit le poste.

— Alors, ma fille, Justin fait bien la cuisine ? demanda-t-il.

— Un vrai cordon bleu.

— Mais il ne sera pas le nouvel homme de la maison ?

— Non, Tad.

— Je m'en doutais. On ne peut pas marier l'eau et le feu.

— Je ne brûle pas, Tad.

— Tu ne te vois pas rougir devant certains.

— De qui parlez-vous, Tad ?

— Vous ne vous êtes pas disputés, au moins, Justin et toi ?

— Non.

— Tant mieux. La petite aurait trouvé dur, autrement.

— Elle ne s'est pas réveillée ?

— Je suis allé voir il n'y a pas cinq minutes.

Elle dort comme un ange. De ce côté-là, elle ne ressemble pas à son père. A cet âge-là, il rendait sa mère bourrique.

— Il est temps d'aller au lit, Tad. Il y a les betteraves à rentrer et Justin va venir de bonne heure demain avec sa grande remorque.

Tad Kermorvan secoua la tête.

— Les betteraves ! M'est avis que nos vaches sont les dernières à en manger, ainsi qu'à connaître le goût des choux jaunes.

— Peut-être qu'on ne pourra pas tenir éternellement comme ça, dit Anna.

Tad Kermorvan eut une moue dubitative, but son verre d'eau du coucher, vérifia que la porte était bien fermée à clé et précéda Anna dans l'escalier.

Elle l'observa monter les marches. Il s'était voûté, depuis la mort de Youenn. Elle n'avait pas eu le cœur de lui confier qu'un autre homme l'avait invitée à dîner et que, prise par surprise sur la grand-place du bourg, elle avait dit oui, par curiosité.

## 7

Armand Salaun ajusta son nœud de cravate dans le miroir vénitien du salon.

— Monsieur va aux putes ? lui demanda Madeleine, sa femme.

— Tu connais l'adresse d'un boxon dans le coin, toi ? C'est juste un dîner d'affaires, qui risque de se prolonger un peu.

— Comme de bien entendu.

D'une main tremblante, Madeleine alluma une cigarette, se servit un verre de chivas, s'assit sur le tabouret du piano et se mit à jouer sur un tempo de marche funèbre les notes de *J'attendrai ton retour*.

— Madeleine, s'il te plaît, n'en remets pas trois couches !

— Ô amour, ô mon doux cœur, j'ai perdu la raison, l'ignores-tu ?

Elle but une gorgée de whisky et se mit à chantonner *J'attendrai... le jour et la nuit... j'attendrai toujours...*

— Ton retour ! cria-t-elle en plaquant un accord assourdissant.

— Tu devrais arrêter de boire.

— Madeleine est un caniche poudré qui boit pour oublier. Madame Salaun boit. Je bois, tu bois, il boit-boit ! Ouah-ouah-ouah ! C'est drôle, non ? Pourquoi ne ris-tu pas ? Hi-hi-hi ! Ha-ha-ha !

La cendre de sa cigarette tomba dans le creux de sa jupe. Elle écarta les jambes.

— Y a le feu ! Y a le feu ! gloussa-t-elle.

— Ouais, tu finiras par foutre le feu quelque part, avec tes satanées clopes.

Madeleine secoua sa jupe.

— Au feu les pompiers, la maison qui brûle, au feu les pompiers, la maison brûlée ! chantonna-t-elle en s'accompagnant gaiement.

Salaun boutonna son imperméable, vérifia que son portefeuille était bien dans la poche de sa veste et se figea, indécis. Il déboutonna son imper. Depuis la naissance de son fils, qui aurait deux ans bientôt, comme la petite de Menez Glaz, il ne partait plus tranquille, quand il envisageait de découcher. Il craignait que Madeleine ne fasse « une connerie ». La présence d'une nounou à demeure, logée dans la chambre du petit, le rassurait, mais avec les malades comme Madeleine on n'était jamais sûr de rien. Elle aurait dû être suivie par un psychiatre, au lieu d'engraisser le vieux Kermarrec, qui se contentait de lui prescrire un tas de saloperies. Mais dans sa situation, avec toutes ses responsabilités syndicales, politiques et économiques, Salaun ne pouvait pas se permettre ça, une femme soignée par un toubib pour les fous, dans ce pays où tout finissait par transpirer. En outre, ça ne ferait pas un pli, le psychiatre le mettrait à contribution, lui, le mari. Il imaginait le laïus : « Votre épouse n'est pas heureuse chez elle, vous détenez une grande partie de la solution, à vous d'y mettre du vôtre... » Rétablir l'équilibre du couple, donner sinon de l'amour du moins de l'affection, etc. Et de ça, Salaun n'en avait aucune envie. L'heure tournait, il allait être en retard. Il commençait à bouillir. Cette salope avait décidé de lui jouer son numéro, rien que pour l'emmerder. Qu'elle aille donc jouer à la poupée !

— Tu devrais monter voir le petit, suggéra-t-il d'un ton patelin.

Ce gosse, c'était elle qui l'avait voulu. Normal, elle avait tout de même vingt ans de moins que lui. Il le lui avait fabriqué consciencieusement, sur le tard, sur le très tard, à la lisière de la quarantaine. Ç'avait été sa seconde bonne action, la première ayant été d'épouser ce sac d'os dont personne ne voulait. Mariage d'intérêt, d'accord, pour la dot. Ah la dot ! S'il avait pu prévoir, il aurait fixé la barre un peu plus haut, lors des tractations avec le papa avoué. Tout bien considéré, il avait été baisé. Il reboutonna nerveusement son imper et mit son chapeau.

— Oh beau, Salaun, beau ! se moqua Madeleine.

Elle massacra les premières mesures d'une marche nuptiale. Salaun demeura les mains dans les poches, à regarder son chignon piqué d'épingles, tout un symbole. Adepte des *challenges*, un mot nouveau en vogue à la chambre d'agriculture, au début il s'était dit qu'il arriverait bien à éveiller Madeleine au plaisir des sens, et qu'il la tiendrait par là. Il aimait à se vanter de ses capacités de Pygmalion du sexe : quand l'homme se montre à la hauteur, les laides sont souvent les meilleures affaires. Tellement étonnées qu'on les honore, elles lâchent les rênes et grimpent aux rideaux dès qu'on les touche — Salaun avait appris à châtier son langage dans les dîners en ville mais avait toujours la pensée ordurière. Peau de balle. L'éducation sensuelle de Madeleine avait été un fiasco. Hormis la dot, il avait tiré le mauvais numéro. Il ne la tenait que par les conventions, et par le fric qu'il lui donnait — chacun son tour. Qu'elle veuille lui échapper dans l'alcool l'irritait. Il arriva au stade habituel de sa réflexion, en de tels moments : « Eh ben, qu'elle se flingue si ça lui chante !... Rien à glander ! »

Il vérifia sa tenue dans la glace du couloir. Le veuvage lui irait parfaitement aux mœurs et au portefeuille. Quant au gosse... Il culpabilisait un peu de n'éprouver aucun sentiment paternel. Manque de temps. Et puis c'était la chose de Madeleine, pas la sienne.

Elevé par deux bonnes femmes, dans le duvet et la soie, qu'est-ce que ça donnerait ? Une petite pédale en marinière, fragile comme un poussin d'un jour, qui, à dix-huit ans, lui causerait du piédestal de sa réussite au concours d'entrée à Sciences-Po et renierait le purin de ses origines pour émigrer dans la famille de sa mère, parmi les culs serrés. Sans maîtriser très bien le sens du mot « populisme », Salaun penchait de plus en plus vers là, vers l'idée d'un pouvoir fort, entre les mains de ceux qui se sont élevés à la force du poignet, qui ont l'art et la manière, comme lui, de transformer en pacsons de billets de la Banque de France des milliers de porcs charcutiers.

Hélas, quoi qu'il fît et quelle que fût sa fortune présente et à venir, Salaun ne serait jamais que toléré dans l'univers des riches de naissance. Pas faute d'avoir essayé de s'intégrer, pourtant. Cette bicoque, par exemple, il avait tout misé dessus en ouvrant un crédit illimité à Madeleine chez *Breizh Design*, le magasin chic du département. Résultat, ils vivaient incrustés dans les pages d'un catalogue de styles et décors et il avait trouvé assez rigolo, au temps où ils recevaient encore des snobinards, d'entendre cliqueter les calculettes méningées occupées à totaliser les prix de l'antiquaille et de la quincaillerie. Salaun avait pensé avoir atteint un sommet — « en avoir foutu plein la vue à tous ces emmanchés », aurait-on pu lire dans ses pensées — jusqu'à ce fameux soir de grand raout où il avait surpris une conversation entre deux bourgeoises, à propos de ses prétendues fautes de goût — une histoire de vin servi dans les verres à eau, ou une connerie de ce genre — et de « cette pauvre Madeleine vendue par son père au pire des parvenus, pensez ! à un mercanti porcin ! »

Il avait tiré une croix sur les réceptions. Pour son plus grand bien, d'ailleurs, convint-il avec lui-même. Ces relations-là ne servaient à rien. Tous des bras cassés. Des parasites. Des jaloux. Indignes de sa table et de sa cave. Il n'invitait plus que des gens de sa classe, des gagnants, qui se foutent du flacon pourvu qu'ils aient l'ivresse, qui rotent par politesse et n'hésitent pas à se débraguetter l'esprit en fin de repas pour en raconter une bien bonne et bien salée.

Il se calma. Soirée délicate. La petite Anna ne serait pas facile à manœuvrer. Il revint dans le salon. Madeleine tapotait toujours sur son Steinway, en silence, touches bloquées. Il déposa un baiser au sommet de son chignon.

— Ne te couche pas trop tard, ma chérie, dit-il. Et n'oublie pas tes médicaments. Je t'apporterai ton petit déjeuner au lit.

Qu'elle crût ou non à sa démonstration de tendresse lui importait peu. L'essentiel était de lui donner un peu d'espoir. Or, l'espoir fait vivre. Salaun n'aurait pas aimé que Madeleine se suicidât. Ça pourrait lui coûter la présidence de la chambre d'agriculture et la mairie de Plouralez, le jour où il se lancerait vraiment dans la politique.

Il ferma à clé derrière lui, monta dans sa Mercedes et démarra en direction de Pont-Aven. Une quarantaine de kilomètres de route sinueuse. En appuyant sur le champignon, il arriverait à l'heure. Il appuya. La voiture était puissante. Digne de lui, pour tout dire.

Comme dans certains villages côtiers des Cornouailles et du Devonshire, les carrés de cheminée de l'*Auberge des Peintres* comportaient un rebord afin que les sorcières s'y reposent au cours de leurs chevauchées nocturnes et que, reconnaissantes, elles gardent prisonniers de leurs bouches grignées les serpents des mauvais sorts, à cracher plus loin, dans le conduit d'un foyer moins amène. Au lieu de petits carreaux, les fenêtres étaient garnies de culs de bouteilles qui diffusaient dans la nuit l'incitation au péché de vitraux profanes. Quand on approchait en voiture du fond de la ria, ils chatoyaient à la lumière des phares, yeux de félins tapis dans la sapinière avec laquelle, de loin, l'auberge se confondait, avant de s'en distinguer, plus claire, et d'apparaître comme le château d'un navire échoué au bout de l'éperon rocheux sabré par le vent. A marée basse, la coque du bâtiment reposait sur une vasière que scarifiaient d'une écriture chiffrée en points et tirets les tournepierres, bécasseaux et chevaliers.

On entrait dans l'auberge en baissant la tête sous un linteau qui faisait penser à une cangue. A l'intérieur, les poutres étaient en chêne brut, massives, cariées aux endroits où les siècles avaient grignoté l'aubier superficiel. Sur les larges tablettes des fenêtres il y avait des faïences anciennes, des vieux outils, des bouquets d'immortelles et d'hortensias séchés. Eté comme hiver, des braises rougeoyaient dans l'âtre où l'on grillait les viandes et cuisait les poissons en papillote. L'établissement était tenu par un couple. Tous deux chasseurs de bécasse et pêcheurs de bar, ils possédaient un bateau amarré à un corps-mort dans la ria et des setters anglais dans un chenil, à l'écart. Ils n'ouvraient que le soir, et sur réservation. L'homme cuisinait et la femme servait. Ils n'employaient pas de personnel. C'était le gage d'une discrétion absolue.

Anna était arrivée avant Salaun et, n'apercevant pas la Mercedes, avait éteint ses phares. Lorsqu'il s'était garé à son tour à l'arrière de l'auberge, elle était sortie de sa 4L pour aller au-devant de lui. Il l'avait priée d'excuser ses trois minutes de retard. Dans le vestiaire, il l'avait débarrassée de son manteau et lui avait indiqué l'endroit où se repoudrer le nez. Elle ne s'attendait pas à tant d'urbanité de la part de « celui d'en face ». Elle l'avait laissé composer le menu et choisir les vins. A présent, ils étaient occupés à décortiquer des langoustines royales flambées à l'armagnac, accompagnées d'un vin de Touraine que Salaun qualifia de différents adjectifs qui, curieusement, ne sonnèrent pas faux dans sa bouche. Anna lui avoua qu'elle n'y connaissait rien.

— Je t'apprendrai tout ça, Anna. Une fille comme toi est faite pour la grande vie, pas pour s'abîmer les mains à gratter la terre. Ça ne te dérange pas que je te tutoie ? Tu as l'âge d'être ma fille.

— Un père n'inviterait pas sa fille dans un endroit pareil.

— Qu'est-ce que tu en sais ?

Il sembla chercher sur le visage d'Anna la réponse à sa question. Elle baissa les yeux. Il y eut un moment de gêne.

— Je ne vois pas pourquoi un père n'inviterait pas sa fille ici, dit-il d'une voix sourde.

— Je m'étais imaginé un repas d'affaires autrement. Je pensais qu'on discutait d'abord et qu'on mangeait ensuite.

— Non. Un repas d'affaires, c'est comme un dîner en amoureux : on déshabille la femme au dessert, pas à l'apéritif.

— Parce que vous comptez me déshabiller après ?

Il rit de bon cœur.

— Ma réputation a franchi la vallée du Dour Gwenn, dis-moi !

— Des on-dit à la réalité, il y a parfois un précipice.

— Hu-hum ! J'ai une chambre là-haut. Que je loue à l'année.

— Votre femme est au courant ?

— Chacun a son jardin secret. Mais parlons d'autre chose. C'est joli, ici, non ? Qu'est-ce que tu penses du décor ?

— Que je ne vais pas du tout avec.

A Paris, en tassant bien les gens au coude à coude, on aurait pu servir soixante personnes, dans un tel espace. A l'*Auberge des Peintres*, on se contentait de vingt couverts sur cinq tables séparées par des panneaux de lits clos en guise de paravents. A travers des croisillons, Anna apercevait ici une main qui jouait avec un briquet en or, là trois rangs de perles autour d'un cou gracieux, plus loin l'esquisse d'un dos dénudé entre les fines bretelles d'une petite robe noire de très grand prix. « Le prix d'une génisse », songea Anna.

— Pourquoi tu souris ? demanda Salaun.

— A cause de moi.

Amusée, Anna se dit que son chemisier brodé, sa jupe droite et son collier de pacotille faisaient un peu bonniche, ouvrière de conserverie — paysanne jamais sortie de son trou, autrement dit. Le verre à la main, elle demeura le regard dans le vague. Tad Kermorvan aurait-il eu honte de lui-même, assis à cette table ? Aurait-il hésité à tirer son couteau de sa poche ? Comme à la maison, aurait-il coupé sa viande et ses pommes de terre en petits morceaux avant de commencer à manger ?

Anna se rappela les cours de maintien, chez les sœurs de la Maison rurale. On jouait à la dînette, on apprenait à déglutir et à essuyer sa bouche avant de boire, à peler une pêche sans la toucher des doigts, à manger des petits pois en les poussant sur le dos de la fourchette avec son couteau. Et, bien sûr, à se tenir assise du bout des fesses sur sa chaise, à tirer sa jupe sur ses genoux serrés et à croiser et décroiser les jambes sans montrer le fond de sa culotte.

Salaun et Tad Kermorvan avaient à peu de chose près le même âge, et pourtant, comme les deux hommes étaient différents, songeait Anna. Tad Kermorvan était de ceux dont les traits semblent définitivement fixés dès l'âge de cinquante ans. Ridés prématurément ? Non, sculptés pour toujours, ces hiérarques de la terre qui, plus tard, compensent du grand âge la faiblesse des reins par une poitrine bombée et des épaules tirées en arrière, et se tiennent bien droit, plus que droit, jusqu'à ce que la mort les abatte, comme le coup de masse sur le coin glissé dans l'entame d'un chêne le fait tomber du côté choisi, dans le lit d'une pâture.

A l'inverse, le corps de jouisseur de Salaun s'était empâté, mais son visage restait jeune. Sa peau était bien lisse, sa couperose de bon aloi et ses cheveux fournis. Une coupe « au rasoir » (la mode venait d'en être lancée) rafraîchie tous les huit jours, un blazer bleu marine, une chemise blanche, une cravate gaie et un pantalon clair constituaient son costume habituel, sa tenue de sortie de don Juan de canton, tombeur de barmaids aussi bien que séducteur de Bovary des halliers. Croqueur de jeunes veuves ? Anna esquissa un nouveau sourire, qui intrigua Salaun. A quoi pensait-elle ?

— A des choses désagréables, dit-elle.

— Quoi, par exemple ?

— Oh ! par exemple ? Que Youenn n'a pas seulement été écrasé sous son tracteur. Il est mort d'un coup de fusil dans le dos.

Salaun grimaça.

— Un coup de fusil dans le dos ? Pourquoi tu me dis ça ? Tu ne crois tout de même pas que je l'ai flingué ?

— Vous n'en auriez pas été capable ?

— Anna ! Est-ce que j'ai une tête d'assassin ? Tu m'imagines, me levant en pleine nuit pour voir ce que foutait Youenn dans cette lande ? Attendre l'accident et courir l'achever ? Ton mari trimballait son fusil dans la cabine et il s'est déchargé quand le tracteur s'est renversé.

— C'est ce qu'a dit mon beau-père.

— Tu parles ! Il a beau ne plus pouvoir me blairer, il me connaît depuis longtemps. Il sait que je n'ai jamais tué personne. Pourquoi tu m'as dit ça, Anna ? Pour gâcher le repas ?

— On arrive au dessert. C'est l'heure du striptease. Déshabillez-vous. Au figuré, bien sûr.

Salaun émit un discret sifflement admiratif.

— Bravo, ma belle !

Vexé, il avança brutalement ses pions, en

quelques phrases sèches qui se résumaient à ceci : « Une femme ne peut pas tenir une ferme toute seule. Tu me loues ou tu me vends les terres de Menez Glaz. Au prix fort. A moins que tu ne demandes la lune, je ne discuterai pas. Vente ou location, tu vivras de tes rentes et ta fille après toi. Et si tu as peur de t'ennuyer, je peux te trouver un boulot à mi-temps dans un bureau. Avec les relations que j'ai à la chambre d'agriculture, au conseil général et au Crédit rural, pas de problème. La balle est dans ton camp. En plus... »

Il posa sa main sur la sienne. Une belle main, remarqua-t-elle, avec des doigts fins à déboutonner les corsages et à dégrafer les porte-jarretelles. Le contact de sa grosse chevalière lui fut désagréable. Il pressa sa main, elle l'enleva.

— En plus ?... dit-elle.

— Sans compter que toi et moi on pourrait devenir de bons amis.

— Je m'en doute. Au lit.

— Pourquoi veux-tu à tout prix me ramener sur ce terrain-là ? dit-il d'une voix lasse.

— J'ai hâte d'entendre ce que vous racontez aux femmes que vous amenez ici.

— C'est bon. A ta guise, ma fille. Voilà ce que je leur dis. Je ne vais pas commander les violons et l'orchestre. L'amour, c'est une vaste blague inventée par des poètes castrés. Ce qui attire un homme et une femme, c'est le sexe, ma petite. Le hic, c'est que la plupart des bonnes femmes ne veulent pas l'admettre. Faut qu'elles rajoutent du sentiment. Et les sentiments, ça les empêche de gigoter sous le mâle.

— Effectivement, la vision n'a rien de poétique.

— Une longue expérience, ma belle. Je sais comment donner du plaisir à une femme.

— Les autres aussi.

— Plus ou moins. Avec ton mari, tu n'as vécu que la préhistoire de ton plaisir. Je connais ces types-là. Ils ne font pas l'amour. Au mieux ils s'accouplent, au pire ils font des saillies.

— Et après, quand la fille est devenue votre maîtresse, comment vous réglez les problèmes ?

— Quels problèmes ? Ah, tu veux dire se mettre ensemble et tout le bazar ? Ne t'inquiète pas. Je leur dis « on se verra quand tu voudras, pour s'amuser une heure ou deux ensemble. Tu ne m'auras pas sur le dos et je ne t'aurai pas sur le dos. Le plaisir des sens, voilà tout ce que je te propose, ma cocotte. »

— C'est drôle, on croirait que vous récitez une leçon.

— Je suis dans le rôle que tu m'as demandé de jouer.

— Alors, continuez.

— Tu sais que tu me fais du mal ?

— Continuez, je vous dis !

— Soit ! J'ai eu envie de te connaître dès que je t'ai vue en robe de mariée à la sortie de l'église.

— Vous n'étiez pas invité.

— J'avais le droit de me balader au bourg à l'heure de la messe.

— Si j'avais su que vous étiez là à me regarder avec vos yeux à déshabiller les femmes, ça m'aurait gâché ma nuit de noces.

— Ou ça t'aurait excitée.

— Je n'ai pas envie de vous.

— Moi non plus.

— Une tactique inédite ?

— Non. Tout ce que je viens de dire ne s'adressait pas à toi. Je parlais à une femme, à la femme en général. Je récitais ma leçon. D'ailleurs...

Anna regarda discrètement sa montre. Onze heures et quart.

— Excusez-moi, dit-elle.

— Je te commande un café ?

— Une verveine.

Dans les vestiaires, Anna subtilisa les clés de la Mercedes dans l'imperméable de Salaun, enfila le sien et s'éclipsa.

Lorsqu'il entendit le moteur de la 4L démarrer, Salaun sourit d'un air satisfait. Il régla l'addition. Dehors, il s'aperçut de la disparition de ses clés.

— Bien joué, ma fille ! dit-il tout haut.

Il dut inventer une histoire de clés prises par mégarde par son invitée. Les aubergistes restèrent de marbre. Ils appelèrent un taxi.

Anna roula pendant une dizaine de minutes le long de la côte. A un endroit où la route épousait l'arc de cercle d'une anse, elle sortit de voiture. Sur les hauts-fonds de sable, l'océan enveloppait de bleu nuit ses rouleaux frangés de blanc. Des éclats de phares brillaient par intermittence, signalant les Glénan et l'île aux Moutons.

Anna jeta les clés de la Mercedes dans le fossé et reprit la route vers son refuge de Menez Glaz.

Le loup n'avait pas réussi à dévorer l'agnelle. Mais avait-il vraiment cherché à la manger ? Celui d'en face était bien plus difficile à comprendre qu'elle ne l'avait pensé.

# 8

A quelques jours de là, Justin Lichou vint semer du blé d'hiver dans le champ aux châtaigniers. Contrairement à son habitude, il ne fit pas un arrêt dans la cour, non plus qu'à midi il n'honora la table de Menez Glaz et ne fit sauter Gwenola sur ses genoux. Dans la soirée, il frappa à la porte ouverte et se tint sur le seuil de la cuisine, des papiers à la main.

— Ah, te voilà ! Je croyais que tu avais oublié le chemin de la maison ! plaisanta Tad Kermorvan. Qu'est-ce que tu as à rester planté là comme un butor dans les roseaux, à balancer d'un côté et de l'autre pour te rendre invisible ?

Justin approcha de la table.

— Anna est partie chercher la petite à la maternelle.

— J'ai bien vu que sa voiture n'était pas dans la cour.

— Qu'est-ce que tu prendras en les attendant ? Un bol de café ou un verre de rouge ?

— Rien !

Tad Kermorvan haussa les sourcils et arrondit la bouche.

— Bop ! Bop ! Bop ! Il y a de l'eau dans le gaz, on dirait !

Justin posa ses papiers sur la table.

— J'ai apporté les factures en retard, plus celle d'aujourd'hui que j'ai faite avant de venir.

— A la bonne heure ! Là-dessus je m'interrogeais. Je me demandais si tu étais riche au point de travailler pour rien.

— A partir de maintenant on fera comme ça. Au jour le jour, ça vaut mieux.

— Changement radical, dis donc ! Mais tu vas attendre qu'Anna revienne, c'est elle qui remplit les chèques.

— Je n'aime autant pas, je suis pressé.

— La petite va être déçue de pas te voir.

— Tant pis.

— Holà ! Si tu me disais plutôt ce que tu n'as pas digéré ?

— Ecoute, Loeiz, tu n'es pas sans savoir ce qu'on raconte à droite et à gauche.

— Si, je suis sans savoir ! Qu'est-ce qu'on raconte ?

— Ne me fais pas dire ce que je n'ai pas envie de dire.

— Envie ou pas, il va bien falloir que ça sorte ! Autrement, tu risques de ne plus remettre les pieds à Menez Glaz.

— C'est délicat, bougonna Justin.

La rumeur naît dans le marécage de la malveillance, mature sous la lise, cloque sur les langues des crapauds et s'en va chatouiller les tympans. En ville, elle se répand parmi les éclats de rire, entre les verres de muscadet et de Ricard, aux comptoirs des bistrots de quartier ; elle suscite une allégresse de zinc et des jeux de mots paillards. A la campagne, les petits du reptile demeurent lovés : dans le tranchant vertical d'une pupille féline, à l'abri d'une paupière transparente ; sous un fichu dont on resserre le nœud, à l'église, quand la victime se dirige vers l'autel pour communier et qu'elle laisse sur son passage l'odeur de soufre du péché ; dans un sous-entendu obscène qui écarte l'écusson du trou de serrure et donne à voir des corps nus...

— Dans une chambre d'auberge, à Pont-Aven, conclut Justin dans un souffle, c'est là que ça ce serait passé.

Le sang se retira du visage de Tad Kermorvan. Il servit d'autorité un verre de vin à Justin et lampa le sien.

— Ho ! Loeiz ! Ho ! Ça va ? Réponds-moi ! s'inquiéta Justin.

— Et tu crois ces saloperies ? Tu crois ça, toi ?

— Ben... Enfin... non, tu penses bien, balbutia Justin.

— Et pourquoi tu fais la gueule, alors, si tu ne les crois pas ?

— Ecoute, Loeiz, on en reparlera.

— Sûr qu'on en reparlera ! Et je te prouverai par *a* plus *b* qu'il ne peut pas y avoir un mot de vrai là-dedans. Dégage le plancher, maintenant, on t'enverra ton chèque par la poste.

— Oublie ça. On aura une meilleure occasion de faire l'addition.

Justin rafla ses factures sur la table et tourna les talons. Resté seul, Tad Kermorvan hocha longuement la tête, prit des bûches dans le panier en osier et rajouta du bois dans la cuisinière, par le dessus. Il oublia de remettre les rondelles en place et demeura assis de travers sur le banc, stupéfié, le regard fixé sur les flammes qui sortaient du foyer. Ces flammes lui donnèrent l'idée d'aller allumer un feu dans la cheminée de la salle à manger. La nuit n'allait pas tarder à tomber, il n'ouvrit pas les volets. Dans le clair-obscur de cette pièce où le feu chuchotait des paroles jaunies, dans ce salon d'honneur où s'étaient accomplis les rites de passage — bonheur des grands repas du temps de Herveline, malheur des corps rigides étendus sur la table —, Tad Kermorvan se laissa envahir par un semblant de paix en songeant au mariage du blanc et du noir, du bon et du mauvais, des rires et des larmes. Sous ses yeux, les vivants et les morts se donnèrent la main pour danser la ronde et tirer leur révérence aux trois visages du temps : passé, présent et futur.

Ce fut là qu'Anna, morte d'inquiétude, le trouva, tassé sur lui-même dans un fauteuil. Il lui dit ces mots étranges : qu'on avait eu tort d'abandonner cette pièce et qu'il l'avait entendue « réclamer une présence ». Il prétendit avoir déjà mangé son dîner et la pria de le rejoindre après qu'elle aurait couché la petite, sans oublier d'apporter la bouteille de fine champagne des dimanches d'hiver.

Plus tard, elle s'assit dans le deuxième fauteuil et servit à son beau-père un fond de verre. Ils ne se regardaient pas, ils regardaient le feu. Il lui répéta ce que Justin Lichou lui avait dit et continua ainsi :

— A Menez Glaz on attache les bêtes, on n'attache pas les gens. Personne ici n'a jamais été retenu par une corde à un piquet : ni Herveline, ni les enfants, ni même les garçons de ferme. J'ai toujours laissé les gens libres de faire à leur guise, tant qu'ils ne dépassaient pas les bornes du raisonnable. A toi, il me viendrait encore moins à l'idée de passer le licou. On n'est plus au temps où les veuves gardaient le deuil jusqu'à ce qu'elles soient ridées comme des vieilles pommes à cidre. Seulement Anna, il faut que tu me répondes par oui ou par non, tout de suite : le soir où tu es rentrée après minuit, as-tu cédé à celui d'en face ?

— Non, Tad.

— Bon, je te crois.

— J'ai juste accepté son invitation. Il voulait parler affaires.

— N'importe comment, qu'il ait voulu parler affaires ou partie de jambes en l'air, le mal est fait.

— Il m'a proposé de louer ou d'acheter les terres, au prix fort.

— Et qu'as-tu répondu ?

— Je suis partie.

Elle lui raconta comment. Tad Kermorvan esquissa un sourire.

— Les clés de sa voiture, tu saurais les retrouver ?

— Je pense que oui. Si une pie ne les a pas volées. Mais pourquoi ?

— J'ai mon idée. En tout cas, il faut que tu saches, Anna, qu'avec celui d'en face...

Il se leva et tisonna les braises.

— Oui, Tad ?

Il s'éclaircit la gorge, but une gorgée de cognac et frissonna.

— Avec celui d'en face, ç'aurait été pire que tout. Contre nature, ma fille. L'œuvre du diable.

Il vida le reste de son verre sur les braises. Une grande flamme gronda, éphémère.

— Le diable qu'il a en lui, murmura-t-il.

— Que voulez-vous dire, Tad ?

— Ton destin a été de trouver parti dans ma descendance, ici même, à Menez Glaz. Ta conduite à venir doit être de ne pas frayer avec la maison d'en face.

— Frayer ? Qu'est-ce qu'il y a là-dessous ?

— Taire les histoires qui n'auraient jamais dû exister, c'est les enterrer. Comme ça on a la paix. Elles n'ont jamais existé.

— Youenn a été enterré et pourtant il existera toujours dans notre mémoire.

— La mémoire est comme un miroir, elle a deux côtés. Un endroit pour se voir vieillir dedans, un envers dont le mur doit se contenter.

— Mais...

— Assez de causeries, ma fille, coupa Tad Kermorvan.

Dans ses yeux brilla ce sourire de la pensée qui précède au fond du regard l'éclosion de la parole.

— Dimanche prochain, nous irons nous promener à Pont-Aven.

Il aurait fallu remonter très loin sur le calendrier perpétuel des suées quotidiennes pour trébucher sur un piquet de cette nature, en bois de paresse : entre la traite du matin et du soir, une balade à l'extérieur du canton, dans un lointain dont on n'avait connaissance que par les pages locales du journal et, à ce titre, presque aussi exotique que la Mongolie ou la chaîne des Andes. Excepté à l'occasion du retour de noces dans la presqu'île de Crozon d'une cousine germaine qui s'était mariée le samedi à un marin de commerce dans l'église de Plouralez, il y avait une éternité que Tad Kermorvan n'avait déserté Menez Glaz un septième jour de la semaine.

Sitôt après la traite, ils se rendirent à la première messe.

— Les gens vont jaser, se moqua Kermorvan, dire qu'on a peur de se montrer à la grand-messe, mais qu'ils causent donc, ils causeront encore plus quand on aura joué notre tour à celui d'en face.

La petite Gwenola fut sage à l'église. Sa présence dans les bras d'Anna adoucit sans doute le verbe du recteur, d'ordinaire plus péremptoire. Il s'emberlificota dans un sermon au jus épais comme un *kig-ar-farz* mal cuisiné, embarrassé de roux en excès, duquel l'écumoire a du mal à choisir entre la palette de porc et le jarret de veau, en l'occurrence les devoirs du veuvage et la parabole de la femme adultère. Perplexes, les grenouilles de bénitier, ces femmes à la bouche aigre qui assistaient aux deux messes du matin ainsi qu'aux vêpres, échangèrent des regards par en dessous en suçant des cailloux de méchanceté coincés sous leurs dentiers.

Anna installa Gwenola dans son siège à l'arrière de la 4L et prit le volant. Tad

Kermorvan s'assit à côté de sa belle-fille. Un milliardaire dans sa Rolls Royce n'aurait pas été plus fier. C'était la première fois de son existence qu'il allait à Pont-Aven. Ils traversèrent Briec-de-l'Odet, puis Quimper et, à la sortie de Concarneau, empruntèrent la route côtière. Pendant tout le trajet, droit comme un peuplier, Tad Kermorvan ne cessa d'accorder à ces paysages étrangers ses commentaires prononcés sur un ton doctoral qui amusa beaucoup Anna. A propos de ces façades de maisons constituées de pierres plates levées : « Il a dû en falloir, des hommes et des chevaux, pour dresser ces cailloux ! » Sur les chalutiers hauturiers et les thoniers dans le port de Concarneau : « Du temps de mon père, les pêcheurs étaient les miséreux de la Bretagne et les terriens, les riches... On dirait que ça a bien changé, à voir les châteaux qu'ils se font construire par ici. » Sur les cocons de chenilles processionnaires dans les pins maritimes : « Pire que le gui dans les pommiers du verger. » Enfin, sur le prix des crêpes à la crêperie où ils déjeunèrent : « Pour le prix d'une crêpe, Herveline aurait tiré quatre douzaines d'un kilo de farine de blé noir. Mais enfin, il faut bien faire marcher le commerce ! Commande donc une autre froment au miel pour Gwenola, elle a bon appétit.

— Elle n'en peut plus, Tad !

Il donnait la becquée à sa petite-fille et s'écriait « Hapala ! Attention aux dents du lapinou ! » lorsque Gwenola lui mordait le doigt. Anna riait. Jamais elle n'avait vu Tad Kermorvan aussi détendu. Elle songea à lui dire que si les terres étaient louées et les bêtes et le matériel vendus, ils pourraient vivre comme cela tous les jours. Mais de telles paroles auraient assombri la journée, en ouvrant la porte à deux battants de leurs pensées sur un futur plus ou moins proche qu'ils préféraient nier : la jeunesse et la beauté d'Anna attireraient un homme à Menez Glaz et cet homme-là les séparerait.

Leurs prières à saint Antoine furent exaucées : les clés étaient dans le fossé où Anna les avait jetées.

Ils rentrèrent pour l'heure de la traite. Anna fit du feu dans la cheminée de la salle à manger et pendant que Gwenola jouait sur le tapis, ils grignotèrent du pain, du lard rôti, du fromage et des pommes, vautrés dans les fauteuils, de chaque côté de la table basse, pour Kermorvan plus qu'un événement, une lubie, une glissade dans la vie de bohème. Il ne cacha pas son plaisir et dit qu'il entendait les murs soupirer d'aise.

Le lendemain, il se rendit à la poste, à une heure d'affluence. Sur le guichet, il posa une boîte, du papier d'emballage et les clés de la Mercedes. Il sollicita l'aide de la postière, au prétexte qu'il avait oublié ses lunettes. La dame prépara le paquet, écrivit elle-même en majuscules l'adresse du destinataire, pesa le colis, l'affranchit. Tad Kermorvan régala la postière et les clients d'allusions limpides. Il paya, lissa le devant de sa veste de velours — un tic de satisfaction — et sortit. Voilà, il avait allumé le contre-feu. Une rumeur contraire allait se lever et dévorer la première.

Rien ne plaît tant aux colporteurs d'une rumeur que de l'enjoliver. Au *Bar des Sports*, il se raconta bientôt que l'agnelle avait eu la peau du loup, c'était bien le cas de le dire. Tandis que Salaun se douchait avant l'amour — enfin, selon ses espérances ! — la jeune poulette de Menez Glaz lui avait piqué ses vêtements en même temps que ses clés de voiture. Il était revenu en taxi, à poil sous un peignoir de bain.

A la porcherie, dans le courant de la semaine, une grande trappe de contremaître, un meneur d'hommes qui se savait indispensable à Salaun, osa lancer à son patron :

— Alors, Armand, t'es tombé sur un os, paraît-il ? Pour combien t'en as eu, de taxi de nuit, de Pont-Aven à chez toi ?

— Prépare-toi à faire des heures de nuit, connard !

— Des heures de nuit ? Va falloir chanter des berceuses aux cochons ou quoi ?

— Tu verras bien ! trancha Salaun.

# 9

Un cauchemar hantait les nuits d'Anna : le tracteur de Youenn grondait dans la lande, elle voulait se lever pour courir le prévenir que l'engin allait verser, mais ses jambes se dérobaient sous elle et elle ne pouvait pas se traîner plus loin que la porte de la chambre contre laquelle elle s'affalait, les mains tendues vers la poignée comme une damnée implorant les clartés lugubres du Jugement dernier. Un coup de feu retentissait, suivi d'un long cri d'agonie. Elle se réveillait en sursaut, trempée de sueur. Elle changeait de chemise, lisait quelques pages d'un roman et sombrait brutalement dans un sommeil sans rêve. La lumière restait allumée, son livre chutait sur le parquet.

Cette nuit-là, à peine eut-elle éteint sa lampe de chevet que le cauchemar darda sa langue fourchue, alors qu'elle flottait entre conscience et inconscience. Elle avait appris à lui jeter des leurres vers lesquels pointer son museau cornu, pour l'inciter à serpenter et disparaître par la bonde du sommeil. L'un de ses subterfuges consistait à dresser l'inventaire des fermes de la commune, en les classant par ordre alphabétique. Quand elle ébauchait la liste des fermes en *ker*, cela n'allait jamais bien loin : elle s'endormait très vite. Elle cherchait aussi les mots bretons que Tad Kermorvan prononçait de préférence aux mots français. Par exemple, il appelait *boutou koad* ses sabots aux bouts cassés à force de les tosser contre le mur près de la porte d'entrée et ressemelés avec des lamelles de vieux pneus. Choisis en tant que sabots de bois chez le marchand de chaussures du bourg, ils étaient renommés *boutou koad* sitôt portés une première fois. Dans cet état de semi-hypnose, quand elle songeait à cette métamorphose sémantique qui modifiait la représentation du même objet, lui venaient d'autres mots intraduisibles en français. « Clôture électrifiée », ou « fil à vaches » n'auraient pas pu remplacer, dans la bouche de son beau-père, l'expression *paotr saout*, beaucoup plus imagée — littéralement, le garçon à vaches, le vacher. Cette nuit-là, le ronronnement annonciateur du cauchemar mena Anna à songer au *toull karr* du grand champ, qu'il faudrait élargir avant les moissons, Justin ayant acheté une moissonneuse-batteuse dernier cri. Cet engin titanesque fournissait l'échelle des champs et des pâtures de Menez Glaz, minuscules au regard de ce qui se passait autour, où après avoir remembré à tout va on arasait les derniers obstacles à la création de parcelles de dizaines d'hectares d'un seul tenant, que l'on rebaptisait par dérision Ukraine, Sibérie, désert de Gobi. Anna avait peur de cette révolution qui risquait de détruire l'héritage de Tad.

Soudain, ses cinq sens furent en alerte. Elle reprit conscience. Plus que cela : ce fut comme si son cerveau se hérissait de millions d'antennes — image fugace, entre sommeil et éveil, d'un oursin à consistance de cervelle — et si le rugissement du tracteur déferlait dans la chambre.

Elle ne rêvait plus.

Le cœur battant, elle alluma, bondit hors du lit, ouvrit la fenêtre. Trois paires de phares progressaient sur trois lignes parallèles à la vallée du Dour Gwenn. Sur les terres de Menez Glaz ? Impossible ! Des nuages rapides défilaient sous un croissant de lune. Tétanisée, Anna essaya de reconnaître la silhouette d'un arbre, l'oblique d'un talus, afin de se prouver qu'elle avait la berlue, que la nuit faussait les perspectives et atténuait les distances, que ces tracteurs travaillaient les champs de Kergrenn Uhellan et non pas les siens. On frappa à sa porte.

— Anna ! Anna ! Tu es réveillée ?

— Oui, Tad. Une seconde !

Elle mit sa robe de chambre et alla ouvrir. Tad Kermorvan avait enfilé un pantalon et une veste sur son pyjama.

— Les tracteurs d'en face tournent chez nous. Tu entends ?

Elle regagna la fenêtre. Tad Kermorvan la rejoignit.

— Je les entends, et je les vois ! Mais qu'est-ce qui lui prend, à l'autre imbécile ? Qu'est-ce qu'ils font ?

— Tu ne sens pas ? Ils épandent du lisier, ma fille.

L'odeur pestilentielle ! La merde et la pisse de

cochon ! La salissure ! Le sacrilège ! Le pus des porcheries sur les vertes pâtures !

— Le vieux salaud ! Il n'a pas pu me salir alors il salit nos terres !

Les vaches beuglaient du côté de l'ancienne lande.

— Les bêtes sont affolées, dit Tad Kermorvan, elles ont dû foutre le *paotr saout* en l'air.

— Il faut que j'y aille !

— Qu'est-ce que tu comptes faire contre eux ?

— Les arrêter, Tad, les arrêter ! Par tous les moyens !

Elle entraîna son beau-père vers la porte.

— Laissez-moi pendant que je m'habille.

Trois minutes plus tard, elle retrouvait Tad Kermorvan dans la cuisine. Il regardait par la fenêtre. Elle grimpa sur une chaise et prit le fusil de chasse sur le dessus de l'armoire, ainsi qu'une boîte de cartouches couverte de poussière. Au bruit que fit la chaise sur le ciment, Tad Kermorvan se retourna.

— Remets ce fusil en place !

— Vous vous rappelez, Tad ? Vous aviez dit exactement la même chose à votre fils.

— Et il ne m'avait pas écouté.

— Et je ne vous écouterai pas plus.

— Je ne peux pas t'empêcher. Tire en l'air si tu veux, mais pas sur les gens.

— Ça dépendra des gens.

— Je préférerais que tu...

Anna ne le laissa pas terminer sa phrase. Elle courut jusqu'à la 4L, jeta le fusil sur la banquette arrière et démarra à fond. La voiture filait dans les ornières comme un train sur ses rails. Les laitières étaient massées au bout du chemin. Anna pila, descendit de voiture, empoigna le fil électrique à main nue, résista à la décharge, repoussa les vaches vers le champ aux châtaigniers, raccrocha le fil à l'isolateur et repartit. Sans ralentir, elle franchit le *toull karr* de la grande pâture.

C'était pire qu'elle ne l'avait imaginé de la fenêtre de sa chambre. Le tracteur du milieu, équipé d'une charrue à six socs, défonçait l'herbage et les deux autres tiraient chacun une tonne à lisier d'où giclait le jus noir et nauséabond. Anna fonça à travers le champ. La voiture cahota, dérapa dans les sillons, contourna les tracteurs et au passage fut arrosée de lisier. Anna poussa un cri de dépit et de dégoût. Les essuie-glace tracèrent deux trapèzes sur le pare-brise. Anna accéléra et braqua sèchement pour couper la route aux engins. Les tonnes à lisier s'écartèrent.

A un mètre de la 4L, le tracteur de tête s'immobilisa. Anna, fusil à la main, lui fit face. Aveuglée par les phares, elle essaya en vain d'identifier la silhouette à l'intérieur de la cabine. Elle tira deux coups en l'air. Rechargea. Le moteur du tracteur rugit. Son conducteur lâchait la pédale d'embrayage par à-coups ironiques. Anna épaula et visa la cabine. Le tracteur rugit de plus belle. Bondit en avant. Anna sauta de côté et tira. Le petit plomb ricocha sur la carrosserie. Il n'empêche que le monstre, comme piqué au vif, se mit à pousser la 4L devant lui. Les deux autres tracteurs revenaient en sens inverse, décidés à se croiser à l'endroit précis où se trouvait Anna. Elle crut sa dernière heure arrivée. Elle tira sa seconde cartouche. Un phare s'éteignit. Les deux tonnes à lisier la frôlèrent et dans l'instant elle fut douchée de merde de cochon et se sentit engluée comme un hanneton tombé d'un chêne dans une bouse de vache. Humiliée, impuissante, elle éclata en sanglots. Les épandeurs de lisier sortirent du champ et empruntèrent le chemin en direction de la départementale. Pour couper à gauche et regagner Kergrenn Uhellan ? Elle n'en doutait pas. Pas plus qu'elle ne doutait que c'était Salaun qui avait mené le bal. Aux commandes du troisième, il achevait ses basses œuvres : poussant devant lui la 4L, tel un round-baller, il se dirigea vers la vallée du Dour Gwenn. La voiture bascula dans le bas-fond. Anna ne bougea pas d'un pouce lorsqu'il revint et fonça droit sur elle. Au dernier moment, il braqua et freina. La voix de Salaun domina le ronronnement du Diesel.

— Alors, ça te plaît d'être parfumée à la rose ?

Elle s'essuya les yeux.

— Vieux cochon ! hoqueta-t-elle.

Elle ouvrit la culasse du Darne et glissa deux cartouches dans les canons. Salaun ouvrit la portière et s'assit de travers sur son siège, les bottes sur le marchepied.

— Vas-y ! Qu'est-ce que t'attends pour me tirer dessus comme ton mari ?

— Tiré dessus ? Vous ne m'avez pas dit ça, à l'auberge !

— J'ai de l'éducation, moi !

— Et quand Youenn vous aurait tiré dessus ?

— Le soir où il t'a fait veuve. Je savais qu'il y avait gueuleton chez vous. Je croyais être peinard. J'étais parti avec un de mes gars installer une prise d'eau en bas dans la rivière. Ton

Youenn m'a repéré et m'a balancé une cartouche dans les pattes. Heureusement que j'étais loin et que c'était du plomb à bécasse.

— Et après ?

— Après ? Oh, ne crois pas que je lui ai fait son affaire. J'ai filé avec mon gars et ton Youenn s'est démerdé tout seul pour aller voir saint Pierre.

— Vous me le paierez !

— Halte-là, ma belle ! Si tu veux continuer, on continuera. Mais si tu veux arrêter la bagarre, on arrêtera. Pour moi, maintenant, il y a match nul. Chacun peut rentrer aux vestiaires avec les honneurs.

— Les honneurs ! Quel mot, dans votre bouche !

— Ma bouche pue moins que tu ne pues ! Va te laver, si tu veux te dégotter un amant !

Anna ne put réprimer de nouveaux sanglots. Salaun descendit de la cabine et dit d'une voix radoucie :

— Décharge ce fusil, des fois que tu te casses la gueule avec en rentrant chez toi dans le noir.

Elle ne protesta pas quand il la désarma. Il empocha les deux cartouches.

— Je les garde en souvenir.

Il tira son mouchoir de sa poche et lui essuya le visage.

— Vous avez donc besoin de terres à ce point-là ? murmura-t-elle.

— Oui et non. Des terres, tu sais, dans les années à venir il y en aura tant que tant à louer ou à vendre. Le paysan est une espèce en voie de disparition. L'avenir appartient aux industriels.

— Pourquoi vous avez fait ça, alors ?

— Disons... pour enrichir ta pâture. De la belle herbe bien grasse va pousser et tes laitières vont s'en mettre plein la panse. Ça te va comme explication ?

— Vous me direz combien je vous dois !

— Bon ! Je vais te le dire, le vrai pourquoi. Parce que tu m'as obligé à le faire. A cause du coup des clés renvoyées par la poste. Tu as eu tort. Un gosse peut dire merde à son père en privé, pas en public. Tu méritais une fessée. Devant témoins. Demain tout le monde le saura. Je ne peux pas me permettre de passer pour un con. J'ai trop de responsabilités.

— Vous êtes fou ! Fou d'orgueil !

— Va donc le dire à tous ceux qui touchent leur paie grâce à moi !

Il lui rendit son fusil.

— Je suis fier de toi, Anna. Tu sais te défendre. On se ressemble, tous les deux.

— Merci bien !

— J'ai de l'affection pour toi, ma fille. A présent que les compteurs ont été remis à zéro, je te propose qu'on travaille chacun de notre côté. A notre manière. On ne se disputera plus le point d'eau. Il y a de la place pour tout le monde sur cette terre. Je suis pour le progrès, le grand Loeiz s'agrippe aux vieilles méthodes et toi avec. On verra qui aura raison, à la fin. Qu'est-ce que tu en penses, Anna ?

Elle ne répondit pas. Elle avait disparu dans la nuit.

Tad Kermorvan accourait à sa rencontre.

— Tu as tiré quatre coups de fusil !

— Deux sur la ferraille et deux en l'air.

— Alors il n'y a pas de mal.

Ils rentrèrent. Anna prépara deux grogs et ils s'assirent de part et d'autre de la table de la cuisine.

— Il a détruit la grande pâture, Tad.

— L'herbe repoussera.

— Il a poussé la voiture dans le ravin.

— Elle n'était plus cotée à l'Argus.

— Mais enfin, pourquoi êtes-vous aussi conciliant avec ce salaud ? cria Anna. C'est au catéchisme qu'on vous a appris à tendre l'autre joue ?

— Comme je me doutais bien que tu ne serais pas très propre en revenant, j'ai allumé le chauffe-eau de la douche.

— Je me demande si je ne devrais pas rester avec la merde de cochon sur moi, peut-être que l'odeur vous ferait réagir. Parfois votre calme me donne des frissons. Qu'est-ce qui a bien pu se passer entre vous dans le passé pour que vous ne lui rendiez pas coup pour coup ?

— Le passé est le passé. Dans le présent et dans l'avenir il faut ignorer celui d'en face.

— A condition qu'il nous fiche la paix !

— Ce sera le cas, je pense. Nous sommes revenus à égalité.

— Vous allez lui réclamer un dédommagement ?

— Sûr que non, ce serait s'abaisser.

— Décidément, je ne vous comprends pas, Tad.

— Tu as rentré les bêtes dans le champ aux châtaigniers ?

— Oui.

— Alors maintenant va te nettoyer. On examinera les dégâts plus tard.

L'agression de Salaun contre la terre de Menez Glaz fut commentée avec passion sur tout le territoire de la commune. Partisans de David et partisans de Goliath formèrent deux clans, prémonitoires d'une scission prochaine dans le monde paysan, mais encore bien confuse.

Du côté de Goliath, les plus nombreux, pour la plupart borgnes sinon aveugles, tenants d'une agriculture intensive qu'encourageaient le gouvernement et l'Europe. Un grand destin attendait la Bretagne agricole : nourrir la France et engraisser, par les exportations, la balance des paiements du pays. Pour ceux-là, tous les moyens seraient bons, pourvu que l'argent coule à flots de tous les robinets. Ils fuyaient en avant vers un Eldorado perdu dans les brumes de raisonnements économiques et de considérations écologiques ultérieurs.

Du côté de David, une minorité de petits exploitants qui ne méritaient pas vraiment le qualificatif d'adversaires. Ils ressentaient intuitivement qu'ils avaient à défendre un art de vivre hérité de leurs aïeux et que transgresser les tables de la loi — empoisonner la terre — leur vaudrait un jour ou l'autre une sanction économique et au final une punition divine. Mais l'évolution n'offrait à ces gens prudents qu'une alternative : devenir des goliaths ou crever avec leurs idées de pureté. Entre les deux, la voie était sinueuse et pavée de difficultés. C'est pourtant ce chemin-là qu'Anna allait choisir d'emprunter.

Le lendemain après-midi, elle accompagna Tad Kermorvan dans la grande pâture qu'autrefois la herse, tirée par un cheval aussi intelligent que l'homme qui le guidait, avait étrillée avec amour. Cette étendue fertile, cet être vivant avait la peau en lambeaux, creusée de longues griffures emplies d'un jus noirâtre aux relents gras et acides à la fois, insupportables. O combien différente était l'odeur du fumier de vache. Mélangé à la paille et à l'ajonc des litières, le fumier des laitières évoquait la chaleur de l'étable et la sagesse de l'assolement.

A l'époque où le cochon était seul dans sa soue, sous le hangar ou au pignon du penty, il ne puait pas, il sentait. C'était une odeur familière, annonciatrice du sacrifice, et en cela presque roborative, à vous faire saliver à l'avance à l'idée de cette journée d'automne où, par un temps sauvage d'envol crissant de feuilles mortes, le cochon serait transformé en saucisses, saucissons, pâté, lard pour le charnier, andouilles pour la cheminée. Il est vrai qu'à cette époque un paysan soigneux changeait sous son cochon aussi souvent que nécessaire. On ne le laissait pas tremper dans son jus. A présent non plus, sauf qu'il ne salissait pas la paille ou la fougère, mais se vidait à travers des claies, et tout ça coulait dans d'immenses fosses, qu'il fallait bien vider, et tout ça vous en représentait des quantités et des quantités de lisier, quand c'étaient deux mille porcs qui se répandaient dans la fosse.

Autour des élevages porcins, la terre n'en pouvait plus. L'éponge était gorgée. Ce qu'on épandait malgré tout, en excès, ruisselait directement vers les fossés d'irrigation, et les ruisseaux, et les rivières, et les fleuves, et puis la mer. Une partie s'enfonçait sournoisement dans le sol. Des visionnaires, qu'on n'appelait pas encore des écologistes, prophétisaient la pollution des nappes phréatiques par les nitrates, pour un siècle, ou les siècles des siècles, *ad vitam æternam*. Les politiciens leur riaient au nez.

— Ce n'est pas catastrophique, dit Tad Kermorvan. On va tirer parti de la malice de celui d'en face. Justin va retourner la terre et semer du ray-grass italien, plus gourmand en engrais, paraît-il.

— Et la voiture ? Il va nous la rembourser ?

— Je t'en achèterai une neuve.

— Avec quel argent ?

— Ne t'inquiète pas pour l'argent.

— J'étais en train de penser, Tad... Le meilleur moyen de rendre la pareille à... celui d'en face, ce serait de...

— Lui envoyer notre fumier de vache ? plaisanta Tad Kermorvan. Pas question, c'est du tabac trop fin pour son gros nez.

— Non, sérieusement...

— Je t'écoute.

— Acceptons le progrès, sinon on sera balayés. Modernisons Menez Glaz, Tad.

Tad Kermorvan fit son fin sourire.

— Avec quel argent, ma fille ?

— Le Crédit rural m'en prêtera.

Kermorvan plissa les yeux, le regard fixé sur Kergrenn Uhellan.

— Hum ! Tu peux essayer, mais n'oublie pas

que Margrite travaille là et que celui d'en face est administrateur de la caisse locale.

— Vous ne me demandez pas mes intentions ?

— Oh, pas la peine ! Je sais ce que tu vas me dire ! Atelier de traite ultramoderne, cheptel trié sur le volet, tout miser sur le lait.

— Et sa transformation. Si on veut gagner sa vie, il faut créer de la valeur ajoutée.

— De la valeur ajoutée ? s'exclama Tad Kermorvan. En voilà des mots savants !

— Depuis un moment je me renseigne.

— Tu cachais bien ton jeu !

— Vous savez ce que ça veut dire, investir, Tad ? Automatiser la traite à cent pour cent, ça vous change la vie mais ça ne modifie pas le paysage. Par contre, nourrir cent cinquante vaches, ça nécessite de couper des arbres, d'araser des talus, d'élargir les *toullou karr*, de réunir des parcelles, d'acheter de l'engrais et des aliments en complément, tout ce que nous avons refusé de faire jusqu'à présent.

— Sans doute qu'il faut en passer par là.

— Vous êtes d'accord, alors ?

— Disons que je suis prêt à tout pour te garder.

— C'est drôle, dit Anna, en essayant de nous pousser à bout, celui d'en face n'aura réussi qu'à nous faire aller de l'avant.

— Ce sera sans doute la seule chose de bien qu'il aura faite de toute son existence.

Elle eut l'impression d'avoir grandi — vieilli ? — dans l'instant. Envolée vers un autre futur, la petite Anna qui se tenait aux ordres de Youenn. Elle eut la certitude, là, devant ce champ dévasté, que rien ne lui résisterait plus, qu'elle était capable de développer Menez Glaz et d'en faire un modèle de production — un centre de profits raisonnés, comme ils disaient à la chambre d'agriculture. Elle passa son bras sous celui de Tad Kermorvan et frotta sa joue contre son épaule.

— Je suis folle, Tad. Folle de bonheur, avec vous.

Au retour, ils croisèrent le facteur. Dans la boîte à lettres, il y avait une carte postale de Ronan. Elle représentait le château Frontenac, à Québec. Ronan écrivait qu'il avait quitté Londres (« Hé ! dit Tad Kermorvan, on s'en serait douté ! »), qu'il pensait à eux et qu'il les embrassait tous les trois très fort.

Anna chercha une punaise dans le tiroir de la table, parmi les élastiques, les décapsuleurs, le tire-bouchon, les coupons de réduction, les bouts de ficelle, le couteau cassé, les épingles de nourrice, bref parmi tous ces menus objets qu'on répugne à jeter ou à laisser traîner et qu'on cache provisoirement dans le tiroir d'une table ou d'un buffet.

Elle fixa la carte postale au-dessus du réfrigérateur, quatrième d'une série qui s'allongerait au fil du temps et qu'elle contemplerait dans ses moments de découragement comme on stationne devant les icônes, dans le déambulatoire d'une église, le long du chemin de croix.

## 10

Le téléphone le plus proche était celui de la cabine publique, à l'intérieur du café-alimentation au croisement du chemin de Menez Glaz et de la départementale. Tad Kermorvan convoqua l'agent Renault du bourg et lui commanda un break R18, sans discuter le prix, à charge pour le garagiste de se débrouiller avec la 4L dans le ravin et de l'envoyer à la décharge. Dans l'attente de la livraison de la voiture neuve, Justin prêta aux Kermorvan une antique 2 CV camionnette au volant de laquelle Anna conduisit son beau-père à Quimper, un samedi matin. Elle le déposa devant la Banque industrielle de l'Ouest, un bâtiment austère, aux allures de coffre-fort en marbre anthracite. La main sur la poignée de la portière, Tad Kermorvan dit à Anna :

— Tu seras la seule à savoir que je fais affaire avec la BIO et tu le garderas pour toi. Dans cette banque-là, Margrite ne pourra jamais fourrer son nez pointu.

Il resta une bonne demi-heure à l'intérieur de la banque. La semaine suivante, Anna l'y emmena de nouveau et lorsque le break R18 fut livré, Tad Kermorvan paya comptant, en billets neufs.

— Tu vois, quoi qu'il arrive, la petite ne manquera de rien.

— Je ne veux rien savoir de vos affaires personnelles, Tad.

— Voilà pourquoi je ne t'en dis qu'une partie.

Pendant un trimestre, à raison de trois après-midi par semaine, Anna suivit les cours de gestion de la chambre d'agriculture. Les élèves étaient à quatre-vingt-dix-neuf pour cent des femmes d'agriculteurs. Entre ces femmes et Anna il y avait une différence fondamentale : ses collègues venaient aux cours dans le but d'aider leur époux à tenir les comptes, Anna se formait en tant qu'exploitante. Tout ce qu'elle apprenait, elle allait l'appliquer sur le terrain, seule, sans homme. Et la grande innovation qu'elle allait mettre en œuvre, ce serait d'avoir recours, systématiquement, aux services de Justin, une attitude hérétique en cette période de folie où chaque paysan, fût-ce le plus nécessiteux, péchait par vanité, ne rêvait que d'acquérir son propre matériel, toujours plus puissant, toujours plus performant, au point qu'on riait d'imbéciles dont le tracteur et les socs étaient si encombrants qu'ils ne pouvaient même pas faire demi-tour dans leur champ. De l'œuf ou de la poule, on se demandera toujours lequel le bon Dieu a créé en premier, mais à propos du remembrement personne ne se posait plus la question : c'était pour adapter les terres au matériel qu'on démolissait les talus, et non le matériel qu'on adaptait à l'exploitation.

Le projet d'Anna, peaufiné par les conseillers

de la chambre, se résumait en cinq points : automatiser la traite, remplacer le cheptel existant par des Holstein, tripler le nombre de vaches, cultiver du maïs et, puisqu'elle y tenait, mais là-dessus les conseillers se montraient dubitatifs, vendre une partie de sa production sous forme de yaourts frappés du label Menez Glaz. Une naïveté de sa part, elle le reconnaîtrait et abandonnerait son idée lorsque les acheteurs des hypermarchés lui réclameraient des fortunes pour être référencée.

Elle déposa deux demandes de prêt à la caisse locale du Crédit rural : l'une pour la ferme, l'autre pour la maison. Elle avait convaincu son beau-père de faire réaliser quelques travaux, tant qu'à emprunter : aménagement d'une vraie salle de bains, installation du chauffage central et branchement du téléphone qui nécessitait à cette époque — autres temps, autre coût — la prise en charge par le futur abonné de l'érection des poteaux, ce qui n'était pas rien, presque un million de centimes, car de la départementale à Menez Glaz il y avait un sacré bout de chemin. Les deux crédits furent refusés, tout net, sans un mot d'explication. Rendez-vous fut pris avec le gérant de l'agence du bourg. Avant d'y aller, Tad Kermorvan se fit conduire par Anna à la BIO. En ressortant, il tapota ses poches.

— S'ils se figurent qu'on va tendre la main comme des mendiants, ils se trompent !

Le gérant du Crédit rural était un brave type, fils de paysan forcément — longtemps l'établissement n'embaucha que des ruraux — et en tant que tel habitué à composer avec les jalousies au sein du conseil d'administration local, détenteur du véritable pouvoir. A la différence des banques, le Crédit rural avait gardé les structures de ses origines : un établissement de dépôt et de crédit à vocation coopérative. Les demandes de prêt passaient devant une commission — le conseil d'administration — regroupant des personnalités de la commune, recrutées plus en fonction de leurs avoirs et de leur notoriété que de leurs compétences.

— Le prêt pour les travaux de la maison et le téléphone, tu peux le foutre à la poubelle, mon gars ! dit Tad Kermorvan sitôt introduit dans le bureau du gérant.

— Attendez, monsieur Kermorvan, on va en parler.

— Pas la peine ! Tiens !

Tad Kermorvan jeta sur le bureau une liasse de billets neufs.

— Et pour la ferme, tu vas m'expliquer pourquoi vous avez refusé le crédit.

— Le dossier a été établi par la chambre d'agriculture, dit Anna, il était complet.

— Ah, rien à dire du dossier ! Il était en règle.

— Alors quoi ? dit Tad Kermorvan en tapant du poing sur le bureau. Il n'y a pas assez de répondant ?

— Justement... La commission a trouvé qu'on manquait de garanties.

— La commission ? C'est qui la commission ? Ce ne seraient pas des gens qui nous aiment bien, des fois ?

— Avec une hypothèque sur le manoir, je crois

que le dossier passerait, dit le gérant du bout des lèvres.

— Ah voilà ! Tu as fini par mener la charrue au bout du champ ! Tu vides ton sac ! Ou plutôt le sac qu'un autre t'a mis sur le dos ! Une hypothèque ! Et puis quoi encore ?

— Il n'y en a jamais eu, je crois, sur Menez Glaz, non ? feignit de se renseigner le gérant.

— Sûr qu'il n'y en a jamais eu ! tonna Tad Kermorvan. Qui voudrait d'une chape de plomb sur son toit ? Même les meilleures charpentes en acacia ne supportent pas ça, les hypothèques. Hypothéquer c'est pire que d'emprunter les habits de quelqu'un. Long ou court, le caleçon du voisin ne te réchauffe pas le derrière !

— Laissons tomber, Tad.

— Sûr que non, Anna ! On a commencé un travail, on le finira. Ici même, dans ce bureau ! N'importe comment, c'était prévu.

— Quoi donc ? demanda le gérant.

— Le coup de l'hypothèque.

Tad Kermorvan écarta les pans de sa veste.

— Qu'est-ce qu'il y a de mieux qu'une hypothèque, *paotr bihan* ? demanda-t-il au gérant. Dis-le-moi si tu connais ton métier !

— Ben, je ne vois pas.

— Tu ne vois pas ? Alors je vais te le dire, moi !

Il tira une liasse de sa poche intérieure gauche, puis une seconde de sa poche intérieure droite. Il empila les deux sous le regard médusé du gérant.

— Voilà de quoi couvrir le prêt de ma belle-fille ! Tu me transformes ce paquet de millions en bons d'épargne à cinq ans et tu les mets en garantie. Qu'est-ce que tu en penses ?

— Dans ces conditions, bredouilla le gérant, je ne vois pas qui pourrait refuser le prêt.

— Moi non plus, dit Kermorvan. Affaire classée.

Ils allèrent boire un café au *Bar des Sports*.

— Pardon, Tad, mais...

— Tu veux savoir d'où vient cet argent ? Tu ne le sauras pas.

— Mais vous risquez de le perdre si par malheur je ne réussis pas.

— Tu aurais dit ça au Crédit rural ?

— Ce n'est pas pareil.

— A ton sujet je ne me fais pas de bile. Mes sous, je suis sûr de les récupérer dans cinq ans, capital et intérêts.

Informée de l'opération par ses collègues, Margrite, comme par hasard, vint frapper à la porte de Menez Glaz. Le prétexte fut tout trouvé : l'anniversaire de son père. Elle poussa ses enfants devant elle, en bouclier. Ils furent bien reçus. Les gosses repartirent avec un billet dans leur poche, mais leur mère dut s'avouer bredouille auprès de Thomas. A peine eut-elle fait allusion aux bons d'épargne que Tad Kermorvan lui cloua le bec d'un « Hapala ! ».

— Hapala ! Tu es ma fille, Margrite, et je suis heureux que tu aies retrouvé le chemin de la maison, même si ta boussole n'indique pas le nord mais plutôt la direction d'un magot que tu espères déterrer. Mais sache que les renseignements que tu as pu renifler ici ou là dans les comptes ou les dossiers n'ont pas cours ici ! C'est compris ?

Margrite pinça les lèvres encore plus fort que d'habitude et acquiesça.

— Les travaux commencent quand ? marmonna-t-elle.

— Les nouvelles trayeuses sont en place, le téléphone fonctionne et le chauffage central sera installé pour la fin du mois, dit Anna. Et nous allons avoir une salle de bains, aussi. Quand tes enfants viendront pendant les vacances, ils pourront se prélasser dans la baignoire.

— Pendant les vacances ? Oui, ce serait une bonne idée, dit Margrite. Pourquoi pas ?

On lui proposait donc de faire la paix ? Elle saisit la balle au bond. Mieux valait surveiller ses intérêts de l'intérieur que de l'extérieur.

— A propos, j'allais oublier de vous le dire, inventa-t-elle sur-le-champ, Thomas insiste pour qu'on vous invite un de ces dimanches au restaurant. On peut retenir une date tout de suite ?

Au prix d'un repas, la paix serait scellée. Et la vigilance de Tad Kermorvan endormie, supputa-t-elle.

Le repas eut lieu à Port-Launay, au bord de l'Aulne maritime. Margrite et Thomas firent « comme si rien n'était », comme s'ils avaient vécu toutes ces dernières années en harmonie.

Basse à leur arrivée, la marée monta pendant le déjeuner. Anna vit là une sorte de symbole : de même que l'eau recouvrit la vase des berges, les paroles anodines et circonspectes tapissèrent les rancœurs, le temps d'une pleine mer.

Le temps du flux, qui est toujours suivi du reflux.

# TROISIEME PARTIE

## 11

Madeleine Salaun prit conscience de l'urgence de se faire soigner quand son fils ne fut plus seulement ce tube digestif qu'elle abandonnait aux soins de la nurse mais un petit homme qui sut bientôt marcher et parler. Un jour d'ivresse affectueuse, en le prenant dans ses bras elle perdit l'équilibre. « Maman, saoule », dit Kévin. Le premier réflexe de Madeleine fut de le flanquer par terre comme une fillette jette sa poupée, ou lui arrache les cheveux, les bras, les jambes, les yeux, en l'accusant d'avoir été méchante. La profondeur et la fixité du regard de son fils l'épouvantèrent. Un éclair aveuglant lui brûla la cervelle, véritable électrochoc, cocktail d'hallucination fugitive et d'effrayante lucidité : son cerveau et celui de son fils ne faisaient qu'un et il y avait là soit une monstruosité de la nature, soit un miracle soudainement révélé. Elle choisit le miracle. Oh, le gamin ne reliait pas « saoule » à l'alcool, mais, ayant enregistré les réflexions de son père, il associait des objets, verres sales et bouteilles vides, à l'état cyclothymique de sa mère, à cette succession pour lui incompréhensible d'apathie, d'agressivité et de témoignages d'amour excessifs. Madeleine tomba assise sur la moquette, pressa son fils contre sa poitrine et dit : « Maman ne boira plus. » Elle lui fit répéter après elle : « Croix de bois, croix de fer, si je mens je vais en enfer. » Que le petit garçon l'écoutât et s'acharnât à répéter la phrase la laissa émerveillée. Elle était une mère, son fils l'aimait, elle ne boirait plus une goutte d'alcool, voilà, c'était dit.

Elle annonça sa décision au docteur Kermarrec.

— Ce sera dur, dit-il, mais si vous êtes décidée on peut y arriver. Les femmes s'en sortent beaucoup mieux que les hommes, et je vais vous dire pourquoi : elles sont beaucoup plus sensibles à la déchéance physique et le seul fait de se regarder dans la glace et de constater les ravages de l'alcool sur leur visage finit par les inciter à boire de l'eau.

— Un bail que je ne me regarde plus dans la glace, répondit Madeleine.

Le vieux médecin l'adressa à un confrère spécialisé, propriétaire d'une clinique psychiatrique privée. L'essentiel de la clientèle de cet établissement quatre étoiles était constitué d'alcooliques mondains, épaves fortunées qui alternaient rémissions et rechutes, ne buvaient pas à l'intérieur de la clinique, sans le secours de la chimie, ou si peu de secours que c'était à se demander s'ils ne simulaient pas, mais sitôt dehors offraient à boire aux clochards, roulaient dans les caniveaux, jusqu'au coma éthylique, acharnés à se détruire de cette façon parce qu'il leur manquait le courage de se pendre ou de se tirer une balle dans le cœur.

Madeleine subit avec bravoure et stoïcisme toutes les étapes de la cure de désintoxication, des affres du sevrage à la récompense de la cure de sommeil, de la torture du manque au baume de la camisole chimique qui se désagrège un beau matin, et carillonnent alors dans la tête les campanules d'un printemps cristallin. On rit de bonheur, on veut porter des robes légères, on a des envies de pain frais trempé dans du thé corsé. Vers la fin de son combat, des entretiens avec un jeune psychiatre féru d'analyse conduisirent Madeleine à mettre au jour ce que le médecin appelait cette « fatigue de soi » que l'alcool, au lieu de l'anéantir, aggrave, pour mener au dégoût et à l'autodestruction.

A l'issue de ses longues confessions, Madeleine sut devant quelle alternative son désir de guérison la plaçait : rompre ou accepter. Rompre, au sens propre : divorcer, annuler d'un jugement l'échec de son mariage avec un homme indigne de son rang et de sa culture. Ou bien accepter l'erreur de cette mésalliance et son image sociale dévalorisée. Elle décida d'un moyen terme. Pour le bien de son fils, crut-elle, elle demeurerait « Madame Salaun », mais déclarerait son mari *persona non grata* dans sa vie de femme et de mère — dans son lit, cela faisait longtemps qu'il n'était plus désiré.

Ce choix difficile avait à voir avec la mortification du silice porté jour et nuit à même la peau. Cette haire, Salaun s'amusa un temps à la rendre plus urticante encore. Il la provoquait : « Alors, ça y est, ils ont réussi à te dératiser ? Je parie que dans moins d'un mois tu auras repiqué à la bibine. Encore du fric de foutu en l'air. » A table, il clappait de la langue avec délectation en s'extasiant sur les qualités d'un grand cru. « T'as tort, tu sais, un vrai nectar, ce petit bordeaux. »

Il se lassa très vite. La volonté de Madeleine était inébranlable. Elle avait prononcé ses vœux, tout entière dévouée à une communauté de deux personnes, son fils et elle-même, au sein d'un cloître qui resplendissait à présent de son bonheur et de son insouciance, comme en témoignaient les immenses bouquets de fleurs dans les vases, les fenêtres grandes ouvertes au moindre rayon de soleil et les chansons enfantines qu'elle fredonnait. Elle servait Salaun avec une dévotion feinte — une abnégation cynique qui la remplissait d'aise — et avait toujours pour lui, quelle que fût l'heure à laquelle il se levait ou rentrait, un bon plat à réchauffer ou une chemise impeccable à déplier.

Il appréciait les avantages de cette résistance passive. Il pouvait courir le guilledou autant que ça le démangeait, aussi bien que jouir de soirées sans algarades dans le confort d'un hôtel particulier que Madeleine tenait avec autant de zèle que la chaisière en mettait à épousseter les saints de l'église. Mieux, mais inavouable : sa femme avait retrouvé son teint, son allant et sa beauté altière de faire-valoir ; en outre, elle élevait son fils comme on doit élever un garçon : Kévin pratiquait bon nombre des sports individuels et d'équipe offerts par la Maison pour Tous de Plouralez. En intégrant son fils dans la communauté rurale, Madeleine servait les ambitions locales de son mari. Grâce à elle, se félicitait-il, il ne serait plus l'odieux richard, mais un mari et un père comme les autres. Ce fut donc sur ces bases étonnantes, *a priori* pérennes, de vrai mépris et de fausse soumission, qu'un équilibre à la fois haineux et ludique s'établit au sein du couple.

Lorsque le petit garçon fêta son troisième anniversaire, ses parents s'accordèrent sur le choix de la maternelle : ce serait l'école privée du bourg, où Kévin pourrait continuer en primaire jusqu'à son entrée en sixième dans un collège de la ville. Les arguments de chacun se rejoignirent : du côté de Madeleine, maintien de la tradition et fidélité à l'enseignement catholique ; du côté de Salaun, flatter son futur électorat conservateur, aux élections municipales.

Anna inscrivit sa fille dans la même école pour la simple raison que les horaires de la garderie y étaient beaucoup plus souples. Les deux gosses s'adoptèrent comme compagnons de jeux et quelques années plus tard, dans le primaire, devinrent les meilleurs amis du monde. Tout naturellement, sous les auspices de ces amours enfantines, et à force d'entendre parler chez soi de la bien-aimée ou du bien-aimé, les mamans finirent par se rencontrer et s'apprécier.

Dans la famille de Madeleine, la franchise était une règle d'or. Afin que leurs relations futures ne fussent entachées d'aucun faux-semblant, elle évacua d'une phrase le plus gênant des sujets :

— Bien entendu, je suis au courant de l'histoire de l'*Auberge des Peintres*. Je vous félicite et je me félicite de la leçon que vous avez donnée à mon mari. Le laisser en plan et lui piquer ses clés, il fallait oser ! Par ailleurs, je regrette qu'il se soit ensuite bassement vengé sur vos terres. En tout cas, votre caractère affirmé crée entre nous une complicité certaine. Sachez que je ne l'aime pas plus que vous ne l'aimez et si vous le voulez bien nous n'aborderons plus ce sujet. Faisons comme si nous étions veuves, toutes les deux.

A l'insu de son mari, Madeleine prit l'habitude d'inviter Gwenola à goûter le mercredi après-midi. Admise dans la salle de jeux qui occupait le quart du grenier de la maison, la fillette découvrit le pays des merveilles : autos à pédales, peluches géantes, maison miniature, hutte d'Indien, une montagne de jouets de rêve. Les gosses ne restaient pas tout le temps enfermés. Quand il faisait soleil, ils allaient jouer dans le parc, en franchissaient les limites et marchaient jusqu'à la rivière, surveillés de loin par Madeleine. Ils grandirent ensemble. Gwenola tirait profit de l'éducation du petit garçon — Madeleine l'initia au piano, lui prêta des jeux de réflexion, des encyclopédies, des romans pour la jeunesse —, Kévin apprenait les choses de la nature au contact de son amie. Madeleine et Anna étaient ravies, et Tad Kermorvan soi-même, le premier samedi après-midi qu'Anna rendit la pareille, c'est-à-dire invita Kévin à Menez Glaz, en regardant d'un œil ému sa Gwenola emmener le fils de Salaun par la main voir les poules et les lapins, bénit ainsi ce trait d'union imprévu entre les deux rives du Dour Gwenn :

— Un gosse n'est pas responsable de celui qui l'a fabriqué. Et n'importe comment, je sais bien que la femme n'a jamais été celle que le mari a voulu faire passer pour.

« La femme » gardait un peu ses distances, ce qui convenait parfaitement à Anna. Elles se contentaient de relations courtoises. Ni l'une ni l'autre ne recherchait une amie intime. Elles se suffisaient à elles-mêmes dans le veuvage, bien réel pour Anna, de convention pour Madeleine.

Bien plus tard, après que le malheur aurait frappé plusieurs fois, Anna se prendrait à se retourner sur ces années entre parenthèses. « Des années *blanches* », se dirait-elle.

Blanches comme le carrelage blanc de l'atelier de traite moderne qui ressemblait à un laboratoire de chimie plutôt qu'à une ferme.

Blanches comme le lait qui coulait directement des pis des Holstein via les trayeuses chromées, dans les citernes réfrigérées. Menez Glaz n'était plus une exploitation agricole mais un mécanisme aux rouages bien huilés, de la vache au chèque de la laiterie.

Années blanches comme les champs sur lesquels Justin déversait des tonnes et des tonnes d'engrais avant et après les semis.

Blanches comme les joues de Tad Kermorvan quand il considérait en silence les étendues remembrées et l'océan de maïs.

Le maïs ! Quelque cinq siècles avant d'envahir la Bretagne le blé indien avait affamé les Incas. Avide d'eau et de sels minéraux, la céréale les avait trompés, avait asséché et ruiné les terrasses andines, dévoré le foie et bu le sang de leur terre.

Années livides, donc, comme un cadavre exsangue. Après la récolte le maïs laissait la terre nue et craquelée comme le fond d'un barrage de retenue après qu'on l'eut vidé de son eau, ou comme la croûte stérile d'un désert animal et végétal. Seuls subsistaient les durillons des griffes, sur lesquels les chiens d'arrêt se blessaient, dans leur vaine quête des perdreaux disparus. Disparus comme le coquelicot et le bleuet, la fourmi et le hanneton.

Pour protéger l'idole des larves, des insectes et des plantes sauvages, on répandait sur les semis des citernes de pesticides et d'herbicides. Dès la levée des plants, on mettait sous perfusion la terre famélique, sucée jusqu'à la moelle pendant la saison passée. Engrais chimiques, nitrates et phosphates à profusion. Et puis, une fois le maïs ensilé, bâché et couvert de vieux pneus, sonnait l'heure des tonnes à lisier et de leurs aspersoirs de vingt mètres de large : engrais organique dont les fosses des porchers regorgeaient. Les étendues ravagées par le maïs étaient le terrain d'épandage idéal de la merde de cochon.

Années blanches comme les veaux blancs élevés en batterie, par centaines dans des ateliers obscurs, immobilisés entre des claies et chancelant sur leurs pattes au moment de monter dans le camion de l'abattoir. L'aberration économique sautait aux yeux des anciens, tel Tad Kermorvan. Séparer les veaux des mères, traire les vaches à la machine, livrer le lait à l'usine, l'y transformer en poudre, se faire livrer cette poudre en sacs et l'allonger d'eau pour nourrir les veaux. Un litre de lait en poudre revenait deux fois plus cher qu'un litre de lait tiré du pis. Qu'importe, pendant cet aller-retour entre la vache et le veau *via* l'usine, le lait avait produit d'énormes profits. Le système se nourrissait de lui-même, comme le serpent se mord la queue.

Ainsi que le maïs, songerait Anna quand elle confesserait ses péchés à la terre blessée. Le maïs nourrit le cochon et le cochon le nourrit de ses déjections.

Anna avait cru bien faire. Personne ne l'avait prévenue que le maïs était une malédiction.

Par conséquent : années d'inconscience, assassinat de la terre perpétré en un éclair, dans son souvenir.

Le sablier ayant contenu ces années de panurgisme dans le sillon de la chambre d'agriculture, elle le retournerait d'un coup, comme on récite d'un trait le *Je confesse à Dieu*, mais le premier grain à tomber dans le temps du repentir serait celui du malheur.

# 12

L'année de leurs huit ans, Gwenola et Kévin entrèrent au CE2 dans la classe de monsieur Herrou, le directeur de l'école. D'ordinaire, le directeur se réserve le CM2, la classe charnière entre le primaire et le collège. Monsieur Herrou, lui, préférait les jeunes cervelles malléables qu'il adorait pétrir dans l'espoir de leur inculquer ses propres valeurs. Elles étaient principalement au nombre de trois : la morale, la vraie, et non pas ce semblant d'instruction civique qui l'avait remplacée dans les programmes ; le goût de la lecture — sur ce chapitre, ses difficultés allaient grandissant au fur et à mesure que les postes de télévision envahissaient les foyers ; enfin, le respect de la nature. Monsieur Herrou avait fréquenté le séminaire mais, en fin de parcours, avait refusé la soutane, pour se rapprocher de Dieu. Cet homme-là avait l'âme panthéiste et pratiquait sa religion dans les champs plutôt qu'à l'église Saint-Ronan, qu'il fréquentait néanmoins, par obligation, eu égard à sa fonction de directeur de l'école privée.

Avec autant de passion que de mesure, l'instituteur pêchait et chassait. Aux gamins fascinés, il expliquait que l'homme des cavernes ne chassait pas parce qu'il était cruel, mais pour nourrir les siens. Certes, de son propre aveu, on retirait de la traque un plaisir certain, et c'était ce plaisir-là que nos ancêtres nous avaient légué, mais il n'y avait aucune honte à y céder, à condition de ne rien prélever qu'on ne pût manger. Monsieur Herrou perpétuait les leçons de choses de l'après-guerre.

En hiver, ses élèves apprenaient à distinguer une bécassine sourde d'une bécassine double, une draine d'une grive musicienne, un ramier sédentaire d'une palombe, un garenne d'un lièvre, une sarcelle d'un colvert. Au premier de la classe, il accordait l'honneur de prélever la plume du peintre sur l'aile d'une bécasse et de la garder.

Le printemps venu, il apportait en classe des truites pêchées à l'aube, les disposait dans un grand plat sur un lit de menthe sauvage et, d'un index qui sentait le tabac à pipe et la craie, montrait aux élèves réunis en rond les points rouges d'une truite fario, la robe argentée et mouchetée de noir d'une truite de mer prise dans le ruisseau de Sainte-Anne-la-Palud, les reflets bleu-mauve d'une truite arc-en-ciel échappée d'une pisciculture. « Echappée depuis combien de temps ? » demandait-il. Facile à voir. Dans les bassins, elles se bouffaient entre elles. Si la nageoire caudale avait repoussé, ça voulait dire que la truite vivait dans la rivière depuis des mois et que sa chair aurait le bon goût du poisson sauvage. Monsieur Herrou prenait un couteau affûté à la meule sous l'appentis qui jouxtait sa maison de fonction aux fenêtres ouvertes sur la cour de récréation, vidait une truite fario et donnait une leçon d'anatomie : voici les branchies, voilà le cœur, le foie, les intestins. Il coupait l'estomac en deux, de la pointe du couteau étalait son contenu sur une assiette et c'était à chacun, loupe en main, de dire ce qu'elle avait mangé. Lombric fraîchement engamé, vairon à moitié digéré, insectes variés ainsi que ces drôles de bouts de bois qui en réalité n'en étaient pas, des espèces de fourreaux à l'intérieur desquels une larve gigotait et que le maître appelait phryganes. Monsieur Herrou eschait sa ligne en fonction de l'avancement de la saison et mettait ses élèves à contribution. Pour l'ouverture, il accordait un bon point à ceux qui lui apportaient des lombrics à tête noire. Un bocal de vers de fumier rayés valait deux bons points. Seulement, il ne fallait pas être dégoûté, ni par le mélange de bouse de vache et de paille où ils vivaient, ni par la puanteur infecte du jus qui dégoulinait des tronçons quand ils cassaient comme des élastiques, trop bien enfoncés dans le fumier. Heureusement, le maître ne commandait ces vers rayés qu'en de rares circonstances : lors de fortes chaleurs suivies d'orages, en mai ou juin.

On préférait de loin lui livrer des grillons. C'était propre et rigolo à attraper : à la cartouche vide, à la paille ou même en pissant dans le trou. On les livrait dans une boîte d'allumettes. Le grillon était payé dix centimes, soit de quoi s'acheter un de ces gros chewing-gums qui vous remplissaient la bouche. Cinq sauterelles équivalaient à un grillon. Quant aux hannetons des chênes, devenus très rares, ils valaient cinquante centimes pièce. Avant l'époque des insectes et après celle du lombric, c'est-à-dire en avril et mai, ou à peu près, car tout dépendait du temps, monsieur Herrou faisait de beaux paniers en pêchant au vairon mort manié. Pour s'en procurer, il invitait des volontaires à le suivre au bord du Dour Gwenn et leur montrait où couler les pièges — des bouteilles spéciales, avec dedans un bout de papier aluminium ou une boulette de pain pour attirer le fretin —, et les leur confiait par la suite, ainsi que le vivier pour les transporter jusque dans l'aquarium de la classe, oxygéné par un appareil à cracher des bulles.

Enfin, en été, monsieur Herrou s'adonnait à la pêche à la mouche sèche. Il confectionnait ses mouches lui-même et plus d'un coq alentour ne chantait plus, mortifié que le gamin de la ferme lui eût arraché les plus belles plumes du cou pour en faire cadeau au maître à la veille des grandes vacances.

Mais tous ces plaisirs, à l'époque où Gwenola et Kévin entrèrent dans la classe de monsieur Herrou, appartenaient en grande partie à un passé récent. Le maître s'acharnait à croire à l'éternel recommencement, bien que les têtes blondes ou brunes, sages ou turbulentes, à chaque rentrée changeassent devant lui, et que les blousons, les jeans et les chaussures montrassent l'influence croissante de la télévision.

En classe, la proportion de gosses venus des cités pavillonnaires où les industriels du poulet et de la découpe de viande logeaient leurs ouvriers, ne cessait de croître. Les prénoms des écoliers nouveaux venus laissaient le vieil instituteur pantois, quand ils ne lui arrachaient pas une grimace. Les Jimmy, Teddy et Johnny remplaçaient les Pierre, Paul et Jacques, et les Sabrina, Jessica et Cindy les Marie, Catherine et Isabelle.

En vérité, monsieur Herrou tentait de maintenir à flot une barque qui prenait l'eau. Les saumons de printemps attrapaient des maladies inconnues, les truites étaient moins nombreuses, la plupart des insectes avaient été éliminés. Quant aux bécassines, elles ne se posaient plus sur les prairies de la commune, parce qu'il n'y avait plus de prairies naturelles pâturées, mais à leur place des champs drainés en l'honneur du foutu maïs — la peste jaune, qu'il disait. Il ne pardonnait pas au progrès de le priver peu à peu d'une portion de sa vie, de l'amputer toujours plus haut, jusqu'à en faire un cul-de-jatte de la foi, appuyé sur les béquilles de l'amertume. Il était devenu grognon.

Ses leçons de choses étaient émaillées de diatribes contre l'agriculture dévastatrice et il promettait aux ruraux une version païenne de l'apocalypse : l'espèce humaine dévorée par les cochons. « Heureusement que je ne serai plus là pour voir ça », marmonnait-il en toquant à la cloison qui séparait la classe de la cuisine pour que sa femme vînt reprendre le plat où gisait, vidée, une seule truite, et de pisciculture, à la queue bouffée, qu'elle cuirait pour les chats — cela, l'instituteur ne le disait pas.

Les jeunes esprits en étaient frappés, à des degrés divers. Les garçons des lotissements avaient une mentalité de citadins, ils se fichaient des radotages du maître. Les fils de paysans chasseurs savaient qu'il avait raison — à la ferme, aussi, les pères se plaignaient de ne plus lever de lièvres ni de perdreaux —, mais n'ayant jamais connu les mirifiques tableaux des ouvertures d'antan, tiraient à présent leur fierté de la puissance du tracteur de papa. Les filles se rangeaient plus facilement sous la bannière de l'écologie. A les croire, elles seraient toutes vétérinaires, en Afrique, pour soigner les lions et les éléphants.

Kévin ne fit pas tout de suite le lien entre le métier de son père et l'indignation de monsieur Herrou. Son père n'était pas agriculteur. Il portait le costume-cravate et ne montait jamais sur un tracteur. Il fallut un coup de bile noire du maître pour qu'il prît conscience d'être le fils d'un fossoyeur des miracles de la nature. Déprimé par une série de bredouilles, un jour d'avril l'instituteur tonna :

— C'est la fin des figues ! Moi, j'aurai connu le paradis sur terre, mais vous ? Savez-vous où vos enfants iront à la pêche ? Dans des étangs. Quels étangs ? Il n'y a pas d'étangs dans le coin, me ferez-vous remarquer. Ah bon ? Moi je vous dis qu'il y en a et que dans vingt ans il y en aura cent fois plus, et des plus grands !

Les gamins écarquillaient les yeux, échangeaient des mimiques de stupéfaction. En cachette, un déluré vrilla sa tempe du bout de l'index, ce qui déclencha des rires étouffés.

— Ça vous fait rigoler ? Regardez donc autour de vous. Ces étangs, ces marécages, ce sont les fosses à lisier ! Des trous remplis de merde...

Le mot fit glousser la plupart, tête rentrée dans les épaules.

— Oui, remplis de merde et de pisse de cochon ! Ces trous creusés dans la terre, trous plus ou moins cimentés, trous plus ou moins étanches. Un de ces jours ils crèveront comme des outres en peau de bique. Cette fois-là, les truites seront nettoyées pour de bon.

Au silence qui s'ensuivit, monsieur Herrou devina qu'il était allé trop loin. Si les gosses répétaient ses paroles à la maison, il y aurait des retours de manivelle. Il tempéra ses propos. Dit que les paysans devaient gagner leur vie comme tout un chacun, qu'ils n'étaient pas de mauvais bougres ni de mauvais citoyens, que leur seul tort avait été croire tout ce que leur racontaient les hommes politiques et les conseillers agricoles, croire qu'ils allaient tous s'enrichir et tous devenir des « gros », alors que les « gros » n'avaient qu'une idée en tête, leur manger la laine sur le dos jusqu'à ce qu'ils aillent tout nus comme des damnés. Mais bon, qu'ils fassent un peu attention et redeviennent raisonnables, et on leur pardonnerait. Il descendit de son estrade et frotta d'une main paternelle quelques-unes des têtes susceptibles d'avoir été troublées par son réquisitoire.

— Je les aime bien, les paysans. Moi aussi, je suis un fils de cultivateur.

Le mercredi suivant, Kévin et Gwenola s'en allèrent examiner les fosses à lisier de Kergrenn Uhellan. La plus menaçante était longue et large comme deux autocars garés flanc contre flanc. Comme le maître l'avait dit, elle avait été creusée dans le sol et il était impossible de connaître sa profondeur. Perpendiculaire au bâtiment principal où grognaient et couinaient des centaines de cochons, elle s'étendait dans le sens de la longueur sur une butte qui descendait en pente douce jusqu'au bord du ravin dans le fond duquel coulait la rivière. Tout autour, une rangée de quatre parpaings dépassait du niveau du sol, modeste parapet de moins d'un mètre de hauteur. Aucun grillage, aucune autre protection. Du côté bas, côté Dour Gwenn, on avait renforcé le mur de briques par des tronçons de vieux poteaux électriques autour desquels le lisier suintait.

Les gosses s'accoudèrent au mur de parpaings. L'odeur les prit à la gorge. Mais plus encore que la puanteur, ce fut l'aspect de ce rectangle de vase noire qui les fit reculer. Lisse, moirée de reflets de plomb, parcourue de veines verdâtres, la surface faisait plus penser à un solide qu'à un liquide.

— Tu crois qu'on pourrait nager si on tombait dedans ? demanda Gwenola.

— T'es pas folle ? Tu pourrais même pas bouger les bras et les jambes. Une fois, je sais pas comment, une vache est tombée dans une autre fosse, une plus petite, un peu plus loin, là-bas. Elle a coulé à pic. Il a fallu une grue pour la sortir.

Kévin jeta une pierre dans cet « étang », l'un de ceux que maudissait monsieur Herrou. Le lisier gicla en l'air et retomba, comme au ralenti, démontrant l'épaisseur de la lise.

— On dirait de la bouillie d'avoine, dit Gwenola.

— C'est quoi ?

— T'en as jamais mangé ?

— Non.

— Eh ben, de la bouillie d'avoine, c'est... de la bouillie d'avoine, je peux pas t'expliquer autrement. Ma mère la fait frire dans la poêle. Mon grand-père adore ça. On tire la croûte au sort, à la fin.

— La croûte ?

— Au fond de la poêle, la croûte de beurre. C'est bon ! Ma mère et mon grand-père font toujours exprès que je gagne. Je vois bien, tu parles. Si tu veux, je dirai à ma mère d'en faire, un jour que tu viendras à la maison.

— Merci bien, si ça ressemble à de la merde de cochon !

— Idiot ! C'est juste parce que c'est épais, que je disais ça.

Gwenola prit Kévin par la main et l'entraîna sur la pente. De tout en bas, du bord de la rivière, ils regardèrent le mur de la fosse.

— Faudrait pas que ça cède, dit Gwenola, tout partirait à la rivière, comme a dit le maître.

— Mon con de père serait responsable.

— Pourquoi tu dis que ton père est con ?

Kévin haussa les épaules.

— T'as raison, je devrais rien dire du tout. On est pareils, tous les deux, on n'a pas de père.

— Le mien est mort, pas le tien.

— Le mien, c'est comme s'il n'existait pas.

La fillette invita son ami à goûter. Ils décidèrent de longer la berge du Dour Gwenn jusqu'au niveau de l'ancienne lande de Menez Glaz, avec l'intention de remonter à travers la friche pour regagner la crête et revenir par le chemin vicinal. Une belle promenade, par cet après-midi de printemps précoce. Ils s'amusèrent à chercher des gués, réussirent à traverser en sautant de caillou en caillou sur les bosses lisses d'un chaos qui, à un endroit, étranglait le cours d'eau depuis la nuit des temps. Têtue, serpentant à l'intérieur comme dans un alambic au fil des millénaires, grondant comme une machine infernale, la rivière s'était frayé un passage entre les blocs de granit, avait sapé leur fondement, limé et poncé les pênes et les clenches de leurs enchevêtrements et jaillissait de partout entre les embrassements, en haut, en bas, à droite, à gauche, dans une splendeur que n'auraient pas égalée aux yeux des gamins les jets d'eau du château de Versailles.

Ils s'assirent. Les hêtres, les saules et les charmes découpaient la lumière en rais ondoyants qui irisaient les étincelles sous lesquelles les enfants agitaient leurs jambes nues. L'eau était froide. Ils écoutèrent les longs soupirs qu'exhalait la rivière en sourdant sous le lit du chaos. Elle s'étalait en aval dans le berceau d'un grand calme qui se cassait d'un coup, sur le front arrondi d'une chute, au-dessus de laquelle s'élevait une vapeur nacrée. Plus bas, ils se déchaussèrent et retraversèrent la rivière sur le plat d'une gravière. Ils soulevèrent de gros galets, à la recherche d'étuis de phryganes. Les premiers éphémères, des mouches grises à corps jaune, voletaient dans les rayons du soleil. Ici et là des truitelles mouchaient. Les enfants virent un saumon glisser vivement sur le flanc, de la flaque de lumière où ils l'avaient surpris vers l'obscurité d'un trou entre deux roches.

— Le maître exagère, dit Gwenola, il y a encore des poissons.

— Justement, c'est pour ça qu'il a peur, dit Kévin. Si les derniers crèvent, il n'aura plus jamais rien à pêcher.

En imitant la voix de monsieur Herrou, la rivière leur raconta sa naissance dans le fracas d'un tremblement de terre, leur chuchota des bribes de sa vie joyeuse — comment elle avait fait tourner les roues des moulins, abreuvé les bêtes, rincé les chemises en lin, abrité les bateaux là-bas, très loin, dans son estuaire —, leur dit qu'elle ne voulait pas mourir, sauf à la fin du monde. La terre se fendrait en deux et la rivière se jetterait à la mer d'une falaise de mille kilomètres de haut, au bord de laquelle resteraient debout, menaçantes comme des temples barbares, les ruines de Menez Glaz et de Kergrenn Uhellan.

Voilà avec quelles images les gosses se firent peur. Mais la rivière les rassura en enroulant autour de leur cou son écharpe parfumée. Odeur de bonbon à la menthe des jeunes pousses aux feuilles épaisses, d'un vert presque noir, écrasées sous leurs sandales ; odeur de terre battue des paillasses de bois mort abandonnées par les crues dans les appendices de méandres ; odeur de cave à cidre des mousses à salamandres. Le mélange entêtait un peu, leur donnait envie de rire pour rien et de courir partout et nulle part, et il leur poussa des ailes de martin-pêcheur au fond des yeux. A regret, ils abandonnèrent leur amie la rivière et gravirent la lande. Ils se rafraîchirent à la pompe près du puits de Menez Glaz. Le goûter était prêt. Anna fixait une nouvelle carte postale au-dessus du frigo. Le mur en était tapissé.

— D'où elle vient, cette fois ? demanda Gwenola.

— De Stockholm.

— C'est dingue, dit Gwenola à Kévin, mon tonton Ronan, il arrête pas de faire le tour du monde.

Le surlendemain, il commença à pleuvoir.

# 13

Depuis plusieurs jours, les beloteurs du *Bar des Sports* sentaient venir le changement de temps dans leurs vieux os. Quand l'angélus du soir sonnait l'heure de la soupe au clocher de Saint-Ronan, ils avaient du mal à déplier leurs carcasses rouillées. Ils posaient sur leurs reins douloureux leurs larges mains aux doigts raides et aux paumes sculptées de ravines, aussi râpeuses que le velours côtelé de leurs vestes, et prophétisaient : « Ouille ! Ouille ! Ouille ! *Am'red'dour !* Ici il va y avoir de l'eau ! » Et on en avait bien besoin.

Sec et chaud, le mois de mars avait leurré son monde, hommes et bêtes, et plantes y compris. Le printemps avait enjambé une portion de calendrier. Au lieu de cette légère brume chromatique brun-vert qui laisse entrevoir, à la surface des horizons boisés toujours dans leur nudité hiémale, la formation des bourgeons, c'était, avec une bonne quinzaine de jours d'avance, des touches franchement printanières que le regard effleurait sur les talus, le long des prairies et au cœur des futaies : fauve presque automnal des hêtres et des peupliers, vert tendre des bouleaux, bouquets anisés des saules et des noisetiers en forme d'asparagus géants. Les sources tiraient la langue et les ruisseaux ne babillaient plus. Les tritons de la fontaine miraculeuse, où la Vierge disait-on était apparue au XVI^e siècle pour arrêter la peste noire, s'étaient enfoncés dans la boue, parmi les pièces de monnaie jetées par les pèlerins du canton.

Au cours de la nuit le vent passa à l'ouest. A l'aube la pluie se mit à tomber, oblique, lourde, si lourde qu'elle tambourinait sur les toits comme de la grêle, cinglait les carreaux, débordait des gouttières, rebondissait le long des murs qu'elle maculait de boue à hauteur de chien-loup, transformait les poules en serpillières à pattes, gorgeait les tas de fumier et noyait les vers rayés, s'écoulait partout en millions de rigoles — dans les cours de ferme, sur les chemins, les routes, les pâtures, les prairies au-dessus desquelles les nuées se succédaient pour doucher le bocage sitôt qu'elles butaient sur les Montagnes Noires. Réfugiées contre les talus, les vaches beuglaient leur misère. Au milieu des champs, de la paille mouillée jonchait l'herbe autour des râteliers. Les ruisseaux grossirent, le Dour Gwenn se teinta couleur thé. La campagne accueillit cette manne liquide avec soulagement. Si on avait osé, le dimanche des Rameaux, on aurait tout aussi bien trempé sa branche de buis dans une flaque plutôt que dans le bénitier, car cette eau était bénite entre toutes, et bien plus que celle du curé. Le dimanche de Pâques, on commença à penser le contraire. « Trop c'est plus qu'assez », disaient les anciens. On n'en réclamait pas tant. La terre avait eu son content, il fallait que cela s'arrête, maintenant. Hélas, aucun signe n'annonçait l'embellie. Le ciel demeurait crasseux, le jour se levait tard et se couchait tôt, et on finit par se demander si le monde ne s'était pas renversé, si l'Armorique, détachée du continent, n'avait pas basculé cul par-dessus tête et qu'à présent c'était le ciel qui était en bas, aux antipodes, et l'océan à sa place, suintant goutte à goutte par les milliards de pores de sa vessie perméable.

Chaque soir après l'école Kévin allait regarder la pluie cloquer la surface de la fosse à lisier. Chaque soir le niveau avait monté et au bout de quinze jours la lise atteignait la troisième brique. Encore une vingtaine de centimètres et la fosse déborderait. Puisque le lisier, à l'intérieur, s'élevait de près d'un mètre au-dessus du niveau du sol, ce n'était plus vraiment une fosse, mais une énorme citerne à ciel ouvert, ou bien encore, incrusté dans le glacis des remblais, un tumulus décalotté, plein comme une panse de sanies pestilentielles. Comme l'avait prédit monsieur Herrou, le lisier allait empoisonner le Dour Gwenn. La jolie rivière ne scintillait plus. Elle charriait les mottes arrachées à ses berges, grondait dans la vallée encaissée, mordait dans le terreau des sous-bois, raclait la glaise des plaines, déchaussait les graviers de la palud inondée et à son embouchure marbrait le bleu de l'océan de souillures brunâtres.

Le garçon observa les lieux, réfléchit de toute la force de sa jeune cervelle et bâtit un plan, qu'il exposa à Gwenola. En ciré, encapuchonnés et chaussés de bottes, équipés d'une pelle, d'une pioche et d'une massette, ils se mirent au travail, un mercredi après-midi.

Le gamin avait repéré qu'à l'extrémité de la fosse, côté porcheries, et donc à l'opposé de la vallée, le terrain était en légère déclivité et que cette pente menait au plus grand des champs de maïs de Kergrenn Uhellan, en forme de cuvette. En creusant tout d'abord une rigole de la fosse aux abords du champ, puis en cassant une brique ou deux au sommet du muret on ferait s'écouler le lisier vers la cuvette où le sol l'épongerait. La rivière serait sauvée.

« Tu comprends, avait dit Kévin, c'est comme quand tu oublies de fermer les robinets de la baignoire. Le trop-plein s'en va par le haut. »

La terre était meuble. Ils n'eurent guère de mal à creuser la rigole à la pioche et à la pelle. Casser la brique choisie, à la verticale du départ de la rigole, fut une autre entreprise. Le garçon eut beau taper dessus à coups de massette, elle ne bougea pas. Gwenola essaya à son tour, à deux mains, sans succès.

— On n'y arrivera pas, dit-elle.

— Attends. Je vais chercher un truc.

Kévin disparut entre les bâtiments. La fillette s'adossa au mur de la porcherie pour se protéger de la pluie. Les cochons durent sentir sa présence. A l'intérieur, ça se mit à gueuler. On racontait à l'école d'atroces histoires de bébés qui s'étaient aventurés à quatre pattes dans les soues. Ils avaient été dévorés par les truies. On n'en avait pas retrouvé une miette. Gwenola frissonna. Kévin revint, un burin à la main.

— Tu vas voir, avec ça on va y arriver.

Le garçon coinça le tranchant du burin dans le ciment friable, à la jointure de deux briques.

— Voilà, tu tiens le burin et moi je tape.

— Me tape pas sur les doigts !

— T'inquiète pas !

Fouettée par les courants d'air, la pluie tourbillonnait, dégoulinait de leurs capuches, leur coulait dans les yeux, sur le nez, dans la bouche, dans les manches, jusqu'au coude de leurs avant-bras levés. Au bout de la fosse, côté Dour Gwenn, une mince lèvre de jus noirâtre recouvrait déjà les deux tiers du sommet du mur.

Empoignant la massette à deux mains, Kévin assena un premier coup. Surprise par la secousse, Gwenola lâcha le burin. Le garçon l'ajusta de nouveau entre deux briques.

— Le lâche plus ! ordonna-t-il. Gwenola hocha la tête.

Les coups de massette firent sauter des éclats d'un mortier peu gras — trop de sable, pas assez de ciment. Le burin s'enfonça dans le joint. L'angle d'une brique sauta. Par le trou, à peine plus gros qu'une pièce de cinq francs, le lisier jaillit, presque horizontal, comme un jet de vache qui pisse que les gosses reçurent en pleine poitrine. Ils reculèrent.

— On va puer, dit Gwenola.

— Tant pis, on se lavera. Tu peux lâcher le burin, maintenant.

La fillette s'écarta. Le garçon prit son élan, frappa de toutes ses forces...

Et la tragédie se dénoua en un instant.

La brique se déchaussa, puis une deuxième,

puis une troisième, et ainsi de suite. Le lisier s'engouffra par la brèche. Sous la poussée, les briques désolidarisées cédèrent à leur tour. Le mur s'écroula sur Gwenola et la fosse vomit d'un trait ses centaines de mètres cubes de lisier. Kévin roula sur la pente, emporté vers le Dour Gwenn en crue.

Gwenola respirait encore lorsque les ouvriers de la porcherie la dégagèrent de l'amas de briques. Les pompiers arrivèrent en même temps que Salaun, Madeleine et Anna.

— Et ton fils ? Et MON fils ? hurla Madeleine.

— Ne te donne pas en spectacle, lui répondit Salaun.

Il serra les dents. Madeleine tomba à genoux dans la terre maculée. Un hélicoptère se posa dans la cour de Kergrenn Uhellan. Gwenola fut transportée au CHU de Brest. Anna accompagna sa fille dans l'appareil. On lui donna de l'oxygène. Son cœur battait, elle fut sauvée. Traumatisme crânien, le nez et un bras cassés, des contusions multiples. Elle délira pendant des heures et des heures. Quand elle revint au monde, ce fut pour demander où était Kévin.

— On va le retrouver, murmura Anna.

Trois jours plus tard, alors que la pluie avait cessé de tomber et que la décrue était en cours, ce furent les garde-pêche chargés de récupérer les saumons crevés qui découvrirent son corps, prisonnier des branches basses d'un saule, à plusieurs kilomètres en aval.

La fillette se souvenait du marteau, du burin, mais après tout s'était effacé de sa mémoire.

— Kévin est mort ?

— Il est monté au ciel, dit Anna.

— Pas la peine de dire ça comme ça. Je suis grande, je sais ce que c'est un mort.

La fillette demeura un long moment prostrée, les yeux grands ouverts, sans ciller. Puis elle tourna la tête vers sa mère et lui dit :

— Maman, je ne veux plus habiter chez nous.

Anna tressaillit. Un précipice s'ouvrit devant ses pieds.

— Mais pourquoi, ma chérie ? murmura-t-elle.

— La campagne, c'est le pays des morts.

Le soir, très tard, seule dans la cuisine, Anna tira le beau papier à lettres du tiroir du buffet. Sur l'une de ses premières cartes, Ronan avait indiqué qu'on pouvait lui écrire ou lui télégraphier en cas d'urgence à l'adresse de l'*American Express* à Paris, qui ferait suivre.

*Cher Ronan,*

*Dans quel pays es-tu ? Moi aussi, je voudrais changer de pays. Mais aller partout ou aller nulle part, n'est-ce pas pareil ? Je n'ai personne à qui me confier et toi seul peux comprendre ces phrases sans queue ni tête. Oui, j'ai envie de me confier et pourtant, le stylo à la main, je ne sais plus que dire. Gwenola a failli mourir dans un accident qui a coûté la vie au pauvre petit Kévin Salaun. Si j'en ai la force, je te raconterai dans quelles circonstances. Sache en tout cas que Gwenola va bien. Il faut que je t'avoue que c'est l'idée que tu n'ouvriras jamais cette lettre qui me pousse à t'écrire. Je suis à bout, Ronan. J'ai l'impression que ma vie est faite de bouts de ficelle que je n'arrive pas à nouer ensemble. J'ai aussi l'impression que je porte malheur. Je crois que je vais arrêter tout ça, retourner en ville et essayer de refaire ma vie. Mais comment pourrais-je abandonner ton père ? Je l'aime comme le père que je n'ai pas eu. Je ne voudrais pas t'inquiéter, et d'ailleurs il n'y a pas de quoi s'inquiéter, mais Tad a eu une petite attaque cérébrale. Sa bouche est restée un peu de travers pendant quelques jours. Il va falloir faire attention. Surveiller son régime. Il va avoir du mal à le respecter, tu penses bien ! Plus de lard, plus de graisse salée, plus de tabac roulé, plus d'alcool, ou en tout cas le moins possible. Non, je ne pourrai pas me résoudre à le quitter. Je ne sais plus que faire, je ne sais plus que penser. Si tu étais là, peut-être me guiderais-tu, toi ?*

*Je t'embrasse affectueusement,*

*Anna.*

Le lendemain matin elle relut la lettre, esquissa le geste de la déchirer, et puis finalement la glissa dans une enveloppe qu'elle ne ferma pas. Elle accompagna Gwenola sous l'abribus des transports scolaires.

— Hier soir j'ai écrit une lettre à Ronan. Tu ne voudrais pas lui écrire quelque chose toi aussi, pendant la récréation ? On mettrait les deux lettres dans la même enveloppe.

— Je lui écris souvent, dans ma tête.

— Alors écris-lui pour de bon.

— D'accord, mais à condition que tu ne lises pas.

— Bien sûr. Tu n'auras qu'à mettre ta lettre dans une petite enveloppe et la fermer.

— Je lui écrirai demain, avant d'aller à l'enterrement.

Les yeux de la fillette s'emplirent de larmes. Elle se laissa tomber assise sur le banc et cacha son visage dans ses cheveux. Anna s'assit près d'elle et elles attendirent ensemble, serrées l'une contre l'autre, l'arrivée de l'autocar.

# 14

Pendant la messe funèbre à Saint-Ronan, Anna et Tad Kermorvan demeurèrent en retrait au fond de l'église. Armand et Madeleine Salaun se tenaient près du catafalque, au milieu de l'allée centrale, où le curé avait mis à leur disposition les fauteuils d'apparat, en velours grenat, d'ordinaire réservés aux mariages. Derrière eux les enfants de l'école, filles habillées de blanc et garçons cravatés de noir, occupaient plusieurs rangées de bancs. Tous serraient une rose blanche entre leurs mains jointes. Ensuite se répartissaient les clans regroupés par affinités : les chefs du lobby porcin, entourés de leur garde prétorienne d'exploitants de la Fédération, purs et durs du modèle productiviste ; le maire et son conseil municipal, la paupière compatissante et la mine ennuyée ; la famille de Madeleine, notables à l'air mi-effaré, mi-suffisant de gens trop bien vêtus égarés dans la brousse ; trois générations de paysans des environs, enclins par tradition à honorer le deuil d'un des leurs, même s'ils le méprisaient plus qu'ils ne l'appréciaient ; enfin, les parents d'élèves, jeunes couples nouveaux venus sur la commune, habitants de ces lotissements qui étendaient leur emprise sur les champs, au sein desquels les Verts recruteraient bientôt des militants écœurés par l'odeur de lisier, les taxes d'assainissement et le prix de l'eau polluée.

Pour justifier le comportement de Salaun au cimetière, une heure plus tard, ses défenseurs, les ultras de la Fédération, invoqueraient diverses « provocations ». Provocation, la blancheur des roses opposée à la noirceur du lisier ? Provocation, les textes d'une naïveté poétique écrits en classe et lus à l'église, d'une voix mal assurée, par les camarades du défunt ? A chaque fois qu'un gosse se présentait devant le micro, à gauche de l'autel, les hommes pleuraient, et les femmes redoublaient de larmes, à voir les hommes essuyer les leurs. Provocation, les paroles du curé ? En son for intérieur, déplorait-il vraiment que la terre fût assassinée ? Ou bien, en présence de nombreux journalistes, voulut-il enrichir à l'excès un sermon trop préparé, à la rhétorique trop bien charpentée ? Maladroit à l'égard des Salaun, le curé le fut indéniablement en démarquant, dans la Genèse, certaines phrases de l'histoire de Noé, qu'il prononça d'une voix sépulcrale, le regard fixé sur Madeleine et Armand.

« Or la terre fut corrompue et remplie d'iniquité. Lors donc que Dieu eut vu que la terre était corrompue, il dit à Noé : "La fin de toute chair est venue pour moi ; la terre est remplie d'iniquité à cause d'eux, et moi, je les exterminerai avec la terre. Fais-toi une arche de pièces de bois polies... et après je ferai pleuvoir sur la terre durant quarante jours et quarante nuits, et j'exterminerai toutes les créatures que j'ai faites de la surface de la terre." »

Par une liaison bancale, le prêtre relia cette citation à la notion de châtiment. Un seul être avait été noyé, mais à travers le fils c'était le père que Dieu avait puni. « Celui a tué par l'épée périra par l'épée. » On comprit : « Celui qui tue par le lisier périra par le lisier. » Hormis les amis de Salaun, les fidèles se sentirent soulagés : seul le père était coupable, libre à chacun, par conséquent, de se délester d'une émotion insupportable.

Tandis que le cortège s'étirait de l'église au cimetière à la suite du cercueil reposant sur une charrette à bras tirée par les deux cantonniers de la commune, les visages se détendirent, des hommes enfoncèrent leurs mains dans leurs poches, des femmes échangèrent des paroles à voix basse, des fumeurs allumèrent une cigarette en douce et se laissèrent dériver en queue de cortège, et même les petites filles en blanc relevèrent la tête. Une onde de soulagement parcourut la foule absoute par le sermon du curé. On se disait que cela n'arrive qu'aux autres, la faute n'était plus collective, le malheur était celui des parents, à quoi bon tenter de le partager ? D'autant que le ciel lui-même souriait en bleu, un regard de chien de traîneau, ironique et cruel, qui couve sa victime après l'avoir égorgée et interdit à quiconque de s'en approcher. Salaun ressentit dans son dos ce virement de bord de la compassion. Il releva le menton et murmura entre ses dents ces mots qui s'adressaient plus au grand calvaire du cimetière qu'à sa femme à ses côtés :

— On aurait dû le faire incinérer, rien que lui et nous deux. On se serait bien passé de tout ce cinéma.

Madeleine se méprit. Pensant que son mari avait besoin de réconfort, elle eut pour lui un geste affectueux, le premier depuis des années. Elle passa son bras sous le sien et se serra contre lui.

— Les gens sont moins méchants que tu ne le crois, dit-elle. Ils sont tous venus.

Il la repoussa.

— Des voyeurs et des hypocrites. Dans leur tête ils me collent ça sur le dos, j'en suis sûr.

— Calme-toi, je t'en prie. Pas aujourd'hui !

— Quoi, pas aujourd'hui ?

Le cercueil avait été posé au bord de la fosse. Les cantonniers, dans leur rôle de fossoyeurs, glissèrent les cordes dessous, le descendirent dans le trou, récupérèrent leurs cordes. Autour de la fosse, les gens s'étaient agglutinés dans un ordre implicite : les Salaun et la famille de Madeleine, le curé, Anna et Tad Kermorvan. L'instituteur avait fait mettre les gosses en rang, Gwenola en tête, afin qu'ils jettent sur le cercueil leurs roses blanches. Tad Kermorvan observait le visage de Salaun. Il le connaissait depuis l'adolescence, il le vit prêt à exploser. Le curé commença à prononcer les mots de l'adieu.

— Ça va, ça va, t'as assez causé comme ça, boucle-la maintenant, lui ordonna Salaun.

Déconcerté, le prêtre prit une poignée de terre et la jeta sur le cercueil. Les gens se regardèrent, hésitants. Monsieur Herrou pressa les gosses, poussa doucement Gwenola dans le dos.

— Vas-y, Gwen, offre la rose à ton ami...

La fillette chercha le regard d'Anna. Sa mère opina du chef. Gwenola s'avança. Madeleine s'effaça légèrement, Salaun ne bougea pas d'un pouce. Au contraire, il étendit le bras pour barrer le passage.

— Pas toi ! Dégage ! Dégage je te dis !

Les gamins se tétanisèrent. Effarée, Gwenola jeta sa rose dans la fosse, comme on jette un bout de viande à un fauve, à travers les barreaux de la cage. Salaun la prit par l'épaule et la secoua.

— Je t'avais dit de dégager ! Fous-moi le camp !

Gwenola trébucha. Anna et Tad Kermorvan se précipitèrent. La fillette se réfugia dans les bras de sa mère.

— Ah, voilà sa putain de mère, maintenant ! Et son putain de grand-père !

— La douleur vous égare, dit Anna.

— Ta gueule ! Tu veux que je te dise de quel trou tu sors, salope ?

— Dites-le !

— Armand ! cria Tad Kermorvan. Si tu ne te tais pas, je te tue !

Ils se toisèrent.

— Monsieur Salaun, je vous en prie, reprenez-vous, dit le curé.

— Pensez aux gosses, au moins ! dit l'instituteur.

— Tu as pensé au mien, toi, connard, quand tu leur as fourré tes idées dans le crâne ?

Dégagez ! Dégagez tous ! Je ne veux plus voir personne au bord de ce trou !

— Madeleine, voyons, essayez de le raisonner, dit quelqu'un de sa famille.

Fragile, chancelante, Madeleine s'agrippa au bras de son époux,

— Armand, je t'en prie...

— Toi aussi ! Dégage !

Il lui donna un coup d'épaule. Elle tomba à genoux dans la terre jaune au bord de la fosse. Le monticule glissa d'un coup, d'un seul mouvement, en silence. Madeleine tomba dans la fosse. Elle se releva, debout sur le cercueil de son fils et hurla trois fois : « Salaud ! Salaud ! Salaud ! », trois cris de haine et d'effroi, suivis d'une longue plainte d'animal blessé qui glaça les sangs de l'assistance. Salaun éclata de rire.

— Bouge pas ! Surtout bouge pas de là !

Il arracha une pelle des mains d'un fossoyeur, l'enfonça dans la glaise et balança sur sa femme une grande pelletée de terre. Il recommença, riant de plus belle. Et puis il y eut une bousculade. On aida Madeleine à sortir de la fosse et Salaun fut maîtrisé.

— Ça va, bon Dieu ! Ça va, putain de merde ! Mettez-moi la camisole de force, tant que vous y êtes !

Il cessa de résister, on le lâcha. Il rajusta sa veste, se frotta les mains sur son pantalon et fendit la foule pour s'en aller.

— Je vous emmerde tous ! lança-t-il en disparaissant au détour d'une allée.

Le curé se signa. Monsieur Herrou regroupa les gosses. L'un après l'autre ils jetèrent leur rose sur le cercueil. Madeleine ôta un œillet blanc d'une couronne et le tendit à Gwenola. La fillette jeta la fleur dans la fosse et revint se nicher dans le giron d'Anna. Madeleine ôta un autre œillet et resta ainsi, implorante, attendant que quelqu'un s'en saisisse. Ce fut monsieur Herrou. Madeleine ôta un autre œillet. Quelqu'un s'avança, et bientôt tous défilèrent devant la mère du petit mort, dont le cercueil se couvrit de fleurs, au fur et à mesure que Madeleine dépouillait les couronnes.

— Que ceux qui le veulent, croyants ou incroyants, prient avec moi, dit le prêtre.

Le regard rivé sur la silhouette de Salaun qui franchissait la porte du cimetière, il ajouta :

— Rappelons-nous ces paroles de Notre Seigneur Jésus-Christ : « Pardonnez-leur car ils ne savent pas ce qu'ils font ». Pardonnez-lui, car il ne sait pas ce qu'il fait.

La prière sembla durer une éternité. De façon imprévue, Madeleine et sa famille accompagnèrent les gens du coin au *Bar des Sports*. On aurait dit qu'ils se sentaient soudain à l'abri au milieu des ruraux. Inconsciemment, choqués par la scène du cimetière, ils cherchaient auprès de ces chrétiens imprégnés de vieilles superstitions celtes, et à ce titre capables de comprendre les démons qui habitent un homme comme Salaun, les chemins détournés du pardon.

— Un homme ne peut pas lutter contre le diable qui est en lui, dit quelqu'un. Il est plus à plaindre qu'à condamner.

Ils se plièrent au rite du goûter — charcuterie, crêpes et gâteau breton, bergerac et côtes-du-rhône. Madeleine commanda un cognac.

— Sûr qu'elle va se remettre à picoler, dit un homme en breton.

— La paix, toi ! Ferme ta grande trappe ! lui intima Tad Kermorvan.

Bien qu'il ne fût pas le plus vieux, il faisait figure de patriarche, à cette tablée. Les gens de la ville levèrent sur lui un regard admiratif. Une bouffée de fierté rosit les joues d'Anna.

— C'est votre père ? lui demanda son voisin.

— Mon beau-père.

— Ah ? C'est étonnant, il y a comme un air de famille, entre vous. Vous êtes la maman de la petite qui..., enfin, le jour du drame... ?

— Anna tient la ferme voisine de la nôtre, coupa Madeleine. Jusqu'à présent, c'est la seule qui ait osé résister à mon cher époux.

Elle vida son verre de cognac d'un trait et frissonna.

— Madeleine, vous ne devriez pas... dit quelqu'un.

Elle ferma les yeux, les rouvrit.

— Il ne me reste plus rien, Anna. Me permettrez-vous de voir Gwenola de temps en temps ?

— Bien sûr, Madeleine.

— La porte de Menez Glaz n'a jamais été fermée à personne, dit Tad Kermorvan.

— Merci ! Merci ! Oh merci ! dit Madeleine en s'étouffant de sanglots.

## 15

L'instruction avait duré presque trois ans. On jugeait Armand Salaun, pollueur du Dour Gwenn. Quimper était en état de siège.

Après le drame, permanents et bénévoles de l'association de pêche avaient ramassé quelque deux mille truites et trois cents saumons crevés sur plus de vingt kilomètres de rivière. Au sein du bureau de l'association le débat dura plusieurs jours. Devait-on oui ou non porter plainte contre Salaun ? Que représentaient des poissons crevés face à la perte d'un fils unique ? Ne risquait-on pas de passer pour des charognards ? Des représentants de deux associations nationales de protection de l'eau, dont personne ou presque n'avait jusque-là entendu parler en Basse-Bretagne, vinrent aider les pêcheurs locaux à prendre leur décision. Eprouver de la commisération, bien légitime, pour un père était une chose ; fermer les yeux sur l'imprévoyance, ou plutôt, quand on connaissait le bonhomme, la désinvolture, la suffisance et le je-m'en-foutisme d'un empoisonneur en était une autre. Cette triste affaire offrait l'occasion de mettre la population au pied du mur, d'obliger les gens à se poser cette question que seuls quelques-uns se posaient avec une dizaine d'années d'avance : de l'homme ou du cochon, qui devait occuper le territoire breton ? Ces pacifiques croisés de la reconquête de l'eau pure brandirent bien haut l'emblème des chrétiens du premier jour : le poisson. Ils déposèrent plainte.

Le jour de l'enterrement du petit Kévin, les poissons crevés furent exposés à la vue de dizaines de milliers d'automobilistes sur la pelouse du giratoire de l'Eau blanche, à l'entrée de Quimper. La Fédération agricole, le puissant syndicat paysan partisan du développement à tout prix, fit parvenir à la presse régionale un communiqué où il était question de « tarte à la crème et au poisson pourri des écolos », qualifiés « d'odieux provocateurs, de gauchistes, de tueurs d'emplois, d'affameurs de la campagne et de dangereux illuminés incapables de respecter la douleur d'un père ». Le ton était donné. Un langage de manches de pioches. On pouvait se dire sans grand risque de se tromper que ça allait bastonner. Les commerçants qui avaient des rideaux métalliques les baissèrent. Les autres vérifièrent que leurs vitrines étaient bien assurées.

Des tracteurs bloquaient les carrefours de Ty-Bos, de Gourvily et de Lududu. Au centre-ville, deux compagnies de CRS en tenue de combat cernaient la préfecture. Visières rabattues, serrés à l'abri de leurs boucliers, ils étaient prêts à défendre les ponts sur l'Odet. Rive gauche, derrière le bâtiment, à l'intérieur des cars aux fenêtres grillagées, la réserve tapait le carton en attendant de monter au front. Rive droite, la chaussée et les trottoirs du boulevard Amiral-de-Kerguelen ruisselaient de lisier déversé par les tonnes qui avaient défilé le long du fleuve, d'amont en aval, de la gare au palais de justice, devant lequel tracteurs et citernes à purin s'étaient arrêtés.

Pour soutenir Salaun, la Fédération avait mobilisé ses commandos de choc, recrutés parmi les petits éleveurs surendettés, naïfs contempteurs du marché, lanceurs de pavés assermentés, chair à canon du lobby porcin qui les ruinait en s'enrichissant et savait dans de telles circonstances les abreuver de vin rouge, tout comme les officiers de la République abrutissaient de gniole les poilus de la Grande Guerre avant de les lancer à l'assaut de forteresses imprenables.

Les Allobroges du cochon occupaient le chef-lieu, allumés, chauffés à blanc, armés de frondes et de boulons en guise de munitions, brandissant pieds-de-biche et lames d'amortisseurs, impatients d'en découdre avec les CRS. C'était la fête, la grande chouannerie. C'était bien plus ludique que de répandre des choux-fleurs dans les rues de Morlaix ou des pommes de terre primeur sur les routes du Léon.

Anna assistait au procès. Comme prévu, les avocats de Salaun stigmatisèrent la sécheresse de cœur des plaignants. Comment osaient-ils traîner devant les tribunaux un père plongé dans l'affliction ? Ils plaidèrent la fatalité du déluge et la pollution accidentelle. Les avocats des pêcheurs à la ligne s'appuyèrent sur une argumentation solide bâtie à leur intention par les associations nationales : critique du modèle productiviste, surabondance de chiffres, de pourcentages et de formules chimiques. Ce discours sec et précis, sans effets de manches ni pathos, eut l'heur d'ennuyer les juges non encore préparés à de tels procès. La main sur la bouche pour étouffer un bâillement, ils prièrent les défenseurs d'écourter leurs plaidoiries absconses. L'accusé sut que c'était gagné.

Le verdict fut accueilli par une salve d'applaudissements. Tel un empereur venant d'être sacré, Salaun descendit l'allée centrale du tribunal en serrant des mains et apparut sur le parvis du palais de justice. La soldatesque fédérée le salua à grands cris. Le tribun réclama le silence. On lui fit passer un micro et un haut-parleur. Il ne prononça que quelques mots, mais lesquels !

— Cinq mille balles d'amende, les amis ! Cinq mille balles ! avec sursis ! C'est tout ce qu'ils ont trouvé à me coller sur le dos ! Je suis libre, mes amis ! Et vous aussi vous êtes libres ! Libres de leur montrer qui vous êtes, vous qui leur donnez à bouffer à tous ces fonctionnaires, bureaucrates de la préfecture, flics, CRS, tous aussi fainéants les uns que les autres ! Soyez libres ! La Bretagne est à vous ! La chasse au blaireau est ouverte ! Déterrez l'animal ! Allez-y ! Faites sortir le préfet de son trou !

Une clameur victorieuse s'éleva du millier de manifestants. Comme un seul homme, ils s'élancèrent vers la préfecture. Salaun, encadré par ses gardes du corps, descendit les marches du palais d'un pas tranquille. Des flics des renseignements généraux parlaient dans des talkies-walkies. Les tracteurs virèrent sur place et ouvrirent les vannes de leurs tonnes à lisier, obligeant une cinquantaine de paysans demeurés sur place à reculer. Un peu perdue dans ce charivari, hésitant entre partir ou rester — assister *de visu* à la destruction de la ville ? Tad Kermorvan lui avait raconté les manifestations des années soixante, mais elle n'avait elle-même jamais été témoin de tels déchaînements —, Anna les vit dérouler un calicot. Ceux-là, Salaun les aperçut aussi, au moment où il se dirigeait vers Anna.

— Alors, t'as vu le travail ? dit-il. Tu as choisi ton camp ?

— Quel camp ?

— Ton syndicat ! Le mien ou celui des jaunes ?

— Quels jaunes ?

Deux hommes tendirent au-dessus des têtes la banderole sur laquelle Anna put lire : « Pour une agriculture durable — les paysans citoyens ».

— Cette bande de brêles ! Ils voudraient faire revenir le paysan au temps de la charrue tirée par des bœufs !

Les mains dans les poches, Salaun provoqua le groupe. Hué et sifflé, il leur fit un bras d'honneur.

— Vous y viendrez tous, au porc, bande de cocos, quand l'Europe et les technocrates vous auront baisés avec les quotas laitiers !

Il poussa Anna dans le dos, rien de bien méchant, une tape amicale, presque.

— Va donc traire tes vaches tant que tu peux vendre leur lait.

Un type dans la quarantaine, blond et costaud

comme un Viking, se méprit sur le geste de Salaun et jaillit du groupe.

— Attaque-toi aux hommes plutôt qu'aux femmes, Salaun !

La garde rapprochée de Salaun fit trois pas en avant. Le Viking prit Anna par le bras et la mit à l'abri derrière lui. On s'empoigna par le col.

— Toi et tes copains, je vous conseille de mettre les bouts vite fait, dit Salaun, parce que si vous êtes encore là quand les gars vont revenir ça chauffera drôlement pour votre matricule.

— Tu n'as pas fini de nous voir, Salaun.

— Toi non plus, beau blond, t'as pas fini d'entendre parler de moi ! Plus je vieillis, plus j'ai de l'appétit.

— Comme un verrat !

— Tu l'as dit, parce qu'au cas où tu ne le saurais pas, un verrat ça débande pas !

Des grenades explosèrent en amont. Tournant le dos aux Paysans Citoyens, Salaun dit d'un ton bonhomme :

— On dirait que le feu d'artifice a commencé. Allons donc souhaiter le bonjour à monsieur le Préfet...

Sur le chemin de la préfecture, la « horde des Fédérés » — gros titre à la une de la presse régionale du lendemain — joua du pied-de-biche et de la lame d'amortisseur. Sur plusieurs dizaines de mètres, le parapet en fonte fut arraché et jeté à la rivière, les bancs publics furent descellés, les abribus réduits en miettes. Le Crédit rural fut la cible des plus excités — ou des plus endettés : vitrine brisée, distributeur de billets bouché au mastic à jointoyer. Jouant les baraqués de fête foraine, des costauds plièrent les poteaux de stationnement réglementé, jusqu'à faire toucher terre aux panneaux. Et puis ils s'attaquèrent aux CRS, parés à rendre coup pour coup. Aux jets de pierres et de boulons répondirent les tirs tendus de grenades lacrymogènes. Les CRS franchirent les ponts. Chargèrent. Reculèrent en bon ordre. Soutinrent un nouvel assaut. Chargèrent de nouveau. Un nuage de gaz lacrymogène enveloppait la ville. Sur les hauteurs du Frugy, de Saint-Julien et de Kerfeunteun, on dut fermer les fenêtres, le mouchoir sur le nez et les yeux.

C'est en compagnie des Paysans Citoyens qu'Anna remonta vers le Champ de Foire, où elle avait garé sa voiture.

— Tu es Anna Kermorvan, de Menez Glaz, n'est-ce pas ? lui demanda le Viking. Je m'appelle Guillaume Loussouarn. J'ai entendu parler de tes exploits, il y a quelques années Ça te dirait de faire partie des nôtres ?

— Il faudrait m'expliquer, d'abord.

— Attends un peu... Ecoute ça... Des grenades offensives ! Formidable ! Plus ils casseront, mieux ce sera.

— Il faudra m'expliquer ça, aussi.

— Facile.

Les Paysans Citoyens avaient prévu de déjeuner dans un restaurant ouvrier en haut de Kerfeunteun, à la Croix des Gardiens. Guillaume Loussouarn invita Anna. A la dérobée, elle effleura des yeux sa main gauche. Il portait une alliance.

Pendant le repas, elle se traita de gourde. Comment avait-elle pu se laisser embobiner par le système au point d'ignorer qu'une révolution était en marche ? Deux heures suffirent à Guillaume Loussouarn pour lui prouver qu'elle avait fait fausse route. Elle avait cru être seule à la ressentir, cette vilaine impression qu'on la trompait de *A* à *Z*. Or, elle n'avait pas été la seule. A la fin du repas, elle n'était plus seule.

Elle reprit sa voiture sur le parking du Champ de Foire et coupa par la rue du Pichéry et le pont sur le Stéir pour rejoindre la vieille route de Locronan. Tout en conduisant, elle songea à l'ironie du sort : ce n'était qu'au dernier moment qu'elle s'était décidée à se rendre au palais de justice. Aurait-elle décidé de ne pas y aller qu'elle n'aurait pas rencontré Guillaume Loussouarn. Elle n'aurait pas su que toutes ces choses qu'elle ressentait intuitivement, et qu'elle croyait être seule à ressentir — elle se répétait cela, comme pour s'enfoncer ce bonheur en plein cœur : je ne suis plus seule, je ne suis plus seule — non seulement étaient partagées par d'autres mais avaient en outre été discutées, analysées et traduites de la langue imprécise de l'émotion en raisonnements structurés et en plans d'action.

Elle l'aurait appris trop tard, quand elle aurait quitté la terre, comme elle en avait encore l'intention, une heure auparavant. Or, Guillaume Loussouarn venait de la convaincre que les conseillers techniques de la chambre d'agriculture l'avaient menée là où ils l'avaient voulu, et elle, comme une idiote, avait marché au pas cadencé : avait remembré Menez Glaz, arasé les talus, cultivé du maïs, adopté la routine des engrais, des herbicides et des pesticides, s'était complue dans le train-train des profits réguliers et l'aisance des crédits qui passent comme une lettre à la poste.

Comment avait-elle pu être aveugle à ce point ? Elle s'accorda des circonstances atténuantes : aveugle ? non pas, myope, simplement. Encore que — et elle s'accorda, pour se rassurer, une dernière excuse, celle du pressentiment — oui, encore que, dans son tréfonds, elle s'était doutée que cela ne durerait pas éternellement et que les éleveurs de porcs n'étaient pas les seuls coupables. Comment avouer sa faute à Tad Kermorvan ? Pourquoi l'avait-il laissée faire ?

Ces pensées se bousculèrent dans sa tête, le soir venu, dans la cuisine où elle préparait le repas. Gwenola faisait ses devoirs dans sa chambre, ou lisait. Pour tromper son chagrin, la fillette était devenue boulimique de lecture. Son professeur principal, au collège où elle venait d'entrer en sixième, avait fait part de ses inquiétudes à Anna. La gamine semblait vouloir se punir en s'infligeant une discipline scolaire impitoyable. Mais fallait-il envoyer une tête de classe chez le psychiatre ? D'autant que, par ailleurs, Gwenola se portait comme un charme, mangeait et dormait normalement. Il suffisait d'attendre, probablement.

Le téléviseur était allumé, son coupé, dans l'attente des actualités régionales. Tad Kermorvan avait mis le couvert. Assis au bout de la table, il feuilletait le journal et du coin de l'œil observait Anna. Elle n'avait pas dit un mot depuis son retour et pourtant, elle avait l'air plutôt gai. Une gaieté fébrile : elle laissa tomber une casserole.

— Hé ben, ma fille, tu es amoureuse ?

— Pourquoi dites-vous ça, Tad ? dit Anna en rougissant.

— Parce que tu as l'air d'une fille qui a quelque chose en tête et ne veut pas l'annoncer.

— On ne peut rien vous cacher, Tad ! Il se trouve que...

Le journal de France 3 Iroise s'ouvrit sur les manifestations de Quimper. Tad Kermorvan remit le son. La sélection des images, les plans serrés, le montage accentuaient l'impression de violences gratuites, de dévastation organisée.

— Ils ne sont pas plus malins que les Chouans, dit Tad Kermorvan. Prêts à se faire tuer pour les riches, sans voir plus loin que le bout de leur nez.

— Vous connaissez les Paysans Citoyens, Tad ?

— J'en ai entendu parler.

Le visage de Guillaume Loussouarn apparut à l'écran. Anna n'avait pas remarqué qu'on l'avait interviewé sur les marches du palais.

— Guillaume Loussouarn, dit-elle, j'ai parlé avec lui.

— Ah ! Et c'est lui qui t'a mise sens dessus dessous ?

— Je vais prendre ma carte aux Paysans Citoyens, Tad. Il faut que les choses changent.

— Sans doute qu'elles auraient dû rester comme elles étaient.

— On va avoir les quotas laitiers.

— Il en sait plus que les autres à ce sujet, ton Guillaume Loussouarn ?

— Il dit qu'ils sont nécessaires.

Anna servit la soupe et pendant le repas résuma à son beau-père la conversation qui lui avait ouvert les yeux. Guillaume Loussouarn avait parlé au futur, en visionnaire, mais la réalité ne tarderait pas à lui donner raison.

L'Europe agricole menaçait de disparaître noyée dans le lait. Ses entrepôts frigorifiques regorgeaient de beurre « d'intervention » qu'on vendait à vil prix en Russie et à Cuba. Le scandale des veaux aux hormones entraînerait sous peu la fermeture du débouché de la poudre de lait. La réduction de la production par l'instauration de quotas était inéluctable. On n'y comprendrait plus rien. Après avoir encouragé la production voilà que les politiciens vous ordonneraient de la réduire. Pire, voteraient des pénalités qui frapperaient les paysans un peu lents à la manœuvre — qui tarderaient à vendre leurs vaches aux abattoirs ou à prendre leur retraite.

Passé un moment d'incrédulité, le temps que les racontars soient imprimés en directives officielles, il y aurait des mouvements de révolte. A Quimper, Saint-Brieuc et Vannes, des dizaines de milliers de litres de lait frappés de quotas inonderaient les trottoirs devant les préfectures. Et puis on saisirait tout l'intérêt de ce virement de bord de l'Europe. Les anciens se verraient octroyer des primes à la cessation d'activité et pourraient donc prendre une retraite anticipée. Le prix des terres flamberait. Un marché des quotas laitiers s'organiserait. Une nouvelle mutation se mettrait en marche, après celle du remembrement : la disparition des fermes petites et moyennes, pour aller vers une agriculture résolument intensive, structurée, moderne, à l'américaine.

Justin Lichou, comme la plupart de ses collègues entrepreneurs de travaux agricoles, s'enrichirait autant et aussi vite que les gros paysans. Aux cultivateurs prématurément retraités, ou aux héritiers des propriétaires décédés, il louerait leurs terres, le plus souvent des parcelles en attente d'urbanisation, à la périphérie du bourg et de la ville. Pourquoi et comment ? Tout simplement parce que le gouvernement instaurerait des primes à la culture du maïs. Un hectare se louerait de cinq cents à sept cents francs, la prime rapporterait mille huit cents francs. Avant même d'entrer dans un champ au volant d'un de ses engins, Justin aurait engrangé des bénéfices. Et il resterait le maïs à vendre, à un prix garanti ! De l'or en barre !

Les entrepreneurs de travaux agricoles deviendraient les plus gros locataires, eux qui n'étaient pas paysans, suprême paradoxe et illustration parfaite de la transformation de l'agriculture en industrie, révolution dont le stade ultime, qu'on aurait qualifié d'utopie cinq ans auparavant, serait son alignement sur le modèle mondialiste : d'un côté des financiers, propriétaires du cheptel et des installations et actionnaires majoritaires des marchands de semences et de produits chimiques ; de l'autre des ouvriers, labourant, semant et récoltant, aux ordres du Marché gouverné par les multinationales. Cette vision de cauchemar, les Paysans Citoyens la refusaient.

L'avenir du cochon était bien plus prometteur encore, avait dit Guillaume Loussouarn. Le « hors-sol » autorisait toutes les installations, n'importe où. On pouvait très bien imaginer un élevage de cochons place de la Concorde. Pas de problème d'épandage : le lisier coulerait directement dans les égouts. Salaun se frottait les mains.

La vache à lait, cette production rétro, il l'avait laissée aux bouseux. Un élevage de peigne-culs, la vache. Trop compliqué, cet animal. Réfractaires à la concentration, ces bêtes à pis, et difficiles à nourrir. Et dépressives, les salopes. Veulent de la musique pendant qu'on les trait. La volaille ? Trop risqué. Et trop tard. Entre les griffes de grands groupes, déjà. Tandis que le cochon, une perle de culture ! Ne pense qu'à bouffer, n'importe quoi dans n'importe quelles conditions. Vaches crevées et farines aux plumes de poulets. Elimine tout. On peut piquer tant qu'on veut : les porcelets à la naissance, piqûres ; les truies qui viennent de mettre bas, antibiotiques à titre préventif ; des vaccins en veux-tu en voilà, vas-y mon gars, tout disparaîtra. Rentable, le bougre. Enfin, une question de taille d'élevage. Pour se garantir contre la baisse des cours, suffisait de faire du nombre. Cent francs de bénéfice multiplié par dix mille cochons, ça fait un million de francs.

Celui d'en face revenait d'un prétendu voyage d'étude aux Etats-Unis organisé par la chambre d'agriculture pour ses caciques. « Tu parles, du tourisme subventionné par nos cotisations », avait dit Guillaume Loussouarn. Salaun avait visité un élevage qui valait le coup d'œil, la preuve, il en avait encore des paillettes dans les yeux pendant qu'il en rendit compte devant la commission porcine de la chambre d'agriculture. Un élevage de cent mille porcs et traitement du lisier de la plus simple et de la moins coûteuse des façons : par lagunage. On laisse l'ordure se répandre et le soleil vous l'assèche, ce lac si grand qu'on aurait pu se poser dessus en hydravion.

Salaun en avait des trémolos dans la voix, quand il en parlait, et il avait osé dire le rêve qui hantait ses comptes d'exploitation prévisionnels depuis le voyage aux Amériques : jumeler des élevages de deux cent mille porcs et les abattoirs attenants, et, fin du fin, leur adjoindre une usine de salaisons. Une mégalopole porcine aux portes de chaque grande ville bretonne. Du producteur au consommateur, l'intégration parfaite. Seul point noir : déjà de plus en plus rares, les terrains d'épandage finiraient par manquer, surtout maintenant que les écolos et leurs suiveurs commençaient à montrer les dents ; que dans les Côtes d'Armor les dames ne pouvaient plus mettre leur linge à sécher dehors tant il puait le lisier et que l'eau de certaines communes était à peine potable. On aviserait, disaient Salaun et ses pairs. La science résoudrait la question. Le lobby porcin finançait de savantes recherches. On supputait qu'un jour prochain on nourrirait les poulets avec le lisier transformé en granulés et les cochons avec les boyaux de poulets. La boucle serait bouclée.

Guillaume Loussouarn avait conclu par une provocation : l'*Amoco Cadiz* et ses deux cent mille tonnes de brut, ce n'était que du pipi de chat. Les marées noires, l'océan les digère. Tandis que la marée noire du lisier, la terre en était saturée. Aux agriculteurs responsables de se battre. Ou de rendre les armes.

Tad Kermorvan hocha la tête.

— Cet homme-là a raison. Et toi, Anna, qu'est-ce que tu comptes faire après avoir entendu ça ? Arrêter comme tu en as eu l'intention ? Partir en ville ?

— Non, revenir en arrière.

Le visage de Tad Kermorvan s'éclaira de son sourire de grand sage amateur d'énigmes.

— Revenir en arrière, dit-il, c'est souvent la meilleure façon d'aller de l'avant. A condition de ne pas mélanger l'amour et le travail.

— Qui a parlé d'amour, Tad ?

— Tes yeux, ma fille.

# QUATRIEME PARTIE

# 16

Les années suivantes emportèrent Anna dans les virevoltes d'une valse à l'envers, emmenée par deux cavaliers : Guillaume Loussouarn et le destin réveillé de sa torpeur des années blanches. Elle dansa à en perdre la tête. Danser ? Comme il semblait lointain le temps du *Lutun Ru*, des cendrillons en robes pékinées assises sagement sur le banc le long du mur à attendre qu'un jeune homme s'incline devant elles, temps aussi des filles moins sages qui consentaient à sortir de la salle de bal et à ouvrir leurs jambes sur un lit d'épis couchés en murmurant à leur amant de se retirer ; les plus expérimentées, ou les moins confiantes, savaient guetter l'instant où elles devraient dérober leur bassin et repousser l'homme à deux mains de façon qu'il n'inonde que leurs cuisses, jusqu'à la nuit où, comme on se suicide, elles croisaient les bras dans le dos de l'amant, s'abandonnaient et frémissaient triplement : de plaisir enfin non retenu, de l'angoisse d'être engrossées et de l'espoir de l'être, afin que tout cela soit fini, cette vie dans la cambrousse, qu'on se marie et qu'on prenne le train de Montparnasse, et qu'une fois son service militaire terminé le beau gosse des labours devienne facteur à Clichy, ou agent d'assiette des impôts à Montreuil, ou cheminot à Versailles-Chantiers, adieu morne campagne, à nous les lumières de la ville.

Etait-ce cela vieillir, se demander si c'étaient des années ou des siècles qui défilaient sous les yeux de Tad Kermorvan assis derrière la fenêtre de la cuisine, à regarder les nuages et les branches mortes des ormes touchés par l'ankylose, comme lui ?

La clientèle du *Lutun Ru* avait changé. C'étaient des vieux, à présent, qui remplissaient la salle les jours des thés dansants. Les samedi et dimanche soirs, les jeunes migraient vers les boîtes de nuit de la côte. Dès quinze ou seize ans, ils couchaient ensemble, par amitié, sans risque. Les filles de la nouvelle génération ne rougissaient pas comme celles de la précédente au seul mot de « capote ». Elle avaient un préservatif dans une médaille pendue au cou. Finie la roulette russe du mariage forcé et de la vie fichue avec un type qui vous répugne au bout d'un an. Désormais, on avait le droit d'essayer avant d'épouser — ou de se mettre en ménage.

Bientôt Gwenola réclamerait la pilule, Anna ne serait plus la maman d'une petite fille. Ne l'était déjà plus. Gwenola grandissait et s'éloignait de sa mère, imperceptiblement mais sûrement. Porte fermée, tiroirs secrets, mutisme. Anna la surprenait souvent, immobile devant les cartes postales de Ronan au-dessus du réfrigérateur. Elle marchait à reculons sur la pointe des pieds, annonçait sa venue d'un toussotement, donnait à Gwenola le temps de faire semblant de chercher un carré de chocolat dans le placard, et « la petite » retournait à ses devoirs, à ses leçons, à ses lectures trop sérieuses. Anna se souvenait de sa propre adolescence et de ses crises de cafard, âge des tourments, d'une tristesse sans nom et sans raison.

Anna aurait tant aimé que sa fille chantonnât en rentrant à la maison, au lieu de se plonger dans ses livres, pour être première en tout ; aurait aimé qu'elle oubliât Kévin. A l'occasion d'un rappel de vaccin, elle fit en sorte de laisser Gwenola seule un moment avec le docteur Kermarrec. Tout allait bien, dit-il. A son avis, le souvenir du gamin noyé l'aidait plus à grandir qu'il ne la minait. Elle couvait son histoire d'amour, il ne voyait rien de bien grave là-dedans. Mais il fallait se faire à l'idée qu'Anna et Gwenola abordaient ces années pendant lesquelles une mère et une fille deviennent des étrangères, avant de se reconnaître en tant que femmes.

Femme, Anna l'était à nouveau, depuis sa rencontre avec Guillaume Loussouarn. Elle avait des pensées empreintes de confusion, particulièrement à l'heure de la toilette du soir, nue devant le miroir. Ses épaules un peu trop musclées, ses hanches un peu fortes, comme ses cuisses, sans doute, du moins par rapport aux mannequins des magazines, au fil des ans avaient atteint la plénitude d'une beauté harmonieuse, celle d'une femme constituée pour enfanter et s'épanouir encore. Dans la salle de bains mansardée et ses odeurs de voliges et d'ardoises chauffées au soleil, elle était hantée par des représentations d'elle-même en mère aux seins gonflés portant dans ses bras un enfant blond au sourire énigmatique, mais comme pour dénier ces icônes enfilait aussitôt sa chemise de nuit sur ce cœur et ce corps en jachère. Son dernier contact avec un homme remontait au fiasco de Justin, il y avait de cela une éternité. Bien que ce souvenir touchant, et risible si un autre que ce brave Justin y avait été associé, ne fût pas de nature à produire de l'émoi, il ne manquait pas de faire resurgir des sensations indicibles, une odeur de peau frottée au savon de Marseille, de literie fraîchement sortie de l'armoire cirée, de semence répandue.

Kermenguy, la ferme de Guillaume Loussouarn, était située à l'ouest de Menez Glaz, à environ une heure de voiture, dans un paysage où des étendues d'aubépine remplaçaient l'ajonc sur les joues des vallons dominés ici et là par des moulins à vent amputés de leurs ailes et réhabilités par des vacanciers amoureux de solitude. Une lumière particulière dans le ciel — sur l'horizon échancré par les prunelliers et les tamaris un liseré scintillant de bleus fondus — indiquait la proche présence de l'océan. Les bâtiments, maison, crèches et remises, étaient tout en pierres séculaires et couverts d'ardoises épaisses constellées de lichen. Des auges débordaient de géraniums et des roses trémières décoraient les pignons. On se serait cru dans la cour d'une résidence secondaire plutôt que dans celle d'une ferme.

Anna gara sa Renault Nevada près du vieux break Volvo de Guillaume. Il sortit de la maison, en jean, rangers et chemise à carreaux, un pull sur les épaules, les manches nouées autour du cou. Ils se serrèrent la main.

— C'est joli, chez toi, dit Anna.

— D'après ce qu'on raconte, Menez Glaz n'est pas mal non plus.

— On commence à sentir la ville, chez nous, tandis qu'ici on sent la mer.

— Et on l'entend.

— Je n'entends rien.

— Question d'oreille, ou d'imagination. Tu as pris tes bottes ?

— Je les ai dans ma voiture.

— Certaines prairies sont très humides. Je t'emmène faire un tour du propriétaire. Ma femme ne va pas tarder à rentrer. On sera revenus à l'heure du thé.

Anna fut transportée quinze années en arrière, à l'époque où Menez Glaz possédait encore ses parcelles dénommées, ses talus, ses landes et ses grands arbres, avant que ses terres ne soient rasées, par sa faute, comme le crâne d'un pouilleux. Kermenguy avait les tours et les détours d'un labyrinthe, les surprises de faux culs-de-sac desquels on s'échappait par une trouée dans une haie de prunelliers, pour déboucher dans une pâture, elle-même apparemment close, mais s'ouvrant en réalité, par un *toull kurr* de la largeur d'une charrette à bras, sur un verger, ou bien un champ de betteraves, une parcelle de choux fourragers, deux hectares de blé.

En franchissant un talus, Anna entendit le chuchotis du ressac sur des galets, au fond d'une encoche à la base d'une falaise. Elle se dressa sur la pointe des pieds et aperçut la mer. La baie de Douarnenez. Une ligne indécise reliait, d'ouest en est, le cap de la Chèvre, Morgat, Saint-Nic et Sainte-Anne-la-Palud.

— C'est magnifique, dit Anna d'une voix un peu rauque. Le paradis sur terre, ici, par rapport à ce qu'on peut voir du côté de chez moi.

— Il y a cinq ans, répondit Guillaume, je me suis réveillé un beau jour en me disant que ce n'était plus possible de continuer comme ça, à empoisonner la terre et ce qu'on en tirait.

Il rajusta son pull sur ses épaules, enfonça son cou dans ce cache-col improvisé, mit ses mains dans ses poches et sourit d'un air moqueur.

— Je poétise un peu. Tu penses bien que ça a été le résultat d'une évolution. Ma femme m'a beaucoup aidé à prendre conscience de notre naïveté, à nous autres paysans, face aux lobbies, qu'ils s'appellent coopératives ou multinationales. Mais c'est vrai qu'un dimanche, au petit déjeuner, soudain tout a été clair dans ma tête. Remue-toi le cul, je me suis dit. Assez de conneries. Les générations précédentes ont vécu sans toutes ces saloperies, et le blé poussait quand même, et les coquelicots et les bleuets aussi, et les vaches donnaient du lait. Qu'est-ce qu'ils utilisaient avant nous ? Un peu de chlorate de soude et de sulfate de cuivre. Et du maerl des Glénan, comme amendement, en complément du fumier. Pourquoi on serait moins malins, ou moins sensés, que nos pères et nos grands-pères ? Ils n'ont pas crevé la faim. Mon père a pu nous envoyer au lycée, mes frères et sœurs et moi. Tuer sa terre, c'était l'enterrer une deuxième fois.

— J'ai fait ces bêtises dont tu parles, et mon beau-père m'a laissée faire.

— On les a tous faites ! Le principal, c'est d'avoir enfin compris, et de se battre.

— David contre Goliath...

— Non. Crois-moi, on sera de plus en plus nombreux. Ce n'est pas le moment de baisser les bras.

— Comment convaincre ?

— Par les chiffres, tout bêtement. La philosophie, l'amour de la terre, le respect des ancêtres, ça passe au-dessus de la tête de la plupart. La corde que les coopératives leur serrent autour du cou les empêche de penser aux petits oiseaux et aux libellules. Il n'y a qu'un truc qu'ils peuvent comprendre, du moins dans un premier temps : le fric. Je vais aux réunions avec mes cahiers de comptes. Je leur prouve que je gagne autant qu'eux, sinon plus, avec des méthodes que je n'ai pas inventées puisqu'elles ont toujours existé. Et quand ils s'aperçoivent qu'en prime j'ai quelque chose d'inestimable : ma liberté, j'emporte le morceau. Tu vois, Anna, j'ai été un paysan bio avant même que le mot n'apparaisse. Tu peux imaginer que les coopératives m'ont mis des bâtons dans les roues. Les technocrates m'ont sucré mes crédits, exigé que je paye mes factures en retard du jour au lendemain, m'ont envoyé du papier bleu et les huissiers. J'ai gagné. Tout seul. J'aurais pu me contenter de cette petite victoire et mener ici une vie pastorale et égoïste, peinard comme un ermite. Marginal et marginalisé, autrement dit. Pas mon genre. Je ne me prends pas pour Jésus-Christ, mais ce que j'ai fait, un tas de paysans peuvent le faire, et d'ailleurs un jour ou l'autre ils seront obligés de le faire, parce que les consommateurs leur mettront le nez dans leur caca. La population commence à regarder les paysans d'un drôle d'œil. On ne voit plus en nous les braves ruraux d'antan, incarnant la vie saine. On pollue l'eau, l'air et la terre. On se méfie de nos produits. Où est la fierté légendaire des Bretons de la terre ? Bientôt les paysans iront la tête basse et raseront les talus — façon de parler, puisqu'il n'y en a presque plus. On va se battre pour eux, pour nous, pour tous, Anna, et je t'expliquerai comment.

Il la prit par les épaules et plongea son regard dans le sien. Pour cacher son trouble, elle lui posa des questions concrètes, de professionnel à professionnel. Les réponses de Guillaume se résumaient à ceci : ses vaches, c'étaient des pie-noires, cette vieille race armoricaine résistante et peu gourmande, et non pas du bétail fabriqué en laboratoire, des machines à lait génétiquement modifiées, à l'instar de ces poules qui ne s'arrêtent plus de pondre, n'ont plus l'instinct de couver et qu'on réforme au bout d'un an, épuisées, maigres comme des coucous, juste bonnes à garnir les plats cuisinés de leurs os mous et de leur viande en papier mâché. De ces vaches pie-noires, Guillaume en avait quarante, sur trente hectares d'herbe, où elles pâturaient de mars à novembre une nourriture gratuite, fournie par la nature. Plus de tourteaux de soja ni de farine suspecte à acheter.

A supposer que tout le monde s'y remette, ce serait la faillite des coopératives et le chômage pour les bureaucrates et les conseillers agricoles bidon. Le lait des vaches de Guillaume était d'une qualité devenue si rare qu'il était traité à part, par la dernière laiterie artisanale de la région. La crème donnait un beurre d'un jaune foncé, dont le goût évoquait la baratte à main et le parfum du petit-lait dans la crèche où stagnait une odeur de cendres et de fumée. « Un beurre *fermier*, voilà où on en est, qu'il faille préciser qu'à l'origine du beurre il y a des vaches et une ferme », se moqua Guillaume.

Pour nourrir les bêtes en hiver, il fauchait les prairies, stockait du foin plus qu'il n'en fallait, cultivait la betterave et le chou fourragers. Comme il s'en sortait très bien avec ses quarante vaches, on pouvait dire que le reste c'était du superflu. Selon les années, de trois à cinq hectares de blé noir, d'épeautre et d'avoine. Un verger de pommes à cidre et de pommes à couteau, qu'ils allèrent admirer. A l'abri de hautes haies de troènes qui emprisonnaient la chaleur du soleil, un potager digne d'une abbaye de bénédictins où l'ortie avait son carré protégé, afin de fournir de la bouillie, le meilleur et le plus naturel des insecticides. Et puis, histoire d'avoir de la compagnie en été, il louait un champ en bordure de falaise à des campeurs, le plus souvent étrangers, qui se passaient le mot, là bas, chez eux, en Allemagne ou en Angleterre. Enfin...

— Mais attends un peu, on va y aller voir...

Guillaume désigna un massif d'arbres accroché en haut d'une pente et qui dégringolait vers la mer en s'étoffant comme une crinière. Là-dessous, un ruisseau cascadait sur un éboulis de pierres, rondes et noires, poncées par les siècles, entre les fougères mâles et les ciguës géantes, vers un vieux moulin invisible de partout, sauf du ciel. Sur un côté de la bâtisse, la roue tournait lentement, aussi haute que le mur, mue par un filet d'eau qui tombait d'un tuyau installé au niveau du toit.

— J'ai comblé le bief, dit Guillaume. Trop de courant, en hiver. Imagine, l'eau arrivait de là-haut. Un vrai torrent. J'ai détourné juste ce qu'il fallait pour que la roue tourne.

— Ce moulin t'appartient ?

— Il faisait partie du lot. Je l'ai acheté avec les terres. Pas un cadeau, j'aime autant te le dire. Je l'ai retapé à mes moments perdus. Pendant les vacances mes gosses le font visiter aux touristes. Ils gagnent leur argent de poche et en même temps mon fils aîné surveille ses lignes à bars. Le coin est excellent.

Au bas de la pente, où ne poussaient plus que la bruyère rase et des églantiers nains, le ruisseau crépitait en de multiples ruisselets sur le lit de galets à travers lequel il se frayait un chemin, dans le fer à cheval d'une anse, entre deux pans de falaise où s'enroulaient les courants.

— C'est trop, dit Anna en essayant de sourire.

— Trop quoi ?

— Trop pour un seul homme !

— Allons !... D'abord, je ne suis pas seul. Nous sommes cinq. Ensuite, le bonheur ça se fabrique, Anna. Tu as tout ce qu'il faut pour y arriver.

— Sauf l'essentiel. Un homme.

Guillaume éclata de rire.

— Tu es restée cloîtrée trop longtemps. Des hommes, je t'en présenterai. Tu vas en voir, je ne te dis pas ! Il n'y aura même que ça. Tu auras le choix. Mais attention, hein ! ajouta-t-il sur le ton de la plaisanterie, ne va pas t'amouracher d'un macho de la Fédération. Promets-moi de choisir l'homme de ta vie dans notre camp !

Ils remontèrent le long du chaos et surprirent des truites au dos noir, couleur des roches, dans des flaques de lumière. De retour sur les pâtures, ils soufflèrent. Guillaume désigna, à main droite, une baie et l'ourlet clair de sa plage.

— Afin que tu ne croies pas au paradis, un bémol. La plage, là-bas, est coupée en deux par l'estuaire d'un petit fleuve côtier. L'an dernier, avant l'arrivée des touristes, les gars de la commune ont récolté près de mille tonnes d'algues vertes. Ils font tous du maïs et du cochon, au-dessus. On a du pain sur la planche, Anna, je te préviens, au cas où tu ne t'en douterais pas.

Pas plus que Guillaume n'avait l'air d'un agriculteur, Evelyne, sa femme, n'avait l'air d'une paysanne. Psychologue scolaire à mi-temps, elle revenait d'une réunion à l'inspection académique. Vêtue d'une jupe droite, d'un corsage blanc et d'un cardigan confortable, ses cheveux blonds noués en chignon sur la nuque, elle irradiait de prévenance et de sérénité. Anna l'imagina lisant tour à tour une histoire à chacun de ses trois enfants couchés, avant de rejoindre la chambre conjugale et — autre image qu'Anna ne sut pas repousser — d'accueillir son époux entre ses jambes et de nouer autour de son torse ses bras fins, dans une étreinte silencieuse. Les enfants

— un garçon de treize ans et deux filles de onze et neuf ans — n'avaient plus l'âge d'être bordés par leur maman, et quant à l'étreinte... pourquoi silencieuse ? se dit Anna.

— Vous aimez le thé ? lui demanda Evelyne. Si vous préférez le café, je peux vous en faire.

— Non, j'aime aussi le thé.

Les gosses prenaient leur goûter à part, sur la grande table de la salle à manger, où étaient dispersés livres et cahiers.

— Votre ferme est magnifique, dit Anna.

— A franchement parler, je ne sais pas si on peut appeler cela une ferme. Je dirais plutôt une espèce d'idéal concrétisé.

— Encore heureux que tu n'ajoutes pas pour la rime : sous forme de carottes et de navets, plaisanta Guillaume.

— Pour te rassurer, mon chéri, et rassurer Anna : une espèce d'idéal concrétisé et entièrement partagé.

— L'inverse ne me semblerait pas possible, dit Anna.

— J'étais volontaire et je le suis toujours, dit Evelyne.

— Anna va nous rejoindre. Je vais faire d'elle une agitatrice, la *pasionaria* des Paysans Citoyens. Excuse-moi, Anna, c'est l'heure de la traite. Je te téléphone demain.

Anna se leva et lui tendit la main. Il l'embrassa sur les deux joues et sortit.

— Je vous souhaite bien du plaisir, dit Evelyne.

— Vous pensez que c'est perdu d'avance ?

— Pas du tout ! C'est une vieille obsession de

Guillaume, qu'une femme incarne la révolte. Il a raison, les femmes inspirent confiance. Mais préparez-vous à une guerre psychologique, dans cet univers de machos. Un conseil, quand vous irez au combat, portez un pantalon, ça vous évitera de toujours penser à serrer les genoux, quand vous serez à la tribune et qu'ils vous reluqueront tous par en dessous en ricanant.

— Vous vous êtes bien battue, vous !

— Moi ? Pas du tout. Je me suis contentée d'être le repos du guerrier.

— Je ne vous crois pas. Je pense qu'en réalité cette ferme vous doit beaucoup.

— Qui sait ? On n'a pas forcément le moral de son physique. Vous, vous avez les deux.

— Qu'est-ce que je dois comprendre ?

— Ne vous braquez pas. Rien de déplaisant. Je veux dire que vous possédez les deux qualités nécessaires, mais non suffisantes : la détermination et l'appartenance au monde de ceux qu'il vous faut convaincre. Vous réussirez sans doute, si Guillaume ne vous épuise pas avant.

— Pourquoi ne se contente-t-il pas de ce que vous avez bâti ensemble ?

— Parce qu'il aime la bagarre. Et parce que j'aime qu'il se batte. Je ne suis pas une femme de poète, savez-vous. Je suis une femme très ordinaire. Susceptible d'éprouver de la jalousie, comme n'importe quelle autre.

— Qu'avez-vous à craindre ?

— Rien, si je me fie à votre question, qui est en soi une réponse. Rien, vraiment rien. Pour l'instant.

# 17

Guillaume Loussouarn vint visiter Menez Glaz.

— Qu'est-ce qui pousse un type à chercher les emmerdements alors qu'il pourrait jouir en paix du petit paradis qu'il s'est créé ? J'ai pas mal réfléchi à la question. D'abord, comme te l'a dit Evelyne, j'aime la bagarre, et je n'y peux rien. Une question d'image qu'on a de soi. Je veux faire partager mes idées. Démontrer qu'elles sont viables, comme je l'ai démontré, ne suffit pas à se trouver beau devant la glace, le matin, quand on se rase. Tant pis s'il y a de l'orgueil, ou de la vanité là-dedans, mais sincèrement, je ne crois pas. Mon but n'est pas qu'on m'élève une statue, ou qu'on donne mon nom, dans trente ou cinquante ans, à un lycée agricole. Je n'en ai rien à foutre. Mon désir est de faire avancer les choses et, surtout, d'être sûr, chaque jour qui passe, et si je devais mourir le lendemain, d'avoir été utile, d'avoir fait quelque chose de ma vie, jusqu'à la dernière heure, quelle qu'elle soit. En d'autres mots, ne pas être un veau qui subit son temps. Un veau intelligent, tu me diras, qui a su remettre les champs en herbe, mais un veau quand même, s'il se contentait de ça.

Guillaume se baissa, arracha un brin d'herbe, le mordit et prit un air bovin, paupières mi-closes. Anna éclata de rire. C'était cela qu'elle aimait en lui, cette façon de briser d'un sourire une phrase sentencieuse.

— Ceci dit, poursuivit-il, je ne suis pas un lion vingt-quatre heures sur vingt-quatre. Plus compliqué que ça. Je ne suis pas un saint et même les saints ont eu des coups de pompe, en leur temps, avant de poser la tête sur le billot. Mais bon, on prend le dessus, comme on dit à la campagne.

— Une expression de mon beau-père, dit Anna.

— Oui, prendre le dessus, ne jamais écouter ses muscles, ses articulations... Je parie que tu ne l'as jamais entendu se plaindre. Les bonshommes comme lui n'ont jamais mal aux dents, au dos, aux jambes, nulle part. Des gars comme on n'en fait plus. Il ressemble à mon propre père. Voilà notre modèle. On n'aurait pas dû s'en éloigner autant.

— Il m'a laissée transformer la ferme.

— Bien sûr ! Dans leur force il y a une énorme part d'humilité face au progrès. Ils n'iront pas contre, d'emblée. Ils se diront d'abord : et si les autres avaient raison ? Ils voient et admettent une certaine évolution, comme leurs pères avant eux ont admis que les tracteurs, finalement, c'était tout de même mieux que les chevaux. Mais le jour où le progrès franchit la ligne, ils jugent. Au mieux ils s'en lavent les mains, au pire à soixante ans ils réservent une concession au cimetière et font graver leur nom sur une pierre tombale.

— Il l'a fait.

— Je l'aurais juré. Leur nom sur leur tombe, et après ils s'en balancent, de la date. Tout à l'heure, dans la cour, je n'ai pas échangé plus de vingt mots avec lui. Assez pourtant pour me rendre compte qu'il souffre de ce que j'appelle la déprime du paysage. Comme les autres paysans de son âge, il est désorienté. Il a perdu ses repères, et par repères je ne veux pas parler de quelconques concepts plus ou moins fumeux, de « référents » comme on dit maintenant, mais de bornes concrètes, de garde-fous visuels : talus, arbres, taillis, landiers. Tu as vu ce qu'ils ont fait de son horizon ?

De l'autre côté de la vallée s'étendaient les hangars et les silos de l'usine à cochons de Salaun. Au-delà des champs nus, assez loin encore mais avançant comme une marée que personne ne saurait endiguer, des enseignes apparaissaient la nuit.

— Tu aurais aimé le voir, au début de mon mariage, quand il se levait. Avant de prendre son petit déjeuner, il sortait, marchait jusqu'au porche et il demeurait là longtemps, menton levé, à considérer son horizon, comme tu l'as si bien dit. Lentement, de gauche à droite, il semblait vérifier que tout était en place. A présent, il ne met plus guère le pied dehors. Il reste derrière sa fenêtre et contemple les ormes morts.

— S'il te fallait une seule raison de te battre, Anna, celle-là suffirait. Te battre pour que ton beau-père *regarde* à nouveau.

— Se battre pour le regard d'un vieil homme, n'est-ce pas égoïste ?

— Non. Au fond de son regard il y a notre mémoire. Lorsqu'un homme de sa trempe se résout à baisser les yeux, ça veut dire qu'il a décidé de tirer le rideau non seulement sur un présent insoutenable, mais sur un passé qui l'élance comme une blessure ouverte. Il faut trembler, Anna, parce qu'au moment où sa cécité sera totale nous disparaîtrons aussi. Avec notre dignité nous perdrons notre identité.

— Des grands mots, non ?

— Dont ton beau-père n'a pas besoin. Ouvrir ou fermer les yeux lui suffit pour tout nous dire. Ho ! Mais dis-moi, tu ne serais pas en train de me chambrer, par hasard, à me pousser dans les grands raisonnements ?

— Non. Termine et on n'en parlera plus.

— Bon ! Ma conviction est que l'individualisme, qui sape toute la société, a d'abord contaminé le monde paysan.

— Normal, non ? Il n'y a rien de plus individualiste qu'un paysan.

— Oui, au sens de fier de sa famille, fier de la santé de ses animaux, fier du rendement de ses terres... autrefois ! Parce que c'était le fruit de son travail, de son intuition et de son intelligence. Ce qui ne l'empêchait pas d'aider son voisin, et vice versa. L'agriculture intensive a changé la nature de cet esprit d'indépendance. On ne fait plus de son mieux dans le but d'être considéré avec respect, mais pour afficher un chiffre d'affaires, un rendement à l'hectare. Les paysans sont engagés dans une compétition organisée par les multinationales. On les dope : engrais et pesticides à gogo. Ils ne sont plus que des rouages négligeables d'une monstrueuse machine économique. On pourrait du jour au lendemain les remplacer par des robots. Il faut les en avertir avant qu'il ne soit trop tard. Il faut qu'ils réapprennent à honorer la terre. Il faut que notre terre demeure, Anna.

Elle hocha la tête. Ils étaient de retour devant les murs de Menez Glaz.

— T'as vu, en face ? Bientôt il n'y aura plus un mètre carré de terre, rien que des bâtiments.

— On l'aura, ton Salaun.

— Il nous mettra des bâtons dans les roues.

— Détrompe-toi, c'est exactement l'inverse. Il applaudira. Notre problème, justement, c'est qu'on leur sert d'alibi. On est le jeune arbre qui cache la vieille forêt. Les arbres pourris, on les abat.

Tad Kermorvan se leva de son fauteuil. Il avait mis les bols sur la table. Il augmenta le feu sous la bouilloire.

— Alors, comment l'expert trouve le domaine ? demanda-t-il.

— L'expert, c'est vous, répondit Guillaume.

— Dans le temps, peut-être. Aujourd'hui je ne suis plus rien. Et dans quelque temps je serai moins que rien. Dans mon trou.

Anna et Guillaume échangèrent un regard entendu.

— Vous seriez d'accord qu'Anna reparte à zéro ?

— Anna sait mieux que moi ce qu'elle a à faire.

— Elle vous a montré mes comptes ?

— Oui. A la bonne époque les miens n'étaient pas différents.

— Les talus, ce serait trop de travail de les reconstituer, Tad, dit Anna. Mais on va planter des haies, presque tout remettre en herbe, prendre des pie-noires. Vous ne verrez plus souvent le camion de la coopérative livrer de l'engrais.

Tad Kermorvan servit lui-même le café. Guillaume sut que c'était là un grand honneur qu'on lui faisait.

— Vous parlez comme si vous étiez associés, dit Tad.

— En quelque sorte, dit Anna. On partage les mêmes idées. Enfin, je les partageais sans le savoir, avant de rencontrer Guillaume.

— Anna m'a dit que tu étais du Cap. Un pays dur.

— Très dur, mais on y trouve de la bonne terre à blé.

— Et tu es marié, mon gars ?

— Marié et père de trois enfants.

— Et ta femme, tu as réussi à la garder à la terre ?

— Elle est psychologue, dans les lycées.

— Ah ! Elle doit en avoir dans le crâne, alors !

— C'est terrible, Tad, terrible ! dit Guillaume. Elle lit dans vos pensées.

— Moins bien que Tad lit dans les nôtres, plaisanta Anna.

Elle raccompagna Guillaume. Il avait laissé sa voiture à l'extérieur de la cour. En aparté, sur le seuil, il lui résuma son plan de bataille. Tandis qu'il essaierait de prendre la chambre d'agriculture, Anna tenterait d'enlever la mairie de Plouralez.

— Il est encore temps de renoncer, Anna, si tu veux.

— Non, c'est tout réfléchi. J'ai bien compris la leçon. On ne peut pas agir seul et pour combattre le système il faut s'incruster à l'intérieur. J'ai bien résumé ?

— Tu n'auras plus beaucoup de soirées à toi.

— Je regarde rarement la télé.

Elle s'adossa au pilier du porche. Au moment de se quitter, ils étaient un peu gauches, tous les deux.

— Tu sais ce que je ressens, Anna ? Tu es en harmonie avec ce lieu.

— Comme toi avec le tien.

— Sans doute, mais...

Il remonta le col de son blouson et fourra ses mains dans ses poches.

— Oui ? l'encouragea-t-elle.

— Il y a quelque chose de plus. J'ignore quoi exactement. Comme si cette ferme et toi vous aviez été prédestinés. Il m'est impossible de t'imaginer ailleurs.

— Tu as plu à Tad.

— Je crois que oui.

— Bon, eh bien voilà une bonne chose de faite, dit Anna.

Guillaume se pencha pour l'embrasser. Un bruit de moteur leur fit détourner la tête en même temps. Le car scolaire. Il s'arrêta face à l'abribus de fortune — une pyramide en rondins, avec son banc à l'intérieur. Gwenola descendit du car. Elle les aperçut et, intimidée, empruntée dans son corps de toute jeune fille, multiplia les gestes pour se donner une contenance : resserra l'élastique de sa queue-de-cheval, ajusta les bretelles de son cartable, et marcha vers eux, la tête un peu trop haute.

— Belle fille ! Pas la peine de se demander de qui elle tient, dit Guillaume.

Gwenola embrassa sa mère puis tendit la main à Guillaume.

— Guillaume, dit Anna. Il va m'aider à transformer la ferme.

— Transformer ? En quoi ?

— En ferme cinq étoiles, dit Guillaume.

— Cinq étoiles ? Pourquoi pas dix tant que vous y êtes ?

— Guillaume a une belle ferme, tout près de la mer.

— J'ai un garçon de ton âge et deux filles à peine plus jeunes que toi. Tu viendras nous voir ?

— Chais pas. Bon ben, faut que j'y aille, j'ai un tas de devoirs à faire.

— Ton goûter est prêt. A tout de suite, ma puce.

— M'appelle pas comme ça, j'ai horreur de ça !

Elle secoua sa queue-de-cheval et entra dans la cour.

— J'espère qu'elle va changer, dit Anna. On a beaucoup de mal à se parler.

— Tu l'amèneras à Kermenguy. Ma femme pourra sans doute te conseiller.

— Il ne faut surtout pas la brusquer.

— Evelyne a l'habitude.

— En tout cas, ça lui ferait beaucoup de bien,

c'est sûr. A samedi, Guillaume. Ma première réunion... Ta femme m'a dit de porter un pantalon.

— Ça se passera bien. Les copains sont formidables, tu verras. A samedi, Anna.

— A samedi, Guillaume.

Elle tendit la main. Il la prit et l'attira contre lui. Elle tourna la tête. Il l'embrassa sur la joue. Elle retira sa main. Il monta dans sa voiture et démarra.

Dans la cuisine, Tad lavait les bols du goûter. Debout, Gwenola grignotait une tartine en parcourant la page des programmes télé du journal.

— Tu l'aimes, ce type ? demanda-t-elle à sa mère sans lever les yeux du journal.

— D'abord, Guillaume n'est pas un type, c'est le président du syndicat des Paysans Citoyens.

— Un groupe de musique péquenot ?

Anna ignora la réplique.

— Ensuite, pourquoi voudrais-tu que je l'aime ?

— Parce qu'il me paraît tout à fait bai...

— Attention à ce que tu vas dire !

Tad Kermorvan versa du lait tiède sur le chocolat en poudre dans le bol de Gwenola.

— Ne sois pas méchante avec ta mère, dit-il doucement.

— Bon, puisque vous vous y mettez à deux... Disons parce qu'il me paraît tout à fait... aimable.

— On va avoir des nouvelles bêtes, des pie-noires, comme dans le temps. Et du trèfle. Tu verras comme c'est beau, le trèfle en fleur, on dirait que les champs sont en veste de velours.

— Rien à cirer des vaches. Moi ce que j'aimerais, c'est me tirer de ce bled.

— La ville nous chassera bien assez tôt de chez nous, ma petite, dit Tad. Pas la peine de vouloir accélérer le mouvement.

— Je voulais pas te faire de peine, pépé.

— Tu as l'âge auquel on fait de la peine sans le vouloir, dit Anna.

— Vivement que je vieillisse, alors ! Je peux aller goûter dans ma chambre ?

— Si tu y tiens absolument.

Gwenola mit son bol et ses tartines sur un plateau, prit son cartable sur une épaule et monta le tout à l'étage duquel parvinrent aussitôt les accents d'une musique à la mode.

— Gwenola n'est pas une mauvaise fille, dit Tad, mais par moments elle me fait penser à Margrite quand elle avait son âge.

— Parlez pas de malheur !

— C'était juste pour dire. Je sais bien qu'elle ne ressemble pas à sa tante.

— Merci, Tad. Maintenant, parlez-moi de la couleur du trèfle quand il est en fleur.

— Tu es une maligne, toi ! dit Tad en gloussant. La fleur de trèfle, ça rendait les garçons fous d'amour. Ils ne pensaient qu'à se rouler dedans avec les filles.

Il sourit aux anges, les yeux humides.

— Laissez donc ces bols, Tad, ils sècheront bien tout seuls.

— Les vieux chevaux, on leur donnait toujours une charrette vide à tirer, pour qu'ils crèvent pas d'ennui.

— Je n'aime pas quand vous dites des bêtises.

— Tout le monde en dit, à un moment ou à un autre de sa vie.

— Ou en fait. Vous n'êtes pas inquiet à l'idée que ça prendra du temps, de changer de mode de culture ? On n'aura pas de rentrées pendant une année.

— Pourquoi je m'inquiéterais ? Tu as sûrement examiné la question. Et puis j'ai encore de l'argent à la banque de Quimper.

Sur le seuil de la cuisine, Anna se retourna.

— D'où vient cet argent, Tad ?

— Le moment n'est plus très loin où je te le dirai.

— Un grand secret ?

D'un coup de menton, Tad montra la pendule.

— Il ne lui reste plus beaucoup de tours à faire devant moi. Laissons-la sonner encore un peu.

## 18

Du lendemain de son mariage avec Tad Kermorvan jusqu'à la veille de sa mort, Herveline fut la servante de l'horloge de parquet, cet œil du temps qui vous regardait de haut, à l'intérieur de son homme debout. Plutôt que celle d'un homme, c'était la silhouette d'une femme que le coffre évoquait. Un corps de madone, aux pieds joints sous sa robe en châtaignier ciré, ourlée de clous en laiton et sculptée de marguerites, de croix et de calices. Ses hanches étaient arrondies à l'endroit où oscillait le balancier derrière la vitre ovale. Elle avait les épaules étroites et la tête démesurée, comme la Sainte Vierge elle-même sur les images pieuses, avec son visage au centre du voile, lui-même entouré d'un grand cercle de lumière. Son ventre s'ouvrait. Seule une main de sage-femme de l'heure pouvait remonter les poids en douceur. Un patron de ferme, habitué à brider les chevaux, ça vous coinçait les poids dans leur logement, ou faisait dérailler les chaînes de leurs roues dentées, et le cadran accouchait de minutes mort-nées.

A Menez Glaz, l'horloge avait été installée dans la cuisine, à droite de la porte en entrant, face à la cuisinière, sur un sol en ciment grossier, inégal. La mettre d'aplomb, à l'aide de cales, avait requis toute l'oreille d'Herveline. Ce fut au son, au tic-tac, qu'elle sut que le balancier était parfaitement vertical. Ce fut toujours en écoutant battre le cœur de l'horloge qu'Herveline détermina la position exacte du petit poids au bout du balancier — comme une toupie, ou un petit fuseau de rouet, à descendre ou à monter le long d'une tige filetée. Dévissée, la toupie ralentissait le mouvement du balancier. Vissée, elle l'accélérait. Herveline trouva le juste milieu, ce qui ne l'empêcha pas, pendant toute sa vie, une fois par semaine, à l'occasion de la remontée des poids, de poser l'oreille sur la porte de la pendule, et parfois de rouvrir la porte pour donner à la toupie un quart de tour dans un sens ou dans l'autre, car les korrigans s'évertuaient à faire avancer ou retarder la pendule.

Trois jours après l'enterrement d'Herveline, Kermorvan prit la clé dans la vieille boîte de galettes de Pleyben sur le buffet, rouvrit la porte et saisit les poids avec la même appréhension que celle qui le tétanisait quand, jeune père, sa femme lui collait dans les bras un bébé aux fesses nues et qu'il craignait que les cals de ses paumes n'éraflent la peau tendre de l'enfant. Doucement, très doucement, il remit le temps en route, referma la porte, posa son oreille dessus et regretta de n'avoir pas demandé à Herveline les secrets du tic-tac, qu'il dut chercher à son tour.

A présent, Tad Kermorvan n'avait plus peur de

blesser l'horloge. Sa hantise était qu'elle s'arrête, non pas parce qu'il aurait oublié de la remonter, mais pour de bon. Souvent, dans la journée, quand Anna était aux champs ou à l'atelier de traite, il coupait le son de la télé et auscultait le mouvement, la main posée sur son cœur, sous la chemise. Il comparait les battements. Il lui semblait que les deux faiblissaient.

Il ne l'avait pas dit à Anna — pour rien au monde il ne l'aurait dit à Anna, et Guillaume Loussouarn ne s'était pas trompé, ce genre d'homme ne se plaint jamais, c'est à croire qu'ils sont en bois-de-fer ou en acier trempé, et privés de nerfs, exemptés de douleurs par la grâce du ciel —, mais il se rendait bien compte que son horloge à lui ne tournait plus très rond. Il avait vu vieillir des chiens de chasse, vu des chevaux de trait prendre de l'âge et bien avant les premiers signes de la maladie, de l'arthrose puis de l'impotence, il avait su, d'un coup d'œil, sans le secours du vétérinaire, soupeser la charge des mois et des ans sur leur dos et dans leurs reins, évaluer la souffrance dans un regard décoloré.

Le matin, devant ses yeux, depuis presque une année, papillonnaient des mites noires. Il avait des éblouissements, d'une brièveté telle que l'instant d'après il doutait en avoir été frappé, s'il n'avait dû convenir avec lui-même, en se relevant, qu'il n'avait rien à faire à genoux sur une marche alors qu'il montait l'escalier. Ces pertes de conscience se répétaient. Parfois elles s'accompagnaient d'une douleur fulgurante qui lui traversait la tête, comme une aiguille chauffée à blanc qu'on lui aurait enfoncée dans le cerveau. Ensuite, pendant des heures, ses oreilles bourdonnaient. Il devait souvent chercher ses mots. Anna attribuait cela à sa sagesse : l'aïeul qui réfléchit avant de parler, n'est-ce pas. Ah pour ça, certains jours où sa cervelle semblait gelée, il lui fallait bien réfléchir à ce qu'il allait dire, répéter la phrase dans sa tête et la sortir d'un trait. Sinon, dans ces moments-là, la parole ne suivait pas la pensée. Il parlait de moins en moins pour qu'Anna ne s'aperçoive pas que sa pensée c'était le lièvre et sa langue la tortue.

Le vieux docteur Kermarrec aurait-il toujours exercé qu'il serait probablement allé le voir. Il lui aurait conseillé de mettre de l'eau dans son vin, de supprimer le coup de fort du dimanche et de fumer un paquet de gris par semaine au lieu de deux, et concernant le reste, il aurait laissé faire la nature. Mais le jeune, le docteur Tresmeur, pas question de prendre le risque de le consulter. Avec cette nouvelle génération de médecins, ce serait examen sur examen, prise de sang sur prise de sang, régime sans sel sur régime sans sucre, et des traitements à n'en plus finir, de quoi affoler tout votre entourage. A la naissance de chacun on allumait un cierge à son nom, là-haut, au ciel, ou en bas, en enfer, et personne n'avait encore réussi à s'y rendre, voir quelle longueur il en restait. Il avait l'impression que la bougie de sa vie était arrivée au stade où la flamme tremblote à l'extrémité d'un misérable bout de mèche noircie qui trempe dans la cire fondue et menace de s'y noyer.

Il se disait qu'un matin Anna allait le retrouver mort dans son lit. *Kaputt*, le vieux, ironisaitil à part soi. Une belle mort, celle que tout le monde souhaite à son prochain. Malgré tout, il se la souhaitait le plus tard possible. Il espérait que ses artères lui accorderaient le sursis. Les engins de Justin avaient retourné tous les champs de Menez Glaz et semé de la luzerne pour débarrasser la terre de tous les poisons accumulés sous les maïs. Cela faisait presque vingt ans que Tad Kermorvan ne s'était pas régalé les yeux de la soie violette d'un carré de luzerne en fleur. Il fallait qu'il tienne le coup jusqu'à la floraison.

Ce fut dans son fauteuil, devant la fenêtre, qu'Anna le trouva une fin d'après-midi, la bouche de travers et l'œil droit révulsé. L'œil gauche fixait celui du cyclope dans sa boîte. « Dans son sarcophage, où personne ne le dérangera plus jamais, si par malheur Tad y passe », songea Anna. Personne n'oserait plus remonter cette horloge.

— Congestion cérébrale, diagnostiqua le docteur Tresmeur. Vous avez une idée de l'heure à laquelle ça a pu lui arriver ?

— Je l'ai quitté il y a moins d'une heure.

— Moins d'une heure ? Bon. On peut se montrer assez optimiste.

— Il va s'en sortir ?

— S'il s'en sort ce ne sera pas sans séquelles.

Le médecin appela une ambulance. Anna téléphona à Margrite. Elle voulut tout savoir, tout de suite, sur le pourquoi et le comment, et ce qu'on allait faire à son père, et sur combien de temps il allait rester à l'hôpital, et sur les dispositions qu'il avait prises — sous-entendu : quel testament — au cas où, n'est-ce pas... Anna dut lui couper la parole. Accepterait-elle d'héberger Gwenola pour la nuit ? Tu penses bien, il faut s'entraider, répondit la belle-sœur. Bien. Dans ce cas, elle arrivait avec Gwenola, et elles iraient ensemble à l'hôpital.

— Excuse-moi, je te laisse, l'ambulance est dans la cour.

Gwenola se fit prier pour réunir quelques affaires dans un sac.

— Pourquoi tu veux que j'aie peur toute seule ici ? Mes cousins, c'est comme si je les connaissais pas. On les voit combien de fois par an ? Deux fois ?

— A peine, convint Anna.

— Et t'as vu comme ils sont tartes ? Des vrais gogols.

— Gwenola, je t'en prie, fais un effort !

— Je préférerais encore mieux passer la nuit en face, chez Madeleine.

— Et moi je ne préfère pas.

— Oh là là ! Quelle galère ! Et comment je ferai pour aller au collège demain matin ?

— Je passerai te prendre. De toute façon, il faudra bien que je revienne ici à l'heure de la traite du matin.

— Et demain soir ?

— Tu reviendras en car. Je serai là, quoi qu'il arrive.

— Tad va mourir ?

— Tu as prié depuis ta communion ?

— Ben, tu sais...

— Ça ne te coûterait rien d'essayer, ce soir.

— Et toi, tu vas pas me dire que tu pries ? Ça fait une éternité que t'as pas été à la messe.

— Non, mais ce n'est pas une raison. N'oublie pas ta chemise de nuit et ta trousse de toilette. Ne traîne pas, j'ai juste le temps de préparer quelques affaires pour Tad.

Dans un coin de son armoire, depuis longtemps déjà Anna avait mis de côté une robe de chambre, un pyjama, des tricots de corps, des slips et une paire de chaussons neufs. Elle avait également acheté un rasoir, un blaireau et de la crème à raser, ainsi qu'une valise, puisque aussi bien les Kermorvan n'en possédaient pas, qui n'avaient jamais voyagé. Une valise pour le grand voyage ?

Margrite accueillit Anna et sa fille avec un empressement exagéré. Thomas et les gosses se montrèrent ravis d'héberger Gwenola. On les sentait à la fois inquiets et résignés. Malheureux. De quoi ? D'être dominés par leur harpie d'épouse et de mère aux joues rouges et aux yeux brillants ? Anna s'en voulut de les avoir ignorés pendant tout ce temps. Ils n'étaient pas responsables de la méchanceté de Margrite. Par charité, il aurait fallu les fréquenter. Mais cela, ç'avait été au-dessus des forces d'Anna, qui n'avait pas eu de temps, ni d'énergie, à perdre en chicanes. Elle se transporta quinze années en arrière, à l'époque où Margrite avait voulu tout régenter en présence de cette « rapportée », cette jeune épouse de son frère aîné, et par là même, par alliance, dotée d'un droit d'aînesse virtuel, qui risquait de lui voler ses prérogatives de seule femme de la maisonnée. Comme au téléphone une demi-heure auparavant, Margrite submergea Anna de questions.

— Inutile de t'énerver comme ça, dit Thomas, Anna n'en sait pas plus que toi pour le moment.

— Il faut bien en parler, tout de même ! s'écria Margrite d'une voix aiguë. Comment on va faire s'il reste paralysé ?

— On aura tout le temps d'y réfléchir à l'hôpital, dit Anna.

Son beau-frère l'embrassa et pressa longuement ses épaules, comme quelqu'un qui présente ses condoléances. Il y avait une terrible lassitude dans cette accolade. Pardonne-lui, tu la connais aussi bien que nous, comprit Anna. Elle eut honte de sa froideur passée. Elle regretta de ne pas les avoir invités plus souvent. Même teintés d'hypocrisie, les liens familiaux atténuent la mélancolie des dimanches après-midi. Tout n'allait pas pour le mieux dans cette famille, Anna ne l'ignorait pas, bien que Margrite n'osât plus venir frapper à la porte de Menez Glaz sans prévenir, de peur de trouver *fas koad* — « figure de bois » — comme on disait au pays. Mais elle ne se privait pas de geindre au téléphone et Tad, au dîner, commentait ses jérémiades, qui n'étaient pas infondées. « Oh, elle ne ment pas, loin de là ! »

Belle lurette que l'argent ne coulait plus à flots, chez les Dagorn. Le métier d'assureur avait évolué avec l'agriculture et Thomas n'avait pas su s'adapter. Il n'avait pas devancé la montée en puissance de la concurrence : installation de jeunes professionnels formés à la vente, multiplication de l'offre — aux guichets des banques, par correspondance, par téléphone —, sophistication des produits. Il avait cru que rien ne pourrait remplacer le contact, le verre de muscadet ou l'apéro au *Bar des Sports* après la signature calligraphiée les yeux fermés au bas d'un contrat résumé en quelques mots simples. Il avait cru encore qu'il aurait la clientèle des enfants après celle des parents et des grands-parents, par la simple vertu de sa présence au centre du bourg. Il s'était trompé. Au fur et à mesure des décès, son portefeuille s'était réduit comme peau de chagrin et ses commissions à l'avenant.

Longtemps la perspective de partir en retraite avec un capital l'avait réconforté, mais il en était revenu : son cabinet ne valait plus un sou, ou presque, parce que personne ne voudrait l'acheter, sauf la compagnie qu'il représentait et qui lui presserait le citron, entre aumône et franc symbolique. Margrite et lui s'étaient crus riches, ils se préparaient à un troisième âge de retraités aigris et impécunieux. Et qui risquaient d'avoir des gosses Rmistes sur le dos : ils ne fichaient rien de rien à l'école, et il n'était même plus sûr du tout qu'ils aillent au bac, alors que leur mère les avait rêvés médecins ou polytechniciens.

Le Crédit rural, pour elle, s'était transformé en galère. Finie la douce routine des bordereaux remplis à la main, des classements de pièces comptables par ordre alphabétique, des bavardages conviviaux au guichet, des horaires variables au gré des courses personnelles de l'employé. Depuis l'avènement des objectifs imposés par des petits chefs, des gamins à peine pubères, presque encore en âge d'être torchés, Margrite vivait la tyrannie de la rentabilité de son travail vérifiée en temps réel par les ordinateurs. Son vœu le plus cher était de vieillir très vite afin de bénéficier du prochain plan social et d'un départ anticipé.

Additionnés, tous ces échecs salaient la note, que Margrite ne pouvait pas digérer. De fille de Menez Glaz et de femme de notable — fût-il de sous-chef-lieu de canton — elle avait dégringolé de barreau en barreau sur l'échelle de la respectabilité vers la certitude d'une fin de vie étriquée, dans un intérieur mal chauffé qui sentirait la souris et le beurre rance. Elle venait de fêter — façon de parler — ses cinquante ans ; ses rides lui en donnaient dix de plus. Elle qui, déjà, du temps de sa gloire, en voulait au bonheur simple des mal lotis, jalousait à présent les nantis, avec férocité. Les dispositions successorales de son père, favorables à Anna et à sa fille, lui restaient toujours en travers de la gorge. L'attaque cérébrale de Tad, et son décès envisagé comme un événement, une représentation, un spectacle grandiose dont elle tiendrait la vedette et serait le metteur en scène, l'aiguillonna. Une rapportée ne pourrait pas « faire face ». Une belle-fille n'avait pas le droit de s'approprier les prérogatives d'une fille. Margrite allait retrouver sa place à Menez Glaz, et il n'était pas trop tard pour essayer de récupérer sa part sur les terres et la maison dont la donation l'avait privée. Aspergée d'eau de Cologne et la bouche badigeonnée de rouge, elle s'assit à côté d'Anna dans le break Nevada et, balayant l'intérieur d'un air de copropriétaire, aperçut la valise.

— Ah ! dit-elle, tu as pensé à lui prendre des affaires ?

— Je n'aurais pas dû ?

— Tu n'as pas oublié son costume, au cas où ?

— Ni costume, ni cravate, ni chemise blanche. Tad n'est pas encore mort.

La voiture démarra et s'engagea dans la rue principale.

— Pas mort, on n'en sait rien, poursuivit Margrite. Tu me diras, il aurait pu déjà y passer, sur son fauteuil, s'il avait eu son attaque en début d'après-midi. Au fond, il est tout seul toute la journée. Remarque, je ne te reproche rien. Tu as la ferme à tenir. Mais n'empêche que c'est comme s'il vivait sans personne autour de lui, ou à peu près.

Anna eut envie de piquer à son tour.

— Tu as raison. La meilleure solution serait de le prendre chez toi.

— Je te rappelle que je travaille moi aussi. Bien obligée.

— Alors on s'organisera, dit Anna sur un ton désinvolte.

— Il y a intérêt ! Tad ne peut plus rester seul avec toi.

Margrite marqua un temps d'arrêt, puis ajouta :

— A la merci de tes absences.

Anna freina brusquement. La voiture pila au stop qui marquait le croisement de la route de Quimper. Anna mit au point mort et se tourna vers sa belle-sœur.

— C'est une déclaration de guerre ? Qu'est-ce que tu cherches ? Si tu as des idées derrière la tête, autant me le dire tout de suite, que je sache à quoi m'en tenir.

— Ne monte pas sur tes grands chevaux ! Je pensais simplement que si Tad reste paralysé il faudra qu'on s'organise, un point c'est tout.

— C'est moi qui viens de te le dire, qu'on s'organisera ! Et ne crains rien, tu auras ta part.

— Ma part ?

— De boulot. Tu pensais à autre chose ?

— Ne retourne pas le couteau dans la plaie.

— Il n'y a pas de plaie, il n'y a pas de couteau.

— Je suis la fille de la maison, j'ai tout de même mon mot à dire !

— D'accord, mais évite de dire tous les mots idiots qui te passent par la tête.

Anna redémarra sèchement. Margrite se renfrogna dans son coin.

— Tu as changé, Anna, marmonna-t-elle.

— Les punaises ne me font plus peur.

— On a besoin les uns des autres. J'ai accueilli ta fille, ce soir, alors que pendant ces dix dernières années on a vécu comme des étrangers.

— C'était une mauvaise idée.

— De vivre comme des étrangers ?

— Non. Gwenola. Chez toi. Je regrette déjà.

— Merci, ça fait plaisir à entendre !

— Tu en entendras d'autres, si tu ne te tais pas.

Margrite réprima un sanglot. Elle renifla et se moucha.

— Tu ne me parles plus comme une belle-sœur, Anna, gémit-elle.

— On ne peut pas être et avoir été. *J'ai été* ta belle-sœur. Depuis un bout de temps je ne suis plus que la veuve de ton frère. Et la belle-fille de ton père.

— Ça alors ! murmura Margrite, incrédule. Ça

alors ! répéta-t-elle en secouant la tête, son mouchoir sur le nez.

A l'hôpital, elle retrouva tout son mordant. L'infirmière des urgences les pria de s'asseoir dans la salle d'attente.

— Je suis sa fille ! clama Margrite.

— On s'occupe de lui, dit l'infirmière.

— Qu'est-ce qu'on lui fait ? J'ai le droit de savoir, non ?

— Asseyez-vous, madame, je vous préviendrai dès que ce sera fini.

— Fini ? Il est en train de mourir ?

— Mais non. Je vous en prie, madame... Il y a d'autres personnes en détresse, ici.

Les yeux de braise de Margrite balayèrent la salle, se pointèrent sur un homme avec un bandage sanglant autour de la main.

— En détresse ? Il s'est coupé le doigt en tranchant sa brioche aux raisins, celui-là ? Me faites pas rire !

Margrite se haussa sur la pointe des pieds. Derrière le guichet des urgences, il y avait une vitre ; au-delà, une pièce administrative ; et au-delà de cette pièce, la salle de réanimation où s'activaient une demi-douzaine de personnes en blouse blanche.

— Pourquoi on ne peut pas voir ? cria Margrite de sa voix pointue.

— Madame, si vous ne vous calmez pas je serai obligée de vous demander de sortir.

— C'est ça, c'est ça, foutez-moi dehors. Il m'a déjà déshéritée, alors comme ça ce sera complet.

L'infirmière échangea un regard avec une secrétaire.

— En attendant, nous allons faire les formalités d'admission, dit l'infirmière.

La secrétaire s'assit devant son ordinateur.

— Vous avez la carte d'assuré social de votre père ?

Margrite haussa les épaules.

— Et puis quoi encore ? Demandez à ma belle-sœur. Moi je ne suis rien. Absolument rien.

Et elle alla s'asseoir à côté d'une dame âgée à qui elle commença de raconter sa vie, à voix haute, afin que tout le monde en profite. Anna signa des papiers et sortit faire quelques pas sur la rampe d'accès aux urgences. De l'autre côté de l'avenue Léon-Blum elle remarqua qu'un château d'eau en forme de bol avait été peint de motifs bretons, bleus et ocre jaune, comme une vraie faïence de Quimper. Aussitôt elle eut la vision de Tad dans la cuisine de Menez Glaz, coudes sur la table et les deux mains autour de son bol de café dans lequel il avait émietté une demi-crêpe de blé noir. Les larmes lui montèrent aux yeux. Ce bol, Margrite le réclamerait-elle ? Plutôt le casser, pensa Anna.

Au décès de Tad, Margrite exigerait un inventaire. Voudrait vendre la maison, probablement. Dans ce cas il n'y aurait plus qu'à vendre aussi les terres. Une belle dot, pour Gwenola. Mais il se pouvait très bien que Tad ait rédigé un second testament pour faire d'Anna l'héritière de la maison. Ce serait trop, se dit-elle. Elle garderait la maison mais donnerait sa part à Margrite, en hypothéquant, au besoin. Quant à Ronan... Son cœur se serra. Elle allait devoir le prévenir de la maladie ou bien... du décès de Tad. Lui écrire à l'*American Express* ? N'y avait-il pas d'autre moyen de le toucher en cas d'urgence ? Ambassade, consulat ? Combien de temps mettrait la lettre à lui parvenir ? A condition qu'il n'ait pas changé de pays. Sa dernière carte postale avait été postée du Brésil, où il disait qu'il cherchait de l'or, sa plaisanterie habituelle. Justin était là quand elle avait reçu la carte. Elle la lui avait montrée. « Peuh ! Il n'y a plus de chercheurs d'or, de nos jours, avait-il dit. Ton Ronan a toujours été un drôle de numéro. »

Brave Justin ! Encore un qu'Anna avait ignoré pendant ce long entracte des années blanches. Justin avait fini par appartenir au paysage. Il venait labourer, semer, récolter, présentait ses factures, prenait son chèque, buvait un verre, parfois partageait leur repas, repartait en disant qu'il reviendrait épandre l'engrais ou herser, ou retourner les foins, ou rentrer la paille, tel jour à telle heure. Anna essaya de ressusciter dans sa mémoire des paroles ou des actes sortant de l'ordinaire de Justin. Rien.

Ah ! Si ! Pauvre Justin !... Anna ne put s'empêcher de sourire. Il y avait de quoi. Oui et non. Pauvre Justin, à défaut d'avoir obtenu la main d'Anna, s'était adressé à une agence matrimoniale parisienne qui faisait de la publicité dans une revue de chasse. Agence spécialisée dans la fiancée exotique peu regardante sur l'âge et le physique du futur époux. Justin choisit sa belle sur photos et quelques semaines plus tard alla chercher à la gare de Quimper une superbe Noire, au corps affriolant et aux yeux doux. En cadeau, elle avait apporté un perroquet. Il tomba amoureux sur-le-champ. Ils se marièrent à la mairie et le repas, où furent conviés les proches et les amis, eut lieu à Locronan.

Justin accepta de bon cœur toutes les plaisanteries grivoises sur l'appétit sexuel qu'on prêta forcément à son épouse aux formes épanouies. Il en rajouta lui-même. Vanné, moulu il était, tous les matins, à le croire. Avec un clin d'œil, il confiait en descendant de sa moissonneuse-batteuse ou de son tracteur dans les cours de ferme, qu'il n'aurait jamais imaginé qu'une femme et un homme puissent se mélanger autant, au point de chercher la tête à la place des pieds, et vice versa. Ereintant. Pire que passer ses nuits à rentrer du foin à la fourche. Mais tellement bon. Son seul regret, c'était que son épouse « ne prenait pas », autrement dit qu'il n'arrivait pas à lui fabriquer un petit. Pourtant, elle lui avait juré qu'elle ne faisait rien contre. Des fois il faut du temps, se rassurait-il. Son temps, la belle Africaine le prit. Ne lésina pas sur le devoir conjugal, gagna la confiance de Justin, eut chéquier et carte de crédit et, moins d'un an après les épousailles, fit ses valises, vida le compte courant et disparut dans la nature en abandonnant le perroquet. On racontait qu'avant de partir elle lui avait appris à parler, mais que le vocabulaire de l'oiseau se limitait à deux mots : « Justin, cocu ! »

Brave Justin avait eu son histoire d'amour. Il pourrait mourir tranquille. Il n'avait pas été trop appauvri par la ponction. Il s'en était relevé depuis, lui qui louait maintenant quelque deux cents hectares, qu'il travaillait pour son compte. Il avait engraissé, vieilli — il approchait de la soixantaine — et vivait en salopette bleue, du 1er janvier au 31 décembre, à la tête d'un bataillon d'engins agricoles conduits par une dizaine d'ouvriers. Au bureau travaillaient une secrétaire et une aide-comptable. Sur ordinateur, s'il vous plaît !

Le soir tombait. Le long de l'avenue Léon-Blum les lampadaires s'allumèrent. Anna souriait toujours. Sur la rampe d'accès aux urgences, un ambulancier poussait une vieille dame dans un fauteuil roulant. Il crut devoir rendre son sourire à Anna. Mais elle ne cilla pas. Elle songeait au perroquet de Justin. Il y tenait tellement, à son oiseau des îles, qu'il l'emmenait une fois par trimestre chez le vétérinaire. Sacré Justin.

— Madame, madame...

On lui tapait sur l'épaule. L'infirmière des urgences.

— Madame, vous pouvez venir, monsieur Kermorvan est installé dans sa chambre.

Tad dormait, la bouche ouverte. La lèvre inférieure pendait, de travers. De chaque côté du lit il y avait une potence et des flacons de liquides qui s'écoulaient dans les veines de Tad par des tuyaux pincés et trois cathéters posés à la saignée des bras et sur le dos d'une main. Il recevait également de l'oxygène. Margrite vidait la valise.

— Où tu étais ? J'ai parlé au médecin. Figure-toi qu'il n'a pas fait qu'une congestion cérébrale. Une espèce de crise cardiaque, en plus. Il avait de l'eau dans les poumons. On n'est pas sorties de l'auberge, je te le dis !

Anna caressa la main de Tad.

— Tu as demandé au médecin s'il gardera des séquelles ?

— Tu penses bien qu'il y en aura ! On pourra s'estimer heureuses s'il ne reste pas grabataire. Je vais sonner l'infirmière. Elle ne m'a pas dit où se trouvait le bassin. Des fois qu'il se réveille et me le réclame.

L'infirmière arriva aussitôt.

— Le bassin ? Dans la salle de bains. Mais ne vous inquiétez pas, s'il y a un petit ennui, on le changera.

— Un ennui ? Quel ennui ?

— Il est sous diurétique.

— Charmant ! Et il va pisser sous lui ?

— Pardon ?

— A la maison, ça va continuer ?

— Pas du tout. Demain tout sera de nouveau normal.

— Ah bon ! Parce qu'autrement... Autant faire provision de couches-culottes.

— Ce ne sera pas nécessaire, madame.

— Combien de temps allez-vous le garder ? demanda Anna.

— Une petite semaine, je pense.

Anna s'assit dans un fauteuil et allongea les jambes.

— Te crois pas obligée de rester, dit Margrite. Je suis sa fille, je peux m'en occuper toute seule.

Anna se redressa, hésita un instant, et puis en fin de compte se dit qu'il valait mieux laisser Margrite seule avec son père. Au moins, il se reposerait. Elle n'aurait personne à qui parler.

— Tu prendras un taxi pour rentrer ?

— Un taxi ? Si tu crois qu'on a les moyens de rouler en taxi ! Je téléphonerai à Thomas.

— Bon. Je reviendrai demain, après la traite.

— Il serait temps que tu te débarrasses de tout ça, les vaches et tout.

— Et tout quoi ?

— Les terres. C'est le moment, non ? Salaun est toujours acheteur, je suppose, avec le grand projet qu'il s'est mis sur le dos.

— Tu as de la suite dans les idées, ma chère Margrite.

— Oh, ce que j'en dis, c'était juste histoire de causer.

— Bien sûr...

Onze heures sonnaient à la pendule quand elle entra dans la cuisine. Elle but un verre d'eau, rinça le bol de Tad sous le robinet de l'évier, passa un coup de torchon sur la table, plia le journal qu'il lisait avant que...

Dans la marge blanche d'une page, elle aperçut quelques mots griffonnés à l'aide de l'un de ces stylos à bille bien gras que Tad affectionnait et qu'il tenait comme un porte-plume, presque à plat, si bien qu'il ne pouvait pas écrire avec une bille de bonne qualité, à pointe fine. Le cœur d'Anna se mit à battre la chamade. D'une écriture de plus en plus incertaine à mesure que la paralysie le gagnait, Tad avait écrit : Maria Kermanac'h, suivi d'un lieu-dit et du nom d'une commune des monts d'Arrée.

Maria Kermanac'h avait été souligné une fois, d'un trait presque droit. Tad avait essayé de le souligner une deuxième fois, mais le trait se terminait en patte de mouche.

Anna déchira le bout de journal. Elle monta prendre sa robe de chambre, la passa par-dessus ses vêtements et, sachant bien qu'elle ne pourrait pas trouver le sommeil, s'installa au salon, sur le canapé, après avoir allumé une flambée dans la cheminée, les jambes pliées sous elle. Dans son poing fermé, le bout de papier lui brûlait la paume comme un fer rouge à marquer les bêtes. Maria Kermanac'h. Ce nom, elle n'en doutait pas, la mènerait à celui de son père.

## 19

Au volant de sa voiture, en route vers les monts d'Arrée, Anna compara son état d'esprit de ces derniers jours à un ciel qui se couvre peu à peu : d'abord des nuages blancs, présence familière et rassurante ; et puis du fond de l'horizon arrivent les nuages gris, à travers lesquels passe une lumière de boule de cristal qu'on ne peut fixer sans ciller — impossible d'y lire son avenir ; enfin, le ciel referme son couvercle, tout s'assombrit, et il se met à pleuvoir des idées noires.

La route montait mais Anna se sentait oppressée comme si elle descendait, marche après marche, l'escalier d'un profond caveau où se morfondaient des gargouilles déchues et grimaçaient des statues de saints martyrs. A l'instar de ses pareilles de la DDASS, elle avait été tenaillée par le désir de savoir qui étaient ses parents, à l'âge où l'on se fait à soi-même des promesses en tout genre — je serai infirmière, ou je me marierai avec un prince, ou je découvrirai qui était ma mère, qui était mon père. Adolescente, elle avait reporté son enquête à sa majorité. Jeune fille, elle avait pesé le pour et le contre de la recherche, et trouvé son équilibre dans son contraire : se bercer d'ignorance afin de continuer à rêver. Jeune mariée, elle s'était débarrassée de son obsession. Qu'importe le ventre duquel elle était sortie et qu'importe l'homme qui avait ensemencé ce ventre, l'essentiel était qu'elle existe et qu'elle soit heureuse de vivre.

Cependant, l'attitude de Tad l'avait intriguée. Cette façon de lui manger le visage des yeux, la première fois ; ses questions sur ses origines ; son soulagement visible quand elle avait répondu qu'elle n'en avait aucune idée. A maintes reprises elle s'était tancée : tu délires, ma fille, tu cherches midi à quatorze heures ! Et pourtant, l'affection de Tad, son indulgence quand elle avait mis les terres en maïs et pollué comme les autres, la donation, et cet argent sorti de la banque de Quimper après, oui, tout cela avait renforcé son pressentiment qu'il y avait un lien obscur entre Tad et elle. Les mots griffonnés sur le journal l'avaient frappée de stupeur.

En traversant Brasparts, elle ressentit une impression de déjà-vu. Le bourg était dans les nuages et des cheminées fumaient, insinuant dans la voiture d'imaginaires odeurs de foyers encroûtés de suie, de lessiveuse où bout le linge, de paille à litière et de tissu écru.

Elle continua vers le nord. La route longeait l'immense tourbière de Brennilis et le lac de la centrale nucléaire que veillaient, à gauche, le mont Saint-Michel-de-Brasparts et, sur son sommet, cette tiare surgie de ses trois couronnes de terre noire, de bruyère et de roc : la croix d'une chapelle trapue.

Anna se gara sur le bas-côté, consulta sa carte, redémarra et quelques kilomètres plus loin tourna à droite, en direction du bourg dont Tad avait écrit le nom sur le journal. De hauts talus bordaient la route. On s'enfonçait dans un bocage à l'aspect luxuriant, comparé à la nudité de la tourbière. C'était un puzzle de pâtures où ne paissait aucun bétail, de prairies humides que personne ne fauchait plus, de roselières et de landes desquelles se détachait soudain le profil d'un pin maritime solitaire — planté par qui et pour que faire ? ou bien graine portée par le vent depuis les pinèdes de la côte ?

La voiture franchit plusieurs ponts étroits. Ils coupaient les méandres, aux reflets brillants entre les longues tresses de renoncules d'une même rivière, alimentée par des dizaines de ruisseaux, comme les nervures soutiennent et nourrissent la feuille, où courait une eau pure, indemne de nitrates et de pesticides, puisque aussi bien par là on ne cultivait plus grand-chose. Des masures décrépites, au toit affaissé, gisaient ici et là, le long de la route. Aux fenêtres de certaines maisons il y avait des rideaux. Se pouvait-il que des gens vivent toute l'année dans ce pays moribond ? A la fin du XVIIIe siècle et au début du XIXe, une mine d'argent avait fait sa richesse, qui avait employé plus de mille ouvriers. Tisserands, forgerons, meuniers, transporteurs, éleveurs de chevaux s'étaient enrichis, cependant que les paysans défrichaient la moindre parcelle, cultivaient le seigle, le sarrasin et le lin, et puis la Grande

Guerre avait emporté les hommes, les modes de culture avaient changé, les familles avaient migré des montagnes vers la plaine, et pour finir s'étaient installées sur la côte, quand elles n'avaient pas traversé l'Atlantique. Le hasard de sa naissance avait donné à Anna le même destin : venue au monde dans le désert, elle s'était mariée avec un homme des terres fertiles, et ces terres fertiles, à leur tour, étaient en passe d'être dévorées par la lèpre de l'industrie et du commerce.

Sur plusieurs centaines de mètres, Anna longea les piques lancéolées et jadis dorées d'une clôture envahie de ronces et de chardons. Au bout d'une allée de hêtres hirsutes, enlaidis par des moignons — travail de bûcheron de la foudre qui ampute les plus beaux sujets —, elle aperçut la façade d'une bâtisse, et ralentit. Etrange château en brique rouge, prétentieux avec ses tours et leurs mâchicoulis d'opérette, marbré de la rouille de son ossature métallique à nu aux endroits où les briques s'étaient descellées. Des voisins, ou des clandestins, avaient ouvert une carrière d'ardoise à proximité. Il y avait là des machines à l'abandon, si bien que le château ressemblait, de loin, à une vieille maquette jetée à la décharge. Anna passa son chemin.

Au bourg, sur la plupart des maisons, le notaire de la région avait fixé des panonceaux « à vendre ». Un grand panneau aux armes du conseil général du Finistère informait le visiteur que le village avait bénéficié des largesses du Parc d'Armorique. Même sans cela, sur la place de l'église, on eût éprouvé l'impression de visiter un musée soigneusement entretenu : murets en moellons jointoyés à l'ancienne, fils électriques enterrés ou dissimulés sous les cache-moineaux, petits carreaux antiques aux fenêtres des maisons basses couvertes d'ardoises épaisses.

La mairie était à peine plus grande qu'un cabanon. Une dame entre deux âges leva le nez de sa table de travail — un bureau d'instituteur, probablement récupéré dans une école communale désertée. Anna lui demanda où habitait Maria Kermanac'h.

— La vieille Maria ? Vous voulez aller chez elle ? Vous êtes de la famille ?

— Non.

— Ah ? C'est peut-être l'aide sociale qui vous envoie ?

— Non plus.

— Ah bon ? Ah mais vous êtes sans doute la nouvelle directrice du club du troisième âge de Huelgoat ?

— Désolée, c'est encore non. Vous voulez ma carte d'identité ?

— Ne vous vexez pas, je me demandais, c'est tout. C'est qu'on vit dans un coin perdu et la vieille Maria n'a pas l'habitude de recevoir des visites.

— Ça lui fera plaisir d'en avoir une ?

— Je suppose que oui. Mais faites du bruit. Annoncez votre arrivée.

— Elle est sourde ?

— Ni plus ni moins que les autres vieux. Mais elle est méfiante. Et surtout, je ne sais pas si c'est vrai, mais elle aurait un fusil de chasse et garderait des cartouches dans les poches de son tablier.

N'hésitez pas à rester devant la porte pour lui donner le temps de vous regarder de la tête aux pieds.

— Merci du conseil. Si vous m'indiquiez le chemin, maintenant ?

La dame s'exécuta avec force détails, Anna la remercia. Au moment où elle posait la main sur la poignée de la porte, la dame ne put s'empêcher de lancer :

— Alors, comme ça, vous n'êtes pas du coin ?

— L'avenir nous le dira !

La dame de la mairie en resta bouche bée. « Quel que soit l'accueil que la Maria me réservera, songea Anna, ma visite va alimenter les conversations pendant au moins une décennie. » Elle laissa sa voiture sur la place de l'église — le mot *parking* était gravé sur un panneau en bois verni — et s'en alla à pied, un peu angoissée par le silence. Dans le lointain, aucun bourdonnement de tracteur, aucune rumeur de route nationale, rien, aucun bruit, excepté un croassement de corbeau et, en tendant bien l'oreille, le son d'un poste de télévision. Un paso doble à l'accordéon. Une vieille dame ou un vieux monsieur rêvait à sa jeunesse perdue et aux bals d'autrefois en regardant *La chance aux chansons*, une émission que Tad lui-même aimait regarder, en mangeant son quatre heures.

Dernière habitation du hameau avant le cimetière, la maisonnette de Maria Kermanac'h était à l'origine un penty de journalier, en pierre et mortier maigre. On l'avait rehaussée d'un mètre environ, pour avoir une pièce à l'étage, éclairée par un chien-assis. Cette élévation du mur avait été réalisée en parpaings, grossièrement enduits et jamais blanchis, qui ceinturaient la maison et, contrastant avec la pierre du dessous, lui donnaient un aspect inachevé. Sur la porte et les huisseries, la peinture s'écaillait. Dans le jardinet, aux fleurs sauvages — digitales et chrysanthèmes des blés — se mélangeaient des lavaters semés naguère et renaissant chaque année de leurs graines, dans un fouillis de rose, de mauve, d'orange et de vert pâle. A l'angle du pignon, un tonneau aux douelles disjointes recueillait l'eau d'une gouttière percée.

La porte d'entrée était l'une de ces portes anciennes qui font la fierté d'une maison modeste ; une porte à sacrifices, à croquer les économies, à manger de la soupe au pain rassis des mois après son installation, et à se le rappeler tous les jours, en posant la main sur sa belle poignée ronde en laiton passée au Miror. Elle était pleine en bas et vitrée en haut, derrière des arabesques en fer forgé. Un rideau en crochet pendait à l'intérieur.

Anna s'égratigna la jointure de l'index contre le fer forgé en toquant au carreau. Le rideau s'écarta aussitôt. Un visage ridé la fixa longuement. Puis le rideau reprit sa place. Du visage ne subsista qu'une forme indistincte, d'une pâleur de fantôme, à cause de l'aura des cheveux neigeux. Anna ne bougea pas. On l'observait toujours. Elle toqua de nouveau, non plus de l'index, mais du bout des doigts. Un tapotement, qui se voulait amical. Enfin, une clé tourna deux fois dans la serrure, une targette claqua et la porte s'ouvrit. Petite bonne femme rabougrie, les cheveux fins teintés de mauve pâle, Maria Kermanac'h enfonça ses mains dans la poche ventrale de son tablier et leva le nez pour bien voir à travers ses lunettes à double foyer.

— Je peux entrer ?

— Entre, Anna, répondit Maria.

Anna se sentit défaillir.

— Vous me connaissez ? Vous m'avez reconnue ? Vous êtes ma mère ?

— Ne mets donc pas la charrue avant les bœufs, on a bien le temps de labourer le passé. Maintenant que tu es là, tu ne vas pas repartir comme une voleuse. Je vais faire du café.

La porte donnait directement dans la cuisine. Maria remit en place un cylindre coupe-vent en tissu rembourré. La fenêtre aussi était calfeutrée. Une gazinière, un réfrigérateur, un buffet, un garde-manger grillagé, une série de casseroles en aluminium accrochées au-dessus d'un évier craquelé, le calendrier des Postes, une pendule, une table et quatre chaises garnies de coussins brodés, une télé et devant un fauteuil en osier : une cuisine de vieille dame, où l'on tue ses journées. Anna se laissa tomber dans le fauteuil en osier et cacha son visage dans ses mains. Maria prit une bouilloire et la posa sous le robinet de l'évier. Anna releva la tête et croisa les mains, à se blanchir les phalanges.

— Mais comment savez-vous qui je suis ?

Maria haussa les épaules, ferma le robinet, fit trois pas jusqu'au buffet, prit une photo dans un tiroir et la tendit à Anna.

— Tu as toujours été pâlotte, mais tu es

devenue une belle femme. La plante fait mentir la graine, souvent. Heureusement.

Sur la photo en noir et blanc retouchée en couleur à la mode d'autrefois, Anna reconnut Maria et se reconnut dans ses bras, petite fille triste d'environ deux ans, en robe d'été, pieds nus, un ruban dans les cheveux.

— Vous êtes ma mère ! Dites-le !

Maria émit un rire grasseyant, presque une toux. Son dentier se déchaussa. Elle le remit en place d'un mouvement de la mandibule.

— Hapala ! Pas si vite ! Si j'étais ta mère j'aurais cherché à te retrouver ! Et si je n'étais pas tombée malade tu aurais grandi ici. Mais on ne fait pas toujours ce qu'on veut, dans la vie.

Elle alluma le gaz sous la bouilloire, prit deux bols dans le buffet, des couverts dans le tiroir de la table, du pain dans un sac accroché au mur, du beurre et de la confiture dans le garde-manger. Elle fronça les sourcils.

— Il manque les serviettes. Coupe du pain pendant que je monte là-haut.

Elle s'affaira à l'étage — bruit d'armoire qu'on ouvre et qu'on referme —, redescendit avec deux serviettes brodées et l'un de ces gâteaux sous Cellophane fabriqués pour se conserver des mois. L'eau bouillait. Maria moulut du café, qu'elle transvasa du moulin dans la passoire de la cafetière et versa de l'eau dessus.

— D'ailleurs, ta mère est morte. Ne me dis pas que tu n'as pas réussi à le savoir.

— Le lendemain de ma naissance, d'après les papiers.

— Alors, pourquoi tu as fait l'imbécile avec moi, à me demander si c'était pas moi ?

— Je ne sais pas... Comme ça... Le choc... Tout s'est brouillé dans ma tête quand vous m'avez appelée par mon nom.

— Et qui t'a donné le mien ?

— Mon beau-père.

— Et comment il s'appelle ?

— Loeiz Kermorvan.

Maria approcha une chaise de la gazinière et se laissa choir dessus.

— Loeiz Kermorvan ? Le grand Loeiz Kermorvan, ton beau-père ? Tu te fiches de ma poire ou quoi ?

— Non, pas du tout.

— Malheur de Dieu ! Ma pauvre fille !...

D'un geste machinal, Maria passa le torchon de vaisselle sur son front, ses joues et sa bouche.

— Quoi ? Qu'y a-t-il ? la pressa Anna.

— Ma pauvre fille, il vaudrait sans doute mieux que tu restes sans savoir. On va boire le café et tu t'en iras comme tu es venue.

— Vous voulez rire ? Qu'est-ce qu'il y a de si terrible ?

— Il n'y a pas de quoi rire, crois-moi. Attends un peu... Laisse-moi passer ce café d'abord. Il faut que je cherche comment commencer par le commencement.

Abasourdie, elle fixa le bol d'Anna, rouvrit la porte du buffet et fouilla à l'intérieur, parmi les piles d'assiettes dépareillées, les verres incassables et les boîtes Tupperware. Elle dénicha un bol décoré de personnages bretons et marqué du prénom *Anne*. Elle le posa devant Anna et rangea l'autre, en Arcopal.

— Je n'avais pas pu en trouver un marqué Anna. Ce bol, c'était le tien.

Anna prit le bol entre ses mains. C'était étrange. Il lui semblait familier. Elle pensa au bol de Tad.

— En ce temps-là, j'avais une vache. J'écrémais le lait. Tu mettais autant de crème que de café. La cuiller tenait debout dedans. Tu adorais ça. Maintenant, il n'y a plus que de la crème allégée. Vaut mieux encore mettre du lait cru, même s'ils le vendent dans des boîtes en carton.

— Je préfère le café noir, à présent.

— Les goûts changent avec l'âge.

Maria, selon l'usage, se servit d'abord, un tiers de bol, le café du dessus de la cafetière, censé être moins fort. Puis elle remplit le bol d'Anna, sans laisser de place pour le lait, puisqu'elle venait de dire qu'elle n'en prenait pas, et enfin compléta le sien de café « du fond » et de lait. Elle poussa la boîte de sucre vers Anna, qui refusa d'un geste.

— Tu tiens à garder la ligne ? Moi, c'est parce que j'ai plus droit au sucre que je n'en mets plus. Dans le temps, je mettais quatre pierres, quand ce n'était pas cinq ou six.

— Vous avez d'autres photos ?

— Tu peux dire « tu » à la femme qui t'a élevée.

— Tu as d'autres photos ?

— J'en ai, dit Maria d'un ton égal, en aspirant une cuillerée de café, mais peut-être que tu ne voudras plus les voir quand je t'aurai raconté. Tu tiens vraiment à savoir ?

— Je suis venue pour ça.

— Espérons que tu ne regretteras pas, parce que tu vois, quand la porte se refermera derrière toi, tu ne seras sûre de rien.

— Vous... tu ne sais rien ?

— Je n'ai pas dit ça ! Je sais beaucoup de choses, mais je n'ai jamais tenu la chandelle. Les trois chandelles, je devrais dire.

— Les trois chandelles ?

— Tu vas comprendre. Ta mère était une brave fille, dure au travail, jamais fatiguée, jamais à se plaindre, mais, paix à son âme, il lui manquait un grain, comme on dit. Elle n'avait pas idée de où placer le mal par rapport au bien. A la ville, c'est déjà embêtant. A la campagne, c'est pire. Une femme a toujours les hommes sur le dos, à travailler avec elle, alors, forcément, un jour elle les a sur le ventre, si sa tête ne lui dit pas le contraire. Ta mère ne savait pas dire non aux hommes qu'elle avait autour d'elle, tout simplement parce qu'elle n'avait pas idée de ne pas faire ce que les bêtes faisaient dans les champs. Elle est tombée enceinte, a caché son état sauf à ceux, j'imagine, qui allaient voir sous ses jupes et avaient bien vu les conséquences, et qui jusqu'au dernier moment ont peut-être plaisanté entre eux... Tu connais le dicton ? C'est quand la barrique est pleine qu'on la met en perce. Cette barrique-là, elle s'est vidée d'un coup, dans un champ de choux jaunes, comme une vache vêle au coin d'un talus. C'était toi, ma fille. Probablement la seule du pays à pouvoir se vanter d'être vraiment née dans un chou. On vous a trouvées toutes les deux, bien des heures après, cachées sous les grandes feuilles.

— Et elle est morte... toute seule ?

— Le lendemain. Sur son lit, dans sa chambre de bonne, au château. En ce temps-là, on passait l'arme à gauche pour un rien, tu sais. Sûrement une infection, à rester allongée dans la terre. C'est l'*aotrou* du château qui...

— *L'aotrou* ?

— Le Monsieur, si tu préfères, celui du château que tu n'as pas manqué de voir sur ta route, Henri de Guersalek, le dernier du nom, c'est comme ça qu'on l'appelait, l'*aotrou*. Il est allé te déclarer à la mairie. On a jasé là-dessus en disant derrière son dos que c'était une façon de reconnaître qu'il t'avait fabriquée.

— Il était un des trois ?

— Le principal. Les cartes de France sur les draps, tu comprends, c'est la Maria qui les lavait. Un vieux garçon dans la soixantaine, fiancé je ne sais combien de fois à des filles de la noblesse, mais trop timide sans doute pour leur délacer le corset. Une bonne un peu simplette, c'était plus facile pour lui de prendre son plaisir avec. Toujours est-il qu'il n'a pas reculé devant certaines responsabilités. Il s'est arrangé avec la DDASS pour que tu restes avec moi, au château, où je faisais office d'intendante, un bien grand mot pour cuisinière et lingère.

— Et les deux autres ?

— Tu as perdu tes couleurs. M'est avis qu'un coup de fort te ferait du bien... Qu'est-ce que tu dirais d'une liqueur de bolosses ?

Maria prit un bocal dans l'armoire bretonne et une grande cuiller dans le tiroir de la table. Elle remplit deux verres à pied de prunelles noires au lambig.

— Tu n'es pas obligée de manger les bolosses.

Anna but une gorgée de liqueur.

— Il y a encore de l'alcool, depuis le temps ? lui demanda Maria.

Anna hocha la tête.

— Parle-moi des deux autres, maintenant, murmura-t-elle.

— Comme tu es assise, tu ne risques pas de tomber de bien haut... Les deux autres, c'étaient les deux commis. Je n'avais pas mes yeux dans ma poche, j'avais bien observé leur manège. C'était chacun son tour. Dans les champs, dans la grange.

— Et pourquoi tu n'intervenais pas ?

— Ne crois pas que je restais sans rien faire ! Je mettais mon grain de sel ! Je faisais la leçon à ta mère, mais elle se contentait de baisser les yeux en rougissant comme une pivoine. On se serait presque mise à genoux devant elle, tellement elle avait l'air d'une pauvre sainte innocente. Quant aux deux lascars, comment les empêcher ? Il aurait fallu que je couse leur braguette. Tout ce que je pouvais leur dire, c'était de ne pas oublier la marche arrière.

— Dis-moi, maintenant.

— Armand Salaun et Loeiz Kermorvan.

Anna ferma les yeux.

— Anna ! Ma petite fille ! Tu ne vas pas virer de l'œil, au moins ?

Anna fit non de la tête. Elle pleurait. Maria se

remit à parler, vite, très vite, comme on donne des gifles à un évanoui.

— Ils étaient très différents de caractère. Le grand Loeiz était du genre placide. Il me répétait que je n'avais pas à m'inquiéter, que de son côté il ne faisait rien de mal avec ta mère. L'Armand, on le surnommait *pa'ioù berr*, Courtes Pattes. Je m'en méfiais, de celui-là. Il entraînait le grand Loeiz, il avait de la prise sur lui, c'était lui le meneur. Un bon à rien. Paraît qu'il est devenu quelqu'un ? Tout de suite après ta naissance et l'enterrement de ta mère dans le coin des indigents, qu'est-ce qu'ils se sont dit, tous les trois ? Toujours est-il que l'*aotrou* les a installés loin d'ici, dans le Sud, sur sa ferme de Plouralez, qu'il a divisée en deux. Comment ça a pu se faire ? Ils n'avaient pas un rotin au trou du cul, aucun des deux. Alors, mystère ! Mais bon, ça servirait à quoi de fourrer son nez dans le linge sale ? N'importe comment, depuis le temps, sale ou pas le linge a été bouffé par les mites.

— Impossible que ce soit Tad, dit Anna.

— Ah ! Comme ça que tu l'appelles ? Tad coz, je suppose ?

— J'ai une fille de quatorze ans et je suis veuve depuis treize.

— Et pourquoi ce ne serait pas lui ?

— Maintenant j'en suis sûre, il m'a reconnue, la première fois qu'il m'a vue. Et puis mon nom... Il n'aurait pas laissé ce crime se faire.

— Quel crime ?

— Me marier à mon demi-frère !

— Oh ! Ça ! Il y a plus d'une demi-sœur qui

a épousé son demi-frère sans le savoir, dans ce pays !

— Mais il savait !

— Tu lui demanderas.

— Il ne pourra peut-être plus jamais parler, ni écrire...

— Remarque, tu ne lui ressembles pas.

— A qui je ressemble ?

— Difficile à dire. Il y a des filles qui ont tout de leur mère et rien de leur père. Tu étais de celles-là. S'il me fallait choisir, le couteau sous la gorge, je dirais l'*aotrou*.

— Il vit toujours ?

— Il est mort l'année de tes quatre ans. La DDASS t'a mise en foyer. Je voulais te garder, mais j'ai attrapé la tuberculose, et je n'étais pas de taille à discuter avec eux. Voilà, ma fille...

La pendule sonna six heures. Anna se leva.

— Qu'est-ce que je peux faire pour toi, Maria ?

— Oh ! Je n'espérais plus te revoir, alors... Mais enfin, puisque tu es venue, eh ben... Je dirai à la mairie de te prévenir, quand je passerai de l'autre côté. Et comme il n'y aura plus grand-monde de valide après moi dans le voisinage, à la Toussaint tu viendras nettoyer ma tombe. Elle est prête, avec mon nom écrit dessus, il ne reste plus que la date à graver.

— Ne parle pas de ça. Depuis que je me suis mariée j'ai l'impression que le destin me promène dans les cimetières.

— Les vivants accompagnent les morts, c'est l'ordre naturel.

— Dans ce pays, chaque vivant a trop de

morts à porter sur ses épaules jusqu'à la fin de ses propres jours.

— Tu préférerais perdre la mémoire ?

— Non.

— Alors, tu vois bien !...

Maria prit le bol d'Anna, le passa sous le robinet, l'essuya et l'enveloppa dans du papier journal.

— Prends-le, dit-elle, tu auras au moins un souvenir de moi.

— Je reviendrai.

— Oh ! Ça me fera sûrement plaisir mais ne te crois pas obligée !

Les deux femmes s'embrassèrent. Les cheveux de Maria avaient une odeur de lait frais qu'Anna crut reconnaître — image fugitive d'une crèche, d'une vache naine, de ses pis et du lait giclant dans le seau en fer galvanisé. La vieille femme ne resta pas sur le seuil pour accompagner Anna du regard. Elle referma la porte sur elle. La referma sur le passé.

C'est avec une âme de petite fille qu'Anna reprit le volant. Ses jambes tremblaient. A Pleyben, elle décida d'emprunter la voie express Brest-Quimper afin d'arriver plus vite à l'hôpital.

L'infirmière lui dit que Margrite venait juste de partir. Tad avait déjà meilleure mine. Sa bouche était moins de travers et il y avait de nouveau de la vie dans ses yeux. Et une terrible interrogation dans son regard. Anna hocha la tête. Tad haussa les sourcils, comme pour exiger une réponse. Elle se résolut à lui dire :

— J'arrive de chez Maria...

Il souleva sa main gauche et la laissa retomber à plat sur le drap.

— Ne vous inquiétez pas, je n'irai pas voir celui d'en face. Je ne ferai rien tant que vous ne serez pas rétabli. On parlera de tout cela dès que vous serez sur pied.

Tad acquiesça du même geste : main gauche qui se soulève, main gauche qui retombe, couleur de feuille morte, sur le drap blanc. Anna prit cette main entre les siennes. Tad essaya de les presser. En vain. Il n'avait pas plus de forces qu'un bébé. Il ferma les yeux, comme s'il s'en allait et, un instant Anna crut qu'il venait de les fermer pour toujours, et c'est alors qu'elle eut cette idée folle, ce désir soudain, qui lui bloqua la respiration, de donner la vie, de mettre au monde un enfant, de relancer la pendule du temps avant que la mort de Tad ne fasse chuter le balancier au fond du cercueil debout de l'horloge. Elle frissonna, de bonheur et de frayeur mêlés.

Ce soir-là, Gwenola vint à sa rencontre dans la cour, agitée comme une puce, souriant d'une oreille à l'autre, ce qui changeait agréablement de son visage boudeur.

— Maman ! Maman ! On a reçu une carte de tonton Ronan. Il dit qu'il viendra à Noël !

— C'est vrai ? bredouilla Anna.

— Ben regarde ! T'as qu'à lire !

La carte venait d'Australie. Une vue de Sydney, avec le fameux opéra. Anna la retourna.

*Ai échoué parmi les kangourous. Tout est OK. Commencez à engraisser la dinde. Serai avec vous pour le réveillon de Noël. Je vous embrasse. Ronan.*

— Noël, c'est encore loin. Huit mois.

— Et alors ? répliqua Gwenola.

— Tu es heureuse ?

— Tu parles ! Mon tonton Ronan ! Et toi, on dirait que ça te fait pas plaisir ?

— Je suis aussi heureuse que toi. Simplement, j'étais en train de me dire pourvu que ça se réalise. On serait tellement déçues, autrement.

— S'il l'écrit c'est qu'il viendra. Il n'a jamais écrit qu'il reviendrait. C'est la première fois.

— Non. Il est déjà revenu. Un an après la mort de ton père. Et il est reparti aussitôt.

— Pourquoi ?

— Je n'en sais rien, murmura Anna.

— Mais qu'est-ce que t'as à la fin ? Pour une fois que je suis gaie, c'est toi qui tires une gueule pas possible !

— J'ai eu une journée épouvantable et je suis émue, c'est tout. Tu as raison. Ronan sera sûrement avec nous à Noël.

Gwenola punaisa la carte au-dessus du frigo. Anna s'empêtra dans une pensée qu'elle jugea idiote : de loin, l'opéra de Sydney ressemblait à une rose en train d'éclore et c'est dans les roses qu'on fait naître des bébés bien roses, sur les faire-part de naissance au décor pompier. Un bébé et Ronan de retour à Noël ? Ce que ressentit Anna, les deux mots qu'elle chassa de son esprit, par une sorte de dérobade, ou de ruade mentale, plutôt qu'elle ne se les dît, résonnèrent un peu comme l'énoncé, ou la solution, ou les deux à la fois, d'une énigme qu'on refuse de résoudre : tant pis.

— Tant pis, murmura-t-elle.

— Tant pis ? releva Gwenola, scandalisée.

— Je voulais dire : tant mieux.

— Ah bon, tu me rassures !

— Excuse-moi, je suis vannée. J'ai passé l'après-midi à l'hôpital, mentit-elle. Tad va déjà beaucoup mieux.

— Quand est-ce qu'il va rentrer ?

— Dans une semaine ou deux, je pense.

— J'irai le voir demain après les cours. Je prendrai le bus.

— C'est une bonne idée. A propos d'idée, je te signale que je n'en ai aucune, concernant le dîner.

— Pas de problème, il y a une pizzeria qui vient d'ouvrir, au bourg.

— Où tu as vu ça ?

— Dans le journal. Mais t'es au courant de rien, ma parole ! Tu sais, ma petite maman, j'ai l'impression que tu planes drôlement, depuis un moment.

— Et toi, tu me sembles en pleine forme, tout d'un coup.

— En super forme ! Allez, on y va ! Je peux inviter une copine ?

— Tu peux.

— Hyperchouette ! J'appelle Suzie.

Très bien. Les filles feraient la conversation et distrairaient Anna. L'empêcheraient de penser. Un mois ou deux, avait dit le neurologue. Un mois ou deux avant que Tad retrouve en partie la parole. Evidemment, elle pourrait jouer au petit jeu des paupières baissées. Une fois si c'est oui, deux fois si c'est non. Salaun ? Le châtelain ? Exclu. Ce serait trop cruel, pour Tad comme pour elle. Il fallait qu'il puisse s'expliquer. L'explication était aussi importante que la réponse.

A la pizzeria du bourg, joliment agencée dans un corps de ferme qui ne se remarquait pas avant, parce que caché par un talus — qu'on avait abattu, un de plus —, tandis que Gwenola et son amie dressaient l'inventaire des potins du collège et qu'elle faisait semblant de les écouter — sourires de connivence, hochements de tête, haussements de sourcils —, Anna mangea de bon appétit. Essaya de nourrir sa haine. Salaun, son père ? Confrontée à une telle révélation, n'éprouverait-elle pas un semblant d'attachement filial ? Allons donc ! N'avait-il pas essayé de la fourrer dans son lit, à l'auberge ? Le monstre ! Le salaud ! Elle se le répéta trois fois, en se rappelant Madeleine dans la tombe de son fils : « Salaud ! Salaud ! Salaud ! » Ce triple cri intérieur sonna faux. Combien de fois au cours de toutes ces années passées avait-elle songé que Salaun s'était moqué d'elle ? Qu'il l'avait *testée* ? Qu'il leur avait imposé à tous deux une sorte d'épreuve ? Epreuve incompréhensible. A quoi bon essayer de comprendre l'inintelligible ? De même qu'à la Maison rurale elle avait découvert comment ensevelir ses pensées mélancoliques sous un tas de rêves possibles, elle voulut exclure Salaun et le châtelain de son présent. Elle imagina une balance à peser les certitudes et les incertitudes. La balance penchait du côté de l'incertain. Sur le plateau du tangible, Anna hésitait à déposer une interrogation qui pesait son poids de bouffées de chaleur et de battements de cœur...

— Pourquoi tu rigoles ? demanda Gwenola tout de go.

— Moi ? Je rigole ? s'étonna Anna.

— Ben ouais, t'as l'air toute jouasse. Si c'est ce qu'on raconte qui te fait marrer, autant qu'on se taise.

— Mais non, c'est une question que je me posais.

— Alors, c'est pas mieux, ça veut dire que tu m'écoutais pas. Bonjour l'attention des mamans !

— Je vous écoute, mes belles. De quoi parliez-vous ? Du vert paradis des amours enfantines ?

— Un rêve ! s'exclama Gwenola.

— Le collège est mixte, non ?

— Tu parles ! Les garçons, dans ce bled, on les connaît depuis la maternelle ! Comment tu veux qu'on tombe amoureuses dans ces conditions ?

— Je vous plains de tout mon cœur, dit Anna. Et son sourire s'adressa tout autant aux deux filles qu'à elle-même. Du bon côté de la balance, elle posa délicatement cette question pas si risible que cela : oserait-elle oui ou non demander à Guillaume de lui faire un enfant ?

La balance s'équilibra.

# 20

Anna renonça à comprendre pourquoi Guillaume, qui s'était bâti une thébaïde dans le cap Sizun et avait, comme il le disait, « clôturé son existence à l'intérieur de haies de rosiers » — et, ajoutait-il, « comme chacun sait les roses ont des épines, mais ce n'est jamais la première chose à laquelle on pense quand on regarde et respire un bouquet de roses » — oui, elle renonça à comprendre pourquoi il se dépensait autant « pour les autres », cet amalgame d'opinions assenées à coups de serpe, de faux et de merlin à fendre les bûches, les « Ta gueule, connard ! Va te faire mettre par les Verts, enflure ! Tu veux qu'on crève tous la gueule ouverte, écolo de mes deux ? » et autres joyeusetés qu'on lui lançait dans les réunions, et qu'il excusait, parce que c'était, de son point de vue, la seule façon qu'il leur restait de se défendre, le dos au mur, comme des chiens enragés, quand ils se rendaient bien compte qu'ils n'étaient plus, aux yeux de l'opinion, les pâtres célébrés par le poète aussi bien que par les gentils manuels scolaires de l'après-guerre où le coq s'appelle Chantecler, mais des destructeurs, des empoisonneurs, des mercenaires de l'industrie chimique, des mutants, des Huns sous les pas desquels rien de naturel ne repousse plus.

— Dans quelques semaines tu comprendras. Tu éprouveras ce que j'éprouve, cette impression d'être à l'abri dans le lieu que tu as choisi, mais avec toutes les fenêtres ouvertes sur le monde, qu'il te suffit d'enjamber pour entrer et sortir. Tu vas y prendre goût, ou bien alors je me goure sur toute la ligne. On a une bonne chance de prendre la chambre d'agriculture, il faut la saisir. Mon objectif est de rendre leur honneur aux pauvres types cocufiés par le système.

Guillaume emmena Anna battre la campagne. La cote des Paysans Citoyens progressait. Les renseignements généraux rendaient au préfet des rapports en ce sens. Inquiétants, très inquiétants. La Fédération n'était plus du tout certaine de garder la chambre d'agriculture. Les Finistériens s'étaient toujours singularisés au cours de l'histoire. Républicains dès la prise de la Bastille. Bonapartistes contre la Restauration. Résistants de la première heure. Plébiscitant de Gaulle et votant communiste aux municipales. Imprévisibles. Allait-on assister à un Mai 68 agricole ? La prise de pouvoir par des contempteurs du fameux modèle breton ?

Tandis que la coopérative, aux mains des Fédérés, organisait d'éblouissantes grands-messes sous chapiteau où l'on servait à boire et à manger après la projection sur triple écran géant d'un diaporama à la gloire du productivisme — images de moissonneuses-batteuses rutilantes, de tracteurs carrossés comme des bolides de formule 1, de récoltes mirifiques, de familles heureuses dans des intérieurs modernes et confortables ; cocoricos bretons, courbes, graphiques, panégyrique de l'Ouest, dialectique économique laissant accroire que la Bretagne devait ses routes, ses ports, ses hypermarchés, ses cinémas et ses maisons de la culture et même ses pissotières en granit rose, à l'industrie du poulet sacré et du cochon-veau d'or auquel d'aucuns auraient voulu élever des statues destinées à remplacer celles de sainte Anne dans les cathédrales —, oui, tandis que la Fédération manipulait les foules, Guillaume administrait le contrepoison dans des arrière-salles de cafés chichement éclairées par des ampoules constellées de chiures de mouches.

Il débouchait les bouteilles de *Grappe fleurie*, le vin rouge local en litres étoilés, prenait un air bonasse et, rompant avec les canons du blablabla politique, captivait d'emblée son auditoire en usant du comble de la rhétorique : son absence apparente, dans un *one man show* parfaitement mis au point. Il se roulait une cigarette avec une dextérité de vieux fumeur de gris, disait : « Le lobby porcin répand le bruit que je fume des joints... », faisait circuler son paquet de tabac et son carnet de feuilles OCB, et ajoutait, en tirant une bouffée :

— N'hésitez pas à vous en rouler une si le cœur vous en dit. Vous allez voir que Salaun et ses associés ont tort, je n'ai pas besoin de ça pour planer. Ils seraient bien étonnés de savoir que je me contente de renifler le cul de mes vaches. Y a pas à dire, la bouse de vaches nourries à l'herbe, ça sent meilleur que le lisier de cochon engraissé aux granulés.

Les rires fusaient, Guillaume secouait la tête et riait aussi, comme s'il n'en revenait pas lui-même de ce qu'il venait de confier. Puis il continuait sur une série de « j'ai rencontré... »

— L'autre jour, j'ai rencontré un marchand d'électroménager, à Saint-Brieuc. Savez-vous ce qui se vend le mieux dans sa boutique ? Les sèche-linge. Pourquoi ? Parce que les femmes se sont aperçues qu'elles ne pouvaient plus mettre leur linge à sécher dehors. Elles avaient beau le relaver, acheter des lessives parfumées à ceci ou cela, quand elles rangeaient leurs petites culottes dans l'armoire elles puaient le lisier. Alors, la seule solution, ça a été de sécher le linge à l'intérieur. J'ai rencontré des gars de l'EDF. Ils étaient aux anges, pensez bien. Grâce aux élevages industriels, voilà que la consommation d'électricité augmente dans les ménages. Qui aurait imaginé ça ? Le cochon, c'est vraiment miraculeux.

« Ça paye, le cochon, ça paye des voyages... Il n'y a pas longtemps, je passais du côté de l'aéroport de Brest-Guipavas. Et devinez sur qui je tombe ? Salaun et une vingtaine de ses copains de la chambre d'agriculture. D'où ils revenaient ? Des Etats-Unis, voyage d'étude, comme ils disent. Dans des hôtels quatre et cinq étoiles. Aux frais de la princesse. A vos frais. Pendant que vous ramez comme des damnés pour payer vos dettes. Enfin, paraît-il qu'ils ont ramené de là-bas des idées pour des élevages de cinquante mille porcs. Je le dis à ceux qui parmi vous ont tout misé sur le porc : méfiez-vous, les cours n'ont pas fini de baisser, les gars.

« Justement, j'ai eu la chance de rencontrer un économiste. Comme je suis curieux de nature, j'en ai profité pour lui poser la question qui nous turlupine, vous et moi. Comment ça se fait que, quand les cours baissent, les petits déposent leur bilan et jamais les gros ? Il s'est bien marré et j'ai eu l'air d'un con, je crois bien. Il m'a dit que les gros s'en foutent, des cours. Le cochon pourrait bien descendre à trois francs du kilo qu'ils s'en foutraient pareil. Parce que c'est pas sur le cochon qu'ils font fortune. Ils sont actionnaires d'un tas de grosses boîtes. Le porc, c'est seulement le moyen d'écouler leurs farines animales, leurs engrais, leurs pesticides, leurs tracteurs, leurs pièces détachées. M'étonnerait pas, il m'a dit, qu'ils aient aussi des actions dans les usines de traitement de l'eau. Comme ça ils gagneront leur blé sur tous les terrains, y compris en polluant et en dépolluant, pendant que les pauvres bougres qu'ils envoient au casse-pipe dans les manifs perdent leur chemise à produire à perte. C'est pas beau, ça ?

« Non, c'est pas beau du tout... J'ai rencontré un de ces pauvres gars, qui vient d'être fait cocu par le lobby porcin et ses complices. Ses cornes sont toutes neuves. Plaquées or ! Elles lui ont coûté trois millions. Trois cents millions de centimes d'emprunt au Crédit rural. Et déjà vingt de pertes au bout de six mois d'exploitation. Comment il va nourrir ses gosses ? Il a écouté les sirènes au lieu de se boucher les oreilles. Je me suis dit que c'était criminel d'organiser la noyade d'un jeune paysan. Trois cents millions de centimes pour produire du cochon alors qu'en Europe on ne sait plus qu'en faire ! Avec trois cents briques il aurait pu s'acheter un hôtel sur la côte, ou un bar-tabac en ville, et gagner sa vie, et revendre l'affaire cinq cents briques, dans dix ou vingt ans. Alors que mon pauvre gars, dans vingt ou trente mois, qu'est-ce qu'il tirera de son matériel quand il aura déposé son bilan ? Des clous. En attendant, certains se seront engraissés sur son dos. Ho ! Hé ! les amis ! Nous autres paysans bretons, on est les rois des cons ou quoi ? Regardez ce qui se passe ailleurs, en Anjou, dans le Centre, partout où il y a encore des terres vierges où le lobby porcin croit qu'il n'aura pas d'embrouille. Qu'est-ce qui se passe ? Pas fous, les gusses ! Ils refusent les installations ! Refusent d'être colonisés par les cochons. Vous n'avez pas l'impression qu'il faut que ça change ? Mes gosses n'osent même plus dire, à l'école, que leur papa est paysan. On nous regarde de travers. Attendez, bientôt on verra des affiches sur les murs, comme sous Vichy. Comment reconnaître un cultivateur, au lieu d'un Juif. Ça vous rend pas malades ? Moi, si...

« Malade... Je vous ai raconté ma discussion avec un toubib ? J'ai rencontré un jeune gastroentérologue, vous savez, ces spécialistes de la tuyauterie. Il venait de s'installer dans le Finistère. Vous ne devinez pas pourquoi ? La Bretagne, c'est Byzance, pour la profession. Au rabe d'ulcères de l'estomac et cancers de l'œsophage à gogo. A cause des nitrates dans l'eau du robinet. Bien sûr, il m'a dit, personne n'en a la preuve formelle, mais quoi d'autre autrement ? La soupe trop chaude qui vous brûle la gorge et les boyaux ? Les gens ne mangent plus de soupe.

Et le spectacle continuait ainsi, variations sur le même thème, devant un public médusé. Guillaume *rencontrait* une directrice d'école primaire qui lui disait avoir décidé d'économiser sur les portions de frites, à la cantine, de façon à servir de l'eau en bouteilles aux enfants. Il *rencontrait* un vieux pêcheur à la mouche qui, la larme à l'œil, lui montrait ses carnets des quarante années passées, dont le dernier n'était pas si ancien que ça, à peine dix années. « Fini, disait-il, plus de truites dans les ruisseaux, plus d'insectes au-dessus des rivières. Auparavant, j'avais la fièvre à la fin de l'hiver. J'avais devant moi six mois de plaisir, six mois de poésie, de nouvelles truites à prendre, de nouveaux saumons à leurrer, de nouvelles mouches à inventer. Fini. Le printemps ne me fait plus ni chaud ni froid. Quand je regarde une rivière, je ne peux m'empêcher de la comparer à une belle fille, avec des cheveux magnifiques, des courbes, des reflets, une grâce de chatte câline et des coups de sang de lionne en chaleur, mais plombée, vérolée au dernier degré. A présent, je m'écarte des rivières, elles me dépriment. Voyez-vous, Guillaume, s'il y a une chose que je ne pourrai jamais pardonner au monde paysan, c'est de m'avoir privé de ma joie de vivre. On pouvait, j'en suis sûr, créer des richesses économiques autrement qu'en transformant la Bretagne en immense abattoir et en gigantesque vécé à ciel ouvert. »

— Le vieux pêcheur m'a montré la dernière

page de son dernier carnet. J'y ai lu des chiffres. Il avait écrit : « Trois millions de Bretons, douze millions de cochons. Si on ajoute les quelques centaines de millions de poulets, et sachant qu'un porc chie trois plus qu'un humain, c'est la France entière qui vient déféquer chez nous, tous les matins. »

Guillaume baissait la voix.

— Ne répétez pas ce que je viens de vous dire, toutes les vérités ne sont pas bonnes à entendre. Il y a des gens qui seraient bien capables de vous traîner devant les tribunaux pour haute trahison de la région. Les touristes ne viendraient plus, s'ils savaient que la Bretagne, avec sa belle coiffe, n'est qu'une vieille cochonne sous ses jupons brodés. Elle fait sous elle, pipi-caca dans sa culotte. Si ça se savait, personne ne voudrait plus venir lui mettre la main au panier à crottes qu'elle secoue dans les *festou-noz* et les *festou-deiz*.

— Ho ! Guillaume ! Tu déconnes pas un peu, là ?

— A peine... Mais attendez, des touristes j'en rencontre pas mal, dans mon coin, au bord de la mer. Cette année, ils ont été plusieurs à me demander : c'est quoi ces nouvelles cultures, ces étendues jaunasses qu'on voit un peu partout ? De loin on ne se rend pas très bien compte. Des champs de pissenlit ? Du colza ? Du tournesol rampant ? De l'herbe brûlée, je leur ai dit, la toute dernière trouvaille de l'industrie chimique. Et ça n'agit pas sur l'environnement ? qu'ils m'ont demandé, les touristes. Ah c'est écrit sur les bidons, j'ai dit, seulement, ce qu'ils ont oublié d'indiquer, c'est que la molécule, qui s'appelle le glysophate, se transforme et qu'en bout de course, elle est bien pire que des produits aujourd'hui interdits. Et les pauvres gars qui ont gobé les arguments des commerciaux de la coopérative, ils saucent, ils saucent leurs champs, à tel point qu'au mois d'avril, dans une rivière, on a détecté une concentration de glysophate égale à quelque chose comme cent soixante-dix fois la norme admise. Les touristes en sont restés bouche bée. Cent soixante-dix fois ? Et tout ce qu'on lit dans les journaux, alors ? Reconquête de la qualité de l'eau et tout le reste ? Du baratin, j'ai dit, rien que du baratin.

Guillaume était interpellé :

— C'est bon, Guillaume, on a compris ! Tu veux qu'on se mette tous au bio ?

Guillaume secouait la tête, se roulait une autre cigarette et disait :

— Le bio, pas la peine d'en faire tout un roquefort... Quand on réfléchit bien, qu'est-ce que c'est ? Je rencontre souvent un vieux paysan, un gars qui pourrait être mon père, votre père ou votre grand-père pour les plus jeunes d'entre vous. Si vous l'aviez devant vous, vous auriez l'impression de le connaître...

Anna attendait ce moment avec impatience. Le morceau de bravoure de Guillaume. Et dans le portrait qu'il brossait, c'était Tad qu'elle voyait.

— Vous le connaissez, ce genre de vieux sachem breton aux yeux clairs, portant encore la veste en velours, coupée par le tailleur du bourg, il y a quarante ou cinquante ans, dans ce velours inusable, comme lui, comme ses mains, conformées aux manches des outils qu'il a tenus pendant toute sa vie. Devant lui, on se sent tout petit. Sous son regard d'aigle, on se sent tout péteux. C'est votre conscience que vous avez en face de vous. Vous lui demandez : « Comment ça va, Tad ? » Et il vous répond de sa voix lente, en pesant ses mots comme il pesait ses pommes de terre sur la balance à bascule au fond du hangar, sans tricher d'un gramme : « Tous les os me font mal, mais c'est pas à cause d'eux que je courbe le dos. Je courbe le dos parce que j'ai honte. J'ai honte de ce que je vais laisser après moi. Dans le temps, on respectait la terre comme on respecte le lit où on a fabriqué ses enfants. Aujourd'hui, les paysans chient dans leur lit. J'ai honte des paysans d'aujourd'hui. Je me demande si ce qu'ils ont fait n'est pas pire que tuer père et mère. Ils ont assassiné la terre. »

Suivait un silence de sépulcre. Rompu bientôt par quelqu'un qui le trouvait insupportable.

— C'est pas avec des grands mots qu'on rembourse ses traites ! On est bien obligés de suivre la coopérative, sinon on crèverait la gueule ouverte !

Guillaume regardait son interlocuteur droit dans les yeux jusqu'à ce que l'autre se tortille sur sa chaise.

— Non, tu n'es pas obligé de suivre le mouvement, et je vais te le prouver.

Lors de la première réunion, Anna avait cru que les liasses de photocopies agrafées étaient des tracts.

— Je n'ai rien à cacher. Voilà mes comptes. Tant pis s'il y a des jaloux parmi vous. Vous allez voir que je gagne bien ma croûte et que personne ne me tient en laisse au bout d'une corde. Personne : ni les banques, ni les coopératives. Je suis libre. Libre comme l'étaient votre père et votre grand-père.

Il prenait alors à partie celui qui avait dit : « Tu veux qu'on se mette tous au bio ? », et concluait :

— Le bio, quand tu réfléchis bien, c'est tout simplement la façon de travailler de ceux qui ont travaillé la terre avant nous. Pensez-y tous lorsque vous glisserez votre bulletin dans l'urne le jour des élections à la chambre d'agriculture.

Pendant les trois semaines que Tad passa à l'hôpital, Anna accompagna Guillaume tous les soirs. Ensuite, elle anima elle-même des réunions, en reprenant la rhétorique de Guillaume, mais sur le mode « Tad m'a dit » au lieu de « J'ai rencontré ». Elle racontait son veuvage, les erreurs qu'elle avait commises, le retour à la sagesse, et s'aperçut qu'elle aussi était capable de subjuguer un auditoire et de contrer d'un sourire les réflexions un peu salées, mais pas méchantes, qu'une femme, forcément, suscitait. Guillaume la déposait dans un café et partait à quelques kilomètres de là, dans un bourg proche. Ils revenaient ensemble. La nuit et l'intimité de la voiture exacerbaient le désir inavouable d'Anna. Guillaume le ressentait-il ? Une gêne s'installait entre eux. Ils demeuraient muets.

Gwenola profitait de la liberté que les absences de sa mère lui accordaient. Des garçons tournaient autour de Menez Glaz. Quand Anna descendait de la voiture de Guillaume, elle entendait une ou plusieurs Mobylettes démarrer.

— Des copains sont venus me voir, disait

Gwenola, bien obligée puisque je suis bloquée ici. Il serait vraiment temps que tu me paies un vélomoteur.

« Quand tu auras eu ton brevet », promettait Anna. Le brevet, un prétexte pour reculer aussi longtemps qu'elle le pourrait l'indépendance de sa fille.

Elle s'habitua à ce rythme de vie. Elle percevait maintenant le sens du mot « destin » et des expressions qu'il engendrait, telles « s'abandonner à son destin », « suivre son destin », « être prisonnière de son destin ». Elle était une marionnette et, là-haut, le maître de sa destinée tirait sur les fils, pour faire en sorte que tout dans son existence arrive à point nommé. Une ficelle tirée d'un coup sec vous pliait le genou et vous trébuchiez, déconcertée, mais dans l'instant qui suivait les fils pendaient, lâches de nouveau, et vous aviez la certitude, illusoire bien sûr, d'être libre de vous coucher ou de vous relever.

Son destin avait été de se relever. Sa voie était tracée. Tout allait de plus en plus vite. Ses journées tourbillonnaient : réveil à l'aube, traite du matin, envoyer Gwenola à l'arrêt des cars, courses, aller voir Tad à l'hôpital, régler les détails de sa sortie — et les détails s'accumulaient, Margrite avait le don de les multiplier, qui allait jusqu'à courir toutes les pharmacies et tous les revendeurs spécialisés dans les fauteuils médicalisés, pour choisir celui de Tad, au lieu de s'en remettre aux conseils de la surveillante de l'hôpital —, comptabilité, repas de midi, retour de Gwenola, s'inquiéter de ses devoirs, traite du soir, dîner, rejoindre Guillaume, revenir, se coucher à minuit, mettre le réveil à sonner à six heures et demie.

Ces tornades quotidiennes l'empêchaient de penser au lendemain. Non qu'elle ne s'en souciât pas : c'était quelque chose de différent, comme de couver sa fièvre et de s'en remettre à la nature, à sa capacité de résistance, à la Providence, autrement dit.

Là-haut, on se mit à agiter les ficelles avec frénésie et à intervertir sur les cintres les panneaux du décor au théâtre de la vie d'Anna.

Les pinceaux du décorateur suprême ébauchaient un nouveau tableau : incrusté en trompe-l'œil sur fond de verdure, un couple surpris dans des ébats champêtres.

# CINQUIEME PARTIE

# 21

La civière coulissa sur ses rails. Les deux ambulanciers soulevèrent Tad et l'installèrent entre les bras du fauteuil. Margrite et Anna poussèrent la chaise roulante à travers la cour, suivies de Gwenola qui, menton baissé, mâchonnait une mèche de cheveux.

— Dis maman, chuchota-t-elle, il ne sera plus jamais comme avant ?

— Dans trois mois il trottera comme un lapin, mentit Anna.

La tête de Tad oscillait, comme s'il était privé de vertèbres, de muscles et de volonté. « Comme un pantin désarticulé, comme un gosse myopathe », pensa Anna. La fille et la bru inclinèrent la chaise pour franchir le seuil de la maison. Les roues cahotèrent sur les pierres du couloir, usées par cent cinquante années d'allées et de venues en sabots ferrés, en brodequins cloutés, en bottes aux semelles indurées par l'alternance de gel et de soleil. Gwenola alla devant, ouvrir la porte de la salle à manger. On avait descendu le lit et la table de nuit de Tad. A côté de son fauteuil en osier, auparavant dans la cuisine, une petite table lui permettrait de poser un verre ou une tasse, ses lunettes et son journal, quand il aurait de nouveau la force de lire, au coin de la fenêtre.

— Vous allez être bien ici, Tad, dit Anna. Dès qu'il fera plus frais, on allumera un bon feu dans la cheminée, nuit et jour. On vous installe sur votre fauteuil ?

Tad battit des paupières.

— Aide-moi, dit Anna à Margrite, il faut bien qu'on apprenne à se débrouiller.

Tad ne pesait plus bien lourd. Privé de ses forces, voilà qu'il était devenu un sac de plumes, un *poch plunv*, deux mots qu'il avait plus d'une fois lancés à la figure de journaliers bons à rien, qui avaient du jus de chique dans les bras, incapables, pendant les foins, de lever assez haut leur fourchée quand la charretée atteignait la hauteur d'une colline et que tous devaient s'arc-bouter aux ridelles, à la fin, pour aider le cheval à arracher les roues aux ornières creusées dans la prairie.

Tad avait changé de fenêtre, en apparence un déplacement de peu d'importance, d'un côté du couloir à l'autre, de la cuisine à la salle à manger. En réalité — et aurait-il su le dire s'il avait pu ? —, il avait changé de monde. Avant son accident cérébral, il regardait par la fenêtre d'une pièce de vie ; désormais, il regarderait par celle d'une pièce qui longtemps, trop longtemps, était restée fermée, et dans laquelle il finirait ses jours. De ses yeux à jamais humides, il contempla la cour, l'orme mort et le pignon de l'étable, avec son bout de gouttière décroché du mur. Son regard franchit le porche : hier encore ouverte sur l'avenir à ensemencer, l'arche de pierres ne s'ouvrait plus que sur le passé à ressasser.

— Vous êtes bien installé, Tad ? lui demanda Anna.

Il battit des paupières.

— Il n'aurait pas mieux valu qu'il vienne chez moi ? dit Margrite.

— Le priver de son chez-lui ? Ce serait comme déraciner un arbre. Il en mourrait d'un coup.

— Mais comment tu vas faire, toute seule ?

— D'abord, je ne suis pas toute seule. Gwenola m'aidera. Et puis il y aura l'infirmière. Et je suppose que tu passeras tous les jours, maintenant que tu es en préretraite.

— Bien obligée, puisqu'ils m'ont foutue dehors.

— Avec ton salaire jusqu'à soixante ans, non ?

— Encore heureux, avec le cabinet de Thomas qui se casse la figure. Sinon, on aurait pu aller pointer au bureau d'aide sociale. N'empêche, si tu crois que ça fait plaisir qu'on te dise qu'à cinquante-trois ans tu n'es plus capable de travailler ! Enfin, tu as raison, au moins j'aurai le temps de m'occuper de mon père.

— Autant que tu le voudras, acquiesça Anna.

— Et tout le temps que ce sera nécessaire, s'entêta à dire Margrite.

— Bien sûr, dit Anna.

— J'espère que tu n'y vois aucun inconvénient ?

— Tu veux que je te signe une autorisation d'entrer et de sortir comme bon te semble ?

— Cette maison n'est plus la mienne.

— Encore ! Oh écoute ! Si à chaque fois qu'on se voit on doit répéter sans cesse les vieilles conversations, autant acheter un magnétophone et les enregistrer une bonne fois pour toutes !

Margrite persifla :

— Je vais lui préparer un bouillon de légumes comme ceux que maman lui faisait.

Tad souleva la main gauche et la laissa retomber sur l'accoudoir en osier.

Un témoin discret de l'activité déployée par Margrite au cours des semaines suivantes — un étranger à la famille — aurait juré qu'elle était la plus dévouée des filles. Elle aidait l'infirmière à faire la toilette de son père ; elle apportait des salades de son jardin ; elle lui mijotait chez elle des plats qu'elle réchauffait à Menez Glaz ; de la part de Thomas, elle lui offrait des bouteilles de vin ; fréquentant l'atelier d'art floral de la Maison pour Tous, elle élaborait de bouquets de fleurs sauvages et de savantes compositions de verdure et de feuilles mortes. Certains jours de grande bonté, elle allait jusqu'à mettre le couvert d'Anna et de Gwenola sur la table de la cuisine, et laissait un mot sur le dessous-de-plat : « Il y a du civet dans la marmite. »

Petite souris, l'étranger se serait tout de même étonné qu'elle profitât d'être seule dans la maison pour fouiller la chambre de son père, cloué en bas dans son fauteuil, dans l'espoir insensé de mettre la main sur un testament qui la rétablirait dans ses droits. A défaut de ce codicille tant espéré, elle trouva un livret de Caisse d'épargne et un autre du Crédit rural. Ils paraissaient à jour et les soldes qu'ils affichaient la rassurèrent quant à la terrible éventualité — écartée pour un certain nombre d'années, à la suite d'un rapide calcul mental — d'avoir à payer sa part des frais d'une hospitalisation de Tad en long séjour ou dans un mouroir médicalisé.

Elle dénicha encore mieux, et crut s'évanouir, tant cet objet impliquait de choses cachées et de trésors celés : une clé de compartiment de coffre bancaire, avec gravé dessus le sigle BIO. Les mains tremblantes, elle remit la clé au fond du tiroir de la commode en merisier, redescendit dans la cuisine, vérifia que Tad dormait, ferma les deux portes du couloir, consulta l'annuaire, toujours à la même place sur la desserte à côté du réfrigérateur, sous les cartes postales expédiées par son imbécile de frère (ça ne lui faisait plus ni chaud ni froid, qu'elle n'en reçût pas, elle), et téléphona à l'agence de Quimper de cette banque, supposant, puisque location de coffre il y avait, que son père n'était pas allé aux antipodes louer ce compartiment. Son expérience de la banque lui fut précieuse. Elle demanda qu'on lui passe le service Titres et s'annonça comme la secrétaire de maître X..., notaire à Quimper.

— Excusez-moi de vous téléphoner plutôt que de vous envoyer un mot, mais il s'agit d'une succession à régler dans l'urgence. Les héritiers nous ont apporté une clé de coffre. Compartiment numéro 46. Au nom de monsieur Loeiz Kermorvan.

— Une minute... Oui, c'est bien ça. Il est

décédé ? Il faudrait nous apporter un certificat de dé...

Margrite avait raccroché.

Le lendemain, mine de rien, elle s'inquiéta auprès d'Anna :

— Quand est-ce que Tad commence ses séances avec l'orthophoniste ?

— La semaine prochaine.

— On ne comprend vraiment rien à ce qu'il raconte. Ce serait bien qu'il réussisse à parler un peu. Espérons que ça va marcher.

— Espérons ! convint Anna, légèrement intriguée.

L'événement fit la une des quotidiens régionaux et les gros titres de la presse nationale : les Paysans Citoyens remportèrent les élections à la chambre d'agriculture. De peu, d'un seul siège au conseil d'administration, mais cela suffit à annoncer que la révolution était en marche et le modèle productiviste breton moribond. Salaun et ses Fédérés crièrent au loup, à la faillite, au chômage général, au retour des friches, de la houe et de la charrue tirée par des bœufs. Le conseil d'administration élut Guillaume président et Anna vice-présidente.

— Vice-présidente, c'est purement honorifique, dit Guillaume. Tu vas pouvoir consacrer toutes tes forces au boulot qui t'attend : être notre cheval de Troie à la mairie de Plouralez.

Dans le train qui les ramenait de Paris, où ils avaient été invités à des émissions de radio et de télévision, Guillaume, familier de ces voyages, au contraire d'Anna qui prenait le TGV pour la première fois, avait réservé deux sièges en vis-à-vis. Après Rennes, ils étaient allés chercher un plateau-repas. La lumière déclinait sur les marais de Redon, que le train traversait à vitesse réduite.

— Et toi, que vas-tu faire, maintenant, à la chambre d'agriculture ? Imposer ta loi ? Tout casser ? demanda Anna.

— Non. On va y aller en douceur. Gagner mètre carré par mètre carré, hectare par hectare, et nettoyer le terrain gagné, c'est le cas de le dire. Nettoyer : laisser la terre reposer, lécher ses blessures, éliminer ses poisons. Tu as observé la campagne, ces temps derniers ? L'ennemi recule déjà. Les conséquences de notre action sont déjà visibles. On voit un peu partout des bords de ruisseaux de nouveau délaissés, où pousse la ciguë. Des prairies drainées, jusqu'à l'année dernière cultivées en maïs, commencent à se couvrir de pissenlits. Les pollueurs se méfient. Notre meilleur allié, en Bretagne, c'est moins la malbouffe que le mal-boire. L'eau pourrie de nitrates et de pesticides, c'est ça qui frappe l'opinion. On l'a presque retournée. Le reste suivra. Tu connais les paysans aussi bien que moi. Pas plus que les autres, ils n'aiment qu'on leur crache dessus. Derrière leur front buté, si tu apportes de l'eau à leur moulin à pensées, ils sauront moudre de la farine complète, crois-moi. L'arrêt de la culture du maïs dans ces prairies, c'est aussi bien le fait de paysans qu'on a convaincus que de trouillards à qui on a foutu les jetons. Le résultat est le même. Tout ça va dans le bon sens.

— Et les fortes têtes ?

Guillaume servit un verre de bordeaux à Anna et remplit le sien.

— Levons notre verre à leur santé, dit Guillaume. J'ai deux plans de bataille. Pour les têtes de pioche par obligation, parce qu'ils sont acculés, opération douceur, politique de communication. Montrer qu'on est des gens responsables. Fermer le couteau qu'on avait entre les dents et faire de gentils sourires. Convaincre qu'on est des gens responsables. Serrer des paluches, à la préfecture, au conseil général, au conseil régional, dans les grandes communes. Obtenir la révision des plans d'occupation des sols, geler des terres, financer des études dignes de ce nom, c'est-à-dire objectives, enfoncer le clou petit à petit, avec un marteau en caoutchouc. Et n'oublie pas que comme dans tous les secteurs de l'économie la génération du baby-boom arrive à l'âge de la retraite. Les jeunes paysans qui vont la remplacer sont moins butés. Au lycée agricole, ils ont appris les rudiments de l'écologie. Dans vingt ou trente ans la nature aura repris ses droits. Le temps d'une nouvelle génération, on aura retrouvé le sens des vraies valeurs. Quant aux autres...

— Les gros ? Les industriels ? Le lobby porcin ?

— Tu peux dire les fachos... Oui, avec ceux-là il va falloir utiliser l'artillerie lourde. Faire un exemple. Abattre les symboles. Fusiller Salaun.

— Tu sais que Salaun...

— Je sais qu'il est ton voisin et qu'il a essayé d'avoir ta peau.

— Pas seulement ma peau.

Anna lui raconta la soirée à l'auberge.

— L'ordure ! Il n'a vraiment aucun sens moral.

— Aucun. Mais tu admettras que c'est bizarre : depuis le décès de son fils, il m'ignore. Si je n'entendais pas les camions venir chercher les porcs en face nuit et jour, je ne saurais même plus qu'il existe.

— Il a tenté le coup, quand tu es restée veuve. Ça n'a pas marché, il a laissé tomber. D'autres chats à fouetter. La Fédération, la chambre d'agriculture, les trois piscicultures qu'il a créées, l'embryon d'aquaculture dans le Trégor, je ne t'apprends rien. Par contre, j'ai mis le nez dans les dossiers, à la chambre. Ce que prépare Salaun est une véritable apothéose. Quel âge peut-il avoir ? Près de soixante-dix, non ? Il veut terminer là-dessus. Son arc de triomphe, sa grande pyramide... Un gigantesque complexe d'élevage, d'abattage et de transformation. En face de chez toi, Anna. Voilà pourquoi tu dois entrer dans le conseil municipal.

— Il est tenu par la droite depuis je ne sais quand. La dernière guerre, probablement.

— Peu importe que tu sois dans l'opposition ou dans la majorité. L'essentiel est d'y entrer. Ceci dit, les socialistes vont être obligés de constituer une liste plurielle, pour employer un mot à la mode. S'il veulent avoir une chance de gagner, il leur faudra recruter des gens comme toi. Je t'expliquerai la marche à suivre.

— Tu me donnes l'impression de conspirer.

— A quinze ans, je voulais m'engager dans le FLB. Une Bretagne indépendante ! Et puis poser des bombes, c'est tellement romantique, quand on est jeune et con. Après, j'ai fréquenté des communistes et des groupuscules d'extrême gauche. Ils m'ont appris la dialectique. A creuser des fondations avant de monter les briques. Ils m'ont enseigné la patience. Tu t'en es aperçue, tous mes actes sont calculés. Oui, je conspire, et alors ?

— Tout cela est tellement éloigné de ce que j'étais... De ce que je suis toujours.

— On devient ce qu'on était en naissant, Anna.

— Toi sûrement, mais moi ?... Je n'étais rien à la naissance. Une fille de la DDASS.

— Dotée du plus précieux des gènes : celui du désir de pureté.

Anna releva vivement les yeux et sans réfléchir répliqua sur le ton de la plaisanterie :

— J'ai parfois des pensées impures, tu sais.

Une fraction de seconde, Guillaume demeura interloqué. Puis il décida d'ignorer cette repartie.

— La sincérité se lit sur ton visage, Anna. Et c'est ça qui plaît, aujourd'hui. Les électeurs en ont marre de la langue de bois des politiciens professionnels. A un kilomètre des urnes, ils les reniflent et se pincent le nez.

La nuit était tombée. Leurs profils se reflétaient dans la vitre. Guillaume détendit ses jambes et rencontra celles d'Anna, qu'elle retira.

— Pardon ! dirent-ils en même temps.

A l'horizon, des projecteurs éclairaient un grand silo.

— Je n'avais même pas remarqué qu'on avait dépassé Lorient, dit Guillaume.

Il se retourna. « Plus personne... » Il se

redressa, croisa les mains et se pencha sur la tablette qui les séparait.

— Puisque nous sommes seuls dans ce grand confessionnal roulant... Alors, ma fille, comme ça vous avez des pensées impures ?

Les émissions de radio et de télévision, Paris, les grands restaurants et les brasseries — ils avaient dîné un soir chez *Lipp* avec des journalistes —, les deux verres de vin, le voyage en train, tout cela fit que le verrou des inhibitions d'Anna sauta d'un coup. Elle sut que c'était le moment ou jamais.

— Guillaume, j'ai envie que tu me fasses un gosse.

— De façon impure ?

— Je ne plaisante pas. Un gosse. Le plus naturellement du monde.

— La requête est extraordinaire mais le langage direct. Pourquoi moi ?

— Pourquoi pas ?

— Attends un peu... Qu'est-ce que je devrais répondrc si jc tc prenais au sérieux ? Que je suis marié, que j'aime ma femme...

— Que tu ne l'as jamais trompée...

— Pas vraiment, non... Que j'ai trois gosses et aucune envie de balancer une grenade dans mon foyer.

— Je ne te demanderai rien d'autre. Juste... procréer. Un gosse qui sera déclaré à mon nom. Pas de nom de père, ni d'obligations, quelles qu'elles soient.

— Un bon plan. Le rêve de tous les hommes, baiser dans l'impunité. Polygamie. Ou simple bigamie. Pas si mal, déjà. Avoir une maîtresse qui vous aime et vous comprend, et comprend que vous aimez votre femme.

— Je ne serai pas ta maîtresse. Je t'aime bien, mais je ne t'aime pas.

— Moi aussi. Et moi non plus.

— Alors, tu vois ?

— Admettons. Pourquoi n'en avoir pas parlé hier ou avant-hier ? On aurait fait chambre commune, à l'hôtel.

— Je n'aime pas les chambres d'hôtel.

— On a réussi à éviter ça, nous deux, ces complications de la séduction. Pourtant, on en a passé des heures et des heures ensemble. N'empêche que... Enfin, une idée d'homme, de mâle vaniteux... Bon, autant te le dire, quand on revenait de toutes ces réunions, en voiture, j'ai cru sentir, certains soirs, que tu n'attendais qu'un geste de ma part. On a une fâcheuse tendance à se croire désirés, non ?

— J'y pense depuis longtemps.

— Si tu veux un gosse et pas d'homme, pourquoi ne pas...

— Me faire inséminer ? Comme une vache folle ? Méfions-nous des OGM !

— Allons, Anna, comment peux-tu plaisanter sur un sujet aussi sérieux ? Faire un gosse, ce n'est pas rien.

— C'est pour éviter la tentation des sentiments.

— Bien joué, dans ce cas.

— La tentation des sentiments, de ta part ! De mon côté, il n'y en a pas. Aucune tentation. Pas la moindre.

— Tu es sans pitié. Un peu vexant.

— Tu éprouveras des sentiments quand tu viendras à Menez Glaz, voir ton fils, ou ta fille... Toi qui aimes la manipulation, ça ne te plairait pas de jouer au jeu de la filiation secrète ? Je suis sûre que si. Parce que ça a un côté romantique et qu'au fond tu es un poète qui se force à vouloir adapter la réalité à ses désirs.

— Belle argumentation ! Il y a de la dialectique, là-dedans ! Tu me combles, Anna. J'ai misé sur le bon cheval. Le professeur est fier de son élève. Mais permets-moi de te suggérer un autre argument... A supposer que... tu sois enceinte jusqu'aux yeux à l'époque de la campagne des municipales, ce serait formidable ! Un sacré bon plan ! Rien n'inspire plus de respect et de tendresse qu'une femme enceinte.

— Sauf quand elle est enceinte de personne. Dans ce cas, on la traite de putain.

— Ou de femme libérée. Qui fera parler d'elle. Une idée forte. Finalement, cette décision à prendre sur... l'union que tu me proposes est d'ordre politique. Je réunirai le bureau, on en discutera.

— Ce serait si pénible que ça de me fabriquer ce gosse ?

— Il y a sûrement des corvées plus pénibles que celle-là.

Le train arrivait à Quimper. Il franchit les aiguillages de l'Eau-Blanche et s'engouffra à vive allure entre des rues éclairées : la zone industrielle de l'Hippodrome, l'impasse de l'Odet, l'avenue de la Libération. Anna se dit que le train n'allait jamais s'arrêter. Qu'il allait se fracasser contre la butée, ou continuer vers Brest et franchir la

Manche, d'un bond, comme dans un conte fantastique. Pensée stupide, image suscitée par une autre pensée qu'elle ne jugea pas moins stupide : en parlant à Guillaume de son désir de maternité, en forçant le destin, elle était montée à bord d'un wagon qui filait seul sur son erre, vers un embrouillamini d'aiguillages plongés dans l'obscurité. La rame freina sèchement et s'immobilisa. Anna fut soulagée. Elle aussi pouvait freiner, et reculer. Les portes automatiques s'ouvrirent dans un chuintement pneumatique. Ils sortirent par la gare de marchandises. Ils avaient laissé leurs voitures au-dessus du quartier de la gare, hors zone bleue, près de l'église Sainte-Thérèse. Ils s'embrassèrent sur la joue.

— Je te dirai quand, dit Anna. La meilleure période. Dans une quinzaine de jours.

— Je n'ai pas dit oui.

— Tu n'as pas dit non.

— Demain tu auras oublié. Cette idée de gosse, c'était peut-être à cause du train.

— Du train ?

— Il m'arrive de lire autre chose que des essais... A en croire certains bouquins, les femmes seraient très sensibles aux voyages en train. Le roulis, les à-coups réguliers à la jointure des rails, les tunnels dans lesquels la locomotive s'enfonce. L'érotisme ferroviaire, dit-on.

Anna prit Guillaume par surprise : elle pressa ses lèvres contre les siennes, sans les ouvrir.

— Ne t'inquiète pas, entre nous il n'y aura pas d'érotisme.

Guillaume voulut reprendre ses lèvres. Elle tourna la tête.

— Pas d'érotisme, dit-elle. Et je te promets que je ne prendrai aucun plaisir.

Elle ouvrit la portière de son break Nevada, jeta son sac sur le siège passager et s'assit au volant.

— Il ne faut jurer de rien, dit Guillaume en claquant la portière.

La Renault démarra en direction de la voie express Quimper-Brest. Le break Volvo de Guillaume se dirigea vers le centre-ville.

Il était minuit et demi lorsque Anna arriva à Menez Glaz. Gwenola n'était pas couchée. Elle regardait la télé.

— Tad dort ? demanda Anna.

— Comme un bébé.

— Tout s'est bien passé ?

— Pas de problème. Sauf que j'ai surpris tata Margrite à fouiller dans la chambre de Tad.

Anna fit un geste fataliste.

— Qu'est-ce qu'elle espère trouver ? Un trésor ?

— J'espère qu'elle n'a pas fouiné dans ma chambre.

— Tu as quelque chose à cacher ?

— Non, mais quand même !

— Pas de coups de fil ?

— Comment tu sais ? Tu as deviné ?

— Deviné quoi ?

— Tonton Ronan a appelé.

— Il ne vient plus à Noël ?

— Pas du tout. Il a confirmé. Il voulait juste te parler. Il a eu l'air vachement déçu que tu ne sois pas là.

— Il rappellera ?

— Ben non. Pas demain la veille. Il partait dans le bush. J'ai regardé la carte d'Australie.

— Félicitations.

— Te fous pas de moi. Mon bouquin de géo, je l'ouvre de temps en temps. L'Australie, c'est un grand désert avec un peu de verdure autour.

— Comme le cœur humain, alors ?

— Qu'est-ce que tu racontes ? Tu déprimes ?

— Au contraire. Bon, et si on allait se coucher ? Tu te rappelles ce que disait Tad, au lieu de dire on travaille demain ?

— Ouais. Y a école demain.

## 22

Fréquenter l'école buissonnière, en breton *skol al louarn*, l'école du renard, fouler la menthe sauvage le long des ruisseaux, se cacher au creux d'une garenne moussue, resurgir dans un champ d'avoine ensoleillé soudain comme un coup de clairon, sonner la charge en tapant du bâton sur un couvercle de lessiveuse et rire aux éclats d'avoir mis en déroute un troupeau de génisses affolées. Cette jeunesse avait été celle de Tad, elle ne serait pas celle du garçon qu'Anna aurait, si elle avait un garçon.

Ce garçon ne serait pas de la campagne. Le temps qu'il grandisse, la ville aurait encerclé Menez Glaz. Et puis, les gamins, filles ou garçons, ne portaient plus de culottes courtes, ne s'égratignaient plus les genoux dans les ronciers, ne dénichaient plus les merles dans les haies d'aubépine. En plus de la Mobylette, Gwenola réclamait un ordinateur, pour son brevet et son passage en seconde, de façon à pouvoir correspondre par e-mails avec Ronan, persuadée qu'un grand voyageur comme lui, qu'elle imaginait en explorateur de bande dessinée, était bardé d'électronique, relié à un tas de satellites, qu'il soit au sommet d'une montagne ou au fin fond d'une mine de diamant.

Anna se sentait parfois larguée. Momifiée à trente-cinq ans ? Non, puisqu'elle voulait changer le monde. Mais ce monde n'était pas celui de Gwenola. Alors, il fallait croire qu'il y avait plusieurs mondes, qui cohabitaient cahin-caha. Lequel gagnerait ? L'univers des *alter ego* de Tad, ces chroniqueurs méticuleux de leur quotidien, ces peintres naïfs de leurs propres sentiments, capables de méditer sur l'envergure d'une feuille de peuplier comme de s'extasier sur la malignité des fourmis qui habitent derrière l'évier, apparaissent quand le menu leur plaît — une pomme mûre oubliée dans un saladier — et disparaissent quand on les prévient à haute voix que si par malheur elles s'attaquent au pot de miel on les chassera ? Ou bien le magma d'images virtuelles appelant la virtualité des émotions ? Anna ne se posait pas vraiment la question. Elle s'en fichait. Elle avait choisi son camp comme elle avait choisi le lieu où elle recevrait plus qu'on ne lui prendrait, à cause des vieilles pierres et de la proximité de l'Aulne.

Elle avait fixé rendez-vous à Guillaume sur le placître de la chapelle de Kerluhan, à trois heures de l'après-midi, une heure, justement — elle y repensa —, d'écoliers dissipés, de temps volé aux habitudes et aux obligations. Ils feraient l'amour en plein soleil. En pleine connaissance de cause ? Elle sourit : de conséquence, plutôt. Elle ne se donnerait pas debout — pour le résultat qu'elle recherchait ce n'était pas recommandé —, mais cependant, en pensée, elle s'adosserait à ces pierres vieilles de quatre siècles, manière d'ancrer cette folie qu'elle allait commettre dans la sécurité du passé ; et sans doute l'idée de la présence de Dieu n'était-elle pas étrangère à son choix, non plus que celle de l'Aulne, au mitan de la vallée que la chapelle dominait, du haut de sa colline.

Anna aimait ce fleuve. Elle était née non loin de sa source, elle ferait un enfant là où on entend le chant des chutes, aux écluses de Prat Hir et de Pennarpont qui barrent les méandres du cours d'eau ici canalisé. Les lourdes pluies du mois de mai avaient rafraîchi le fleuve et déclenché la remontée des saumons d'été vers les frayères.

Certes, ce n'étaient que des saumons issus du repeuplement dans les ruisseaux de Plonevez-du-Faou, de Landeleau et de Cleden-Poher, mais, tacons descendus dans l'Atlantique, ils avaient traversé deux fois l'océan et revenaient de Terre-Neuve sous la robe de castillons argentés, pour se reproduire dans leur berceau, poissons magiques qui jamais ne se trompaient de cours d'eau. Au pied des chutes, dans les coulées de bulles et les bouillonnements couleur ardoise, ils prenaient leur élan et soudain s'élançaient à la verticale à travers la paroi liquide.

Certains, à peine parvenus au milieu de l'obstacle, descendaient de nouveau, bien droits, dans les remous ; d'autres, ayant presque franchi l'obstacle, étaient catapultés par la puissance du courant, là où le fleuve s'arrondit sur le mur du barrage, et retombaient de travers, en gigotant. Il leur fallait apprendre à se glisser sous le dévers, à se coller à la pierre, et là, dans cette position indécise, entre échec et réussite, à frétiller de la nageoire caudale pour entrer dans l'eau calme, tracer une onde qu'on imaginait joyeuse — on aurait dit qu'ils s'ébrouaient — et se reposer sous les branches basses d'un tremble avant de remonter vers un autre barrage. Juin, juillet, août, septembre...

Anna comptait et recomptait les mois. A Noël elle serait enceinte de sept mois. Si Guillaume... Si son propre corps...

Elle était arrivée en avance et avait exploré les alentours de la chapelle. Excepté les pêcheurs de saumons et le paysan du coin, personne ne passait jamais par là. Malgré tout, elle s'était mise en quête d'un endroit où on ne pourrait les apercevoir de nulle part, sinon du ciel, et elle avait marché droit vers lui, comme si dans une autre vie on lui avait révélé l'existence de cet abri. Un triangle, un délaissé auquel le tracteur n'avait pas accès, formé par deux talus et un bosquet de noisetiers, sous des châtaigniers. Elle était née sur la terre, son deuxième enfant serait conçu dans un champ.

Elle étendit la couverture qu'elle avait apportée. Se vit allongée dessus. Elle posa les doigts sur l'agrafe de sa jupe. La jupe, ample et légère, éviterait les contorsions d'un jean à ôter. Leur épargnerait de la gêne. Une jupe se rabat aussi vite qu'on la soulève. Jupe troussée, roulée sur ses hanches. Jupe rabattue, serrée entre ses genoux joints. Et sa main sur son bas-ventre, tremblante, après. Elle eut chaud. Oui, malgré une brise de nordé, la compagne du beau temps, il faisait chaud.

Une voiture descendait le chemin d'accès aux écluses. Anna revint près de la chapelle. C'était la Volvo de Guillaume. Il se gara à côté de la Renault, descendit, ôta ses lunettes de soleil qu'il mit dans la poche de sa chemisette et s'approcha d'elle, les bras ballants, ne sachant que faire de ses mains. Elle glissa son bras sous le sien. Lui aussi avait la peau moite.

— Ne dis rien. S'il te plaît.

Il avait eu l'intention de plaisanter, il ne fit aucune remarque à propos de la couverture. Anna enleva sa culotte aussi pudiquement qu'elle le put et en fit une boule qu'elle garda dans sa main gauche. Elle s'assit sur la couverture.

— Anna, es-tu bien certaine de...

— Ne dis plus rien. Plus un mot, je t'en prie.

Elle s'allongea. Ouvrit les jambes.

— Viens ! Tout de suite !

C'est seulement lorsqu'il fut à genoux entre ses jambes qu'elle retroussa sa jupe. Il hésitait encore, décontenancé par l'absence de caresses, de gestes amoureux. Elle se redressa légèrement, défit sa ceinture, le déboutonna et frôla son sexe. Il était prêt. Aussi prêt qu'elle l'était, oh comme jamais elle ne l'avait jamais été, lisse, ouverte, femelle, folle, oh oui folle d'exiger d'être couverte, ivre d'espérance. Elle plia les genoux et leva son bassin pour venir à sa rencontre. Il fut en elle, d'un coup, jusqu'au fond. Elle eut comme un hoquet, qu'il prit pour l'expression du plaisir, déjà.

Ce n'était qu'un petit rire retenu provoqué par

une pensée incongrue, le souvenir de confidences de Tad au coin du feu, les soirs où il était en veine d'histoires du temps jadis, et venait de lui revenir, quoi d'étonnant ? cette histoire du curé nataliste qui passait de ferme en ferme, de penty en penty, visitait les femmes et à celles qui avaient le ventre plat demandait : « Rien de nouveau, Marie (ou Marjan, ou Thérèse, ou Guite, ou Unetelle) ? Le dernier vient d'avoir deux ans, n'est-ce pas ? » C'était à croire qu'il tenait un carnet. « Alors ? J'espère que tu dors dans le même lit que Louis (ou Jean, ou Hervé, ou Fanch, ou Untel). Oui ? Alors, pourquoi n'es-tu pas grosse ? Le Christ a besoin de soldats ! J'espère que vous ne trichez pas, vous deux ! Si c'est le cas, tu me le diras à confesse, aux Rameaux, et prends garde à toi que je ne te refuse tes Pâques ! » Et à l'évidence, dans l'obscurité du confessionnal, il entendit chuchoter maints aveux de subterfuges contraires à la volonté du Seigneur, puisque aussi bien, un dimanche des Rameaux, il tonna en chaire cette adjuration métaphorique : « A vous tous, les maris, je dis ceci : si on veut une belle récolte, on ne lésine pas sur l'engrais. Et quand on envoie l'engrais au champ, on ne le décharge pas à l'entrée. On l'envoie jusqu'au fond ! »

Anna posa son poing gauche et sa main droite sur les reins de Guillaume. Il se méprit, crut qu'elle avait renoncé à sa promesse de se priver de plaisir. Il voulut l'embrasser.

— Non ! dit-elle.

Elle secoua la tête et la tourna de côté, la joue contre la couverture, qui sentait l'herbe écrasée et la fleur de châtaignier. Les bras tendus pour la soulager de son poids, il posa son front sur sa tempe et resta ainsi sans bouger.

— Qu'est-ce que tu attends ? murmura-t-elle. Va donc !

D'une pression de ses doigts et de son poing fermé sur ses reins, elle lui ordonna de faire ce qui devait être fait. Elle resta attentive à ses mouvements, guettant l'emportement annonciateur de la fin. Il vint. Elle colla son ventre au sien. Il se répandit en elle. Il voulut se retirer très vite, elle l'en empêcha en croisant ses bras sur son dos. Il sentait son sang battre à fleur de peau, sur sa tempe. Elle sentait son sang à lui battre à fleur de peau, sur son front. Elle le libéra. Il lui tourna le dos pour se rajuster. Elle ne rabattit pas tout de suite sa jupe sur ses cuisses. Il lui sembla qu'il devait voir son ventre nu. Qu'il avait le droit de voir son ventre nu.

— Tu es belle, Anna. Tu ne te lèves pas ?

Elle fit non de la tête.

— Tu veux que je m'en aille ?

Elle fit oui de la tête.

— Ecoute, Anna, aide-moi un peu. Je me sens comme un ado, la première fois. Complètement déboussolé. On en reste là ou bien... ?

Anna rabattit sa jupe et redressa le buste, appuyée sur ses coudes.

— On a dit cinq fois. Demain, ici, à la même heure ?

Il s'agenouilla et l'embrassa sur le front.

— Tu n'as pas peur que ça devienne une habitude ?

— Va-t'en, maintenant. A demain.

Il s'en alla et elle demeura allongée, le regard perdu dans les nuages, à songer aux saumons. Dieu, pourvu que *ces saumons-là* parviennent jusqu'aux frayères, se dit-elle. Elle en attrapa le fou rire. De bonheur anticipé.

Le lendemain, le surlendemain puis le jour d'après, elle fut tout aussi passive et Guillaume ne fut pas plus exigeant. Mais le cinquième jour, *le dernier jour*, elle aurait été déçue que Guillaume se contentât de la prendre — un verbe peu approprié puisque c'était lui qui donnait et donc elle qui prenait. Elle avait admis que la corde de ses sens n'en pouvait plus d'être tendue et de le rester pendant des heures, au point qu'elle devait demeurer un peu hébétée, car Gwenola, deux soirs de rang, s'était inquiétée...

— Qu'est-ce qui t'arrive ? T'as l'air bizarre.

Anna tressaillit. On lisait donc sur son visage comme dans un miroir ? Qu'est-ce que ce serait quand elle aurait huit jours de retard, quinze jours de retard, que le test de grossesse... ? Comment réagirait Gwenola ? Elle avait éludé cette question et l'éluderait jusqu'au moment où elle ne pourrait plus cacher son état.

— Comment ça, l'air bizarre ? dit-elle d'un ton faussement détaché.

— Je sais pas, moi. T'es là et t'es pas là. Et tu piques un fard dès qu'on te parle. Regarde, t'es toute rouge.

— C'est le soleil.

— Un rêve ! Y a quelque chose qui tourne pas

rond. Tu m'inquiètes, ma petite maman, tu m'inquiètes !

— Ce serait plutôt à moi de m'inquiéter, avec tous ces garçons qui tournent autour de la maison.

— Alors là, aucun risque ! Faudrait qu'ils grandissent un peu et se fassent sérieusement relooker ! Au fait, est-ce que je t'ai dit ?

— Quoi donc ?

— Au collège, on va organiser un bal rétro, le genre américain, les filles en robes et les garçons en costume-cravate, genre sixties. T'aurais pas une robe à retoucher, de l'époque où tu dansais le twist ?

— A l'époque du twist, je n'étais pas née, ou je venais de naître.

— Ah bon ? C'est si vieux que ça ?

— Cruelle jeunesse !

Gwenola vint se faire câliner.

— Pauvre maman ! C'est pas ce que je voulais dire. Tu es jeune. D'ailleurs, mes copains ont cru au début, quand tu venais me chercher à l'école, que tu étais ma grande sœur. J'étais jalouse, je dois dire. Y avait de quoi. Ces andouilles me disaient que t'étais plus belle que moi. Pourquoi tu t'es pas remariée ?

— Parce que personne ne m'a présenté l'homme idéal.

— L'homme idéal, ça n'existe pas !

Gwenola quitta les bras de mère et regarda les cartes postales au-dessus du réfrigérateur.

— Ou bien alors il existe, mais si tu fais rien pour l'attraper, tu peux toujours courir, tu l'auras jamais.

Gwenola hocha la tête, comme si elle venait d'énoncer une vérité irréfutable.

— Bon ! On regarde tout de suite dans ton armoire ou bien on dîne d'abord ? Tu vois, ce que j'aimerais trouver, c'est une robe comme dans je sais plus quel film américain où les personnages remontent le temps. Une robe bleu pétrole, en tissu brillant, décolletée mais pas trop, parce qu'avec ce que j'ai à mettre dedans, hein ! et avec un tas de jupons dessous, genre trucs qui grattent. Pour les godasses, ça devrait aller. Mes ballerines de danse, ça devrait faire l'affaire.

Gwenola enlaça de nouveau sa mère.

— Maintenant, petite maman, dis-moi ce qui te travaille...

— Rien, je t'assure.

— Tes histoires de chambre d'agriculture, ça te gonfle, hein ?

— J'assume.

— Tout va bien, alors ?

— Tout va bien.

— Sûr ?

— A merveille.

*Le dernier jour*, se souvenant de ce mot « merveille », au vent qui souleva sa robe tandis qu'ils s'approchaient, enlacés, du coin d'herbe où ils s'étaient quatre fois, non pas aimés mais accouplés, elle adressa ce compliment hermétique : brise, merveille des merveilles... Guillaume fit glisser les bretelles de sa robe sur ses épaules, et le reste suivit. Elle fut entièrement nue, debout, sur un petit tas de coton bleu et blanc. Ils s'allongèrent, s'embrassèrent, ne s'interdirent aucune caresse. Elle lui sut gré d'avoir deviné son désir.

Elle n'eut pas besoin de le prier : « Sois mon amant, cette fois. » Il lui imposa le supplice de l'attente, jusqu'à ce qu'elle n'en puisse plus, qu'elle le chevauche et que tout cela se termine dans un cri. Elle retomba, comme morte, sur sa poitrine, qu'elle couvrit de ses cheveux. Un peu plus tard, elle glissa sur le côté et ils demeurèrent un long moment enlacés.

— On est fichus, maintenant, murmura Guillaume.

— Fichus ?

— On ne pourra plus s'en passer.

Elle se releva et commença à se rhabiller.

— Il faudra bien !

— Tu veux dire qu'après... ce qui vient de se passer, on ne... ?

— On était bien d'accord là-dessus au départ, Guillaume.

— C'était pas formidable ?

— Si. Parce que c'était la dernière fois.

— On n'est plus des gamins. On peut continuer à... à se voir, sans que ça bouleverse notre vie.

— Non.

— Mais pourquoi ?

— Ne t'accroche pas. Ne me déçois pas, Guillaume. Si tu insistais, je serais obligée de te dire des choses désagréables.

Il fut un peu piqué. Dans son orgueil de mâle, sans doute.

— Des trucs désagréables ? De quel genre ?

— Oh ! Que tu n'as pas de parole, par exemple, inventa-t-elle.

Il n'aurait pas été charitable, ni amical, de lui

avouer cette pensée inouïe qui l'avait traversée, au moment de l'éblouissement. Pensée qu'elle jouissait *contre* Ronan, c'est-à-dire *avec* Ronan.

— Tu me rassures ! dit Guillaume.

## 23

A partir des « rendez-vous de Kerluhan », euphémisme dont Anna usait à part soi pour éviter de se souvenir d'images trop vives, le temps — le temps sidéral : les heures, les jours, les semaines, les mois — se mit à se comporter de façon bizarre, dans une alternance de calmes limpides et de rapides crépitants. Les heures marquaient le pas, et, comme tombe la brume sur les pâtures au crépuscule, s'installait une lenteur soporifique qui ouatait d'indécision toutes les pensées d'Anna.

C'était la lenteur de la grossesse : à l'écoute de son corps, l'envie de paresser, et refuser de compter les jours restant à courir, et se dire : « Ils sont innombrables », et puiser une paix satinée dans ce refus du décompte inutile, et s'extasier de n'éprouver aucune anxiété.

C'était aussi la lenteur des progrès de Tad, alors que peu à peu ses borborygmes se transformaient en grommellements compréhensibles et que bientôt, à l'aide de béquilles, il put faire quelques pas tout seul, de son fauteuil roulant à son fauteuil d'osier, du lit au cabinet de toilette du rez-de-chaussée.

C'était enfin la lenteur que le nouveau mode d'exploitation avait établie à Menez Glaz, où plus rien ne pressait, où les vaches elles-mêmes semblaient prendre leur temps — écouter l'herbe pousser, songea Anna. Comme elle était loin, la fièvre des années passées ! Et comme elle paraissait dérisoire, cette obsession des rendements, à présent qu'Anna la considérait à travers sa bulle de lenteur, son temps intérieur.

Mais, tout à coup, la bulle éclatait et le temps *extérieur* la précipitait dans les trépidations qu'elle avait acceptées : se retrouver sur le devant de la scène, c'est-à-dire sur l'estrade de réunions politiques, avec l'impression d'être étrangère à elle-même, le temps de jouer un rôle de composition. Elle se prenait à penser que les affaires de la commune — les élections municipales et le grand projet de Salaun — n'étaient qu'une minable péripétie, que seuls avaient de l'importance son propre destin et l'enfant qu'elle portait. Le lendemain elle se reprochait son égoïsme. Le surlendemain elle pensait : après moi le déluge. Il lui aurait été facile de jurer ensuite qu'elle avait prévu comment tout cela se terminerait, et elle aurait été sincère, parce que, pendant la bataille, au cours de cette année où tout, enfin, allait se simplifier, et le bonheur et le malheur et la mort et la vie allaient s'équilibrer, elle n'avait entrevu aucune issue qui ne soit individuelle.

Lorsqu'on a descendu un fleuve, on ne se rappelle pas les eaux calmes. On se souvient des rapides.

Dans les toutes premières semaines qui suivirent les rendez-vous de Kerluhan, Anna s'arrangea pour éviter Guillaume. Il ne put s'empêcher de téléphoner. Gwenola fronça les sourcils à plusieurs reprises. Il y avait de quoi. Elle entendait des trucs sibyllins. Sa mère décrochait, écoutait ce qu'on lui disait et répondait de façon laconique : « Huit jours. » Puis « Quinze jours. » Puis « Oui, j'en reviens. C'est confirmé. »

Anna se fichait de l'opinion publique. Se fichait encore plus de celle de Margrite. Ne se fichait pas de celle de Tad, mais savait qu'il comprendrait. En revanche, elle redoutait la réaction de Gwenola. Elle ne pourrait pas lui cacher son état très longtemps — cacher ses rendez-vous chez le médecin, cacher le carnet de maternité, cacher les préparatifs, cacher ses achats. Elle attendait le moment propice. Un soir, alors qu'elle avait depuis quelques jours l'impression que sa taille s'arrondissait, Gwenola lui dit :

— T'as pas un peu grossi, maman ?

Elle lui répondit :

— Gwenola, j'espère que... Voilà, il faut que je te dise : je suis enceinte de trois mois.

La réponse de Gwenola fut des plus inattendues.

— Tonton Ronan est revenu ?

— Ronan ? Pourquoi dis-tu ça ?

— Euh, ben, c'est idiot, mais je sais pas, c'est le premier truc qui m'est passé par la tête.

— Alors, c'est tout l'effet que ça te fait ?

— Minute, faut que je récupère !... Faut que ça fasse son chemin, là-dedans... Bon, pas la peine de se creuser la cervelle, le père, c'est Guillaume, hein ?

— Pas du tout, dit Anna.

Elle inventa une histoire romanesque. A Paris, avec un bel homme marié, un haut fonctionnaire. Dîner aux chandelles, champagne, hôtel de charme.

— C'était lui, au téléphone, quand tu répondais huit jours, quinze jours ?...

— Oui. On a décidé de ne plus jamais se revoir.

— Enfin, maman, une nuit d'amour et puis crac-crac, enceinte ? Comme une gamine ! J'aime autant te dire que c'est pas à moi que ça arrivera. D'ailleurs, faudra qu'on parle de ça, un de ces jours. J'ai des copines qui prennent la pilule.

— Ne te presse pas.

— C'était juste pour dire... Maman ! Là, vraiment, tu m'as eue ! Enceinte !

— Au fond de moi, je le désirais. Alors tu ne m'en veux pas ?

— Tu me prends pour qui ? D'abord, t'es libre. Ensuite, c'est super sympa. T'as demandé si c'est une fille ou un garçon ?

— Qu'est-ce que tu en penses ? C'est mieux de savoir ou pas ?

— Personnellement, je préfère le suspense. Mais un petit frère ce serait pas mal. Remarque une petite sœur ce serait pas mal non plus. On verra bien. Tata Margrite est au courant ?

— Pas encore.

— Oh là là ! Elle va se dessécher sur pied, à essayer de savoir qui est le père.

— Ça l'occupera.

— Et Ronan ? Qu'est-ce qu'il va en penser ?

— Son opinion compte beaucoup ?

— Ecoute, maman, je vais te dire un truc que je t'ai jamais dit. J'ai aucun souvenir de papa. J'étais trop petite quand il est mort. Alors, tu vois, c'est tonton Ronan que j'aurais voulu comme père. Et je t'avoue que je comprenais pas pourquoi tu te remariais pas avec lui.

Le regard de Gwenola se perdit dans la contemplation des cartes postales.

— Tu m'aideras à trouver un prénom ? lui demanda Anna.

— Si c'est un garçon, pas la peine de s'user les yeux sur le calendrier : faudra que ce soit Ronan.

— Bon, en résumé, on peut convenir qu'on est heureuses, toutes les deux, de ce qui m'arrive ?

— Pas de problème, maman, ça roule !

— Tu as terriblement grandi, et je ne m'en étais même pas aperçue.

— Ça, tu me l'as déjà dit !... Je suis en train de penser à un autre truc. L'histoire recommence, dis donc. T'as jamais connu ton père, moi c'est tout comme, et voilà un gosse qui ne connaîtra jamais le sien. C'est un sort qu'on nous a jeté ou quoi ?

Que répondre à cela ? Qu'à quelque chose malheur est bon ? Que le mauvais sort décoche des flèches dont le bois bourgeonne et fleurit soudain pour se transformer, sinon en bonheur, du moins en quelque chose qui y ressemble ? Anna se tut, attristée soudain de ne pas pouvoir partager avec sa fille, qui venait de se livrer en toute franchise, la quête de l'identité de son propre père. Plus tard, quand elle aurait atteint son but, lui dirait-elle ?

Dans les yeux de Tad, Anna voyait grandir de jour en jour le désir qu'elle lui parle de Maria. Elle tardait, il respectait son silence. Ils ne jouaient pas au chat et à la souris. Il caressait l'attente avec le soin qu'il mettait, autrefois, à peler une pomme de son verger ; elle voulait qu'il lui pose d'abord la question, à propos de son ventre rond, et il fallut donc qu'il s'arrondisse.

L'automne venait de débuter, les bogues étaient bien visibles dans les châtaigniers et à cause de la fraîcheur des nuits les fougères roussissaient le long des talus.

Anna était occupée à préparer un far. De son fauteuil roulant, Tad la regardait faire. Elle mit le plat rectangulaire au four, jeta les coquilles d'œufs à la poubelle, mit des bûches dans le foyer de la cuisinière et prit le torchon pendu à la poignée du cendrier. Il y avait de la farine sur la table. Elle passa un coup d'éponge humide sur la toile cirée, puis le torchon sec, durci par la chaleur de la cuisinière. Tad se racla la gorge. Anna s'immobilisa et releva la tête.

— Oui, Tad ?

Il prononça une phrase, dans son parler à lui, sabir de syllabes articulées et de syllabes avalées, en fronçant tout son visage, sous l'effort et l'irritation de ne plus pouvoir parler normalement, en tordant la bouche, sa bouche aux lèvres ramassées à l'intérieur, car il ne supportait plus son dentier.

— *Traou nevez* avec toi, on dirait, ma fille, traduisit Anna.

Il y a *traou nevez* — une chose nouvelle — avec Unetelle, c'était l'expression bretonne, l'euphémisme en usage pour dire qu'elle était grosse.

— Comme vous avez vu depuis un moment je crois, Tad.

— Je connais le père ?

— Non, Tad. C'est l'enfant du Saint-Esprit.

Tad essaya de rire. Il gloussa. Dans le buffet, Anna prit le bol marqué à son nom et le posa devant lui.

— Maria me l'a donné.

Tad eut un haut-le-corps et sa bouche murmura ce qu'autrefois il clamait gaiement : « Hapala ! » Hapala ! aux gosses qui venaient de faire une bêtise. Hapala ! aux poussins qui venaient de naître sous la poule noire. Hapala ! au cidre qui coulait du pressoir. Hapala ! en prenant un valet sur la table, et alors partenaire et adversaires savaient qu'avec celui-là ça en faisait quatre et une annonce de deux cents points.

— Elle m'a parlé, mais au fond elle ne m'a rien dit.

Tad plissa les lèvres.

— Gwenola est allée au cinéma avec une amie, nous sommes tranquilles. Nous avons tout notre temps, pendant que le far cuit. Ce soir vous allez me dire qui est mon père. Je sais que ça ne peut pas être vous, car vous ne m'auriez pas laissée épouser mon demi-frère. Ce soir vous allez me dire pourquoi vous en êtes certain. Vous allez me dire lequel des deux autres est mon père.

Tad leva les deux mains et les laissa retomber sur les accoudoirs, son geste habituel, désormais, pour signifier son impuissance. Le bol semblait l'hypnotiser. Qu'aurait-il dit, s'il avait eu la parole aisée, comme autrefois ? « Tu étais une petite fille magnifique, Anna. Plusieurs fois je suis allé voir Maria et je t'ai vue boire ton lait dans ce bol. »

Tad serrait les mâchoires, en colère contre son infirmité, et les desserrait pour prononcer un mot, deux mots, rarement trois de rang. La confidence était difficile, pour un homme : il jura à Anna qu'il n'était jamais allé avec sa mère, voilà pourquoi il était sûr de son fait. Salaun, qui n'avait honte de rien, passait le premier et poussait son compagnon dans le dos, et lui ordonnait : « Vas-y, va tremper ton biscuit... » Tad s'allongeait à côté de la pauvre fille, le temps qu'il fallait — parfois pas assez, car Salaun remarquait : « T'es un rapide, toi ! » — et faisait semblant de se reboutonner.

— Mais lequel des deux ? insista Anna.

— *L'aotrou*.

— Le châtelain ? Vous êtes sûr ?

Il hocha la tête. Elle se jeta à ses pieds, posa sa joue sur ses genoux.

— Oh Tad, je vous crois, je vous crois, je vous crois... Mais vous pourriez vous tromper. Vous avez la preuve de ce que vous affirmez ?

Il hocha la tête.

— A ma mort, dit-il.

— Quoi, à votre mort, Tad ?

— Tu l'auras.

— Mais pourquoi à votre mort ?

Il leva les mains et les laissa retomber sur les accoudoirs.

— A ma mort. Ça a été prévu comme ça et ça le restera.

— Vous voulez donc que j'aie hâte qu'on vous enterre ?

Il arrachait les mots à sa gorge et Anna cousait les phrases.

— Quand je serai mort, personne ne pourra plus rien me reprocher. Demande à Margrite, elle a volé la clé du coffre.

— De quel coffre ?

Et Anna pensa : « Ah, c'est donc ça qu'elle a trouvé en fouinant à l'étage ! »

— Un coffre, à la banque de Quimper, où tu m'amenais. Elle m'a montré la clé. Elle n'arrête pas de m'interroger quand tu n'es pas là. Maintenant, ne me parle plus jamais de ça. Dis-moi plutôt quand je serai grand-père.

Anna n'eut pas à chercher les mots qu'il fallait pour interroger Margrite à propos de cette clé sans l'accuser de l'avoir volée. A quelques jours de là, sa belle-sœur fit irruption à Menez Glaz, survoltée, les yeux hors de la tête, rouge jusqu'à la racine des cheveux.

— J'en ai marre ! lança-t-elle. J'en ai marre, mais marre !

De quoi ? Une nouvelle chute du chiffre d'affaires de Thomas ? De nouvelles déceptions du côté de ses gosses ? Anna ne le lui demanda pas.

— Et toi, ça t'amuse de compliquer les choses ? Un héritier de plus, maintenant ? Je me demande bien pourquoi j'en doutais. Ça crève les yeux que tu es enceinte ! De qui ?

— Du Saint-Esprit, tu penses bien.

— Fiche-toi de moi, en plus ! Et l'autre à côté qui veut pas me dire ce qu'il y a dedans !

— Dans le coffre ?

— Ah parce qu'il t'a mise au courant ? T'es au courant de tout, toi !

Elle fouilla nerveusement dans son sac, jeta la clé du coffre sur la table.

— Tad m'a dit que ce coffre serait ouvert après sa mort.

— Et qu'est-ce qu'il y a dedans, hein ?

— Je n'en sais rien.

— Imagine qu'il y ait de l'argent, hein ? Après sa mort, on sera obligé de payer des impôts dessus. Pourquoi il ne nous le donne pas maintenant ?

— Il ne veut plus que tu lui en parles.

— Tu as l'air bien décontractée, toi ! Tu sais ce qu'il y a dans ce coffre, hein ?

— Rien de grande valeur, probablement. Reprends la clé, garde-la. On ira ensemble avec le notaire, le moment venu. Espérons que ce sera le plus tard possible.

Margrite éclata en sanglots, répéta « J'en ai marre » et s'épancha. Anna ne s'était pas trompée : le fils avait été exclu du lycée technique et, honte des hontes, les Dagorn avaient reçu une lettre du Crédit rural (« La banque où j'ai travaillé pendant plus de trente ans, PLUS DE TRENTE ANS, TU TE RENDS COMPTE ! ») leur enjoignant de couvrir le découvert sur le compte du cabinet d'assurances. « Ah, mes anciennes collègues ont bien dû se marrer. »

Margrite essuya ses larmes, dit : « Les salopes », puis soudain, l'air finaud, ajouta :

— Alors, c'est vrai, tu attends un petit ? Le gosse de personne, alors ? Une lignée, dis-moi, de mère en fille, chez vous.

— Ronan vient à Noël, dit Anna.

— Que veux-tu que ça me foute ? Au fait, ce serait pas lui le père, par hasard ?

— Ni par hasard, ni par lettre, ni par téléphone, ni par Internet. Le progrès ne va pas jusque-là. Pas encore.

— Tu es vraiment une fille bizarre, Anna. On a l'impression que tu es claire comme du cristal, et, en même temps, impossible de savoir ce que tu penses.

— Je suis une femme qui essaie de vivre sa vie, un point c'est tout.

— Bon, t'aimerais bien me voir ailleurs, hein ?

— Disons que j'ai un tas de choses à faire.

— Pourquoi je suis venue, au fait ?

— Pour râler.

— C'est vrai. Excuse-moi. Je ne suis pas si méchante que j'en ai l'air, tu sais.

— Je le sais bien.

— Tu nous diras qui cst le père ?

— Jamais.

# 24

Candidate aux élections municipales, Anna dut apprendre à déchiffrer les arcanes de sa commune. Elle n'en connaissait à vrai dire que le visage rural. Or, à Plouralez, les agriculteurs n'étaient plus qu'une minorité, bien qu'ils occupassent la majeure partie du territoire. Géographie trompeuse : les deux tiers de la population résidaient dans les lotissements. Ces isthmes en formation allaient en s'élargissant et finiraient par relier la ville à la campagne. Y vivait une population jeune, *a priori* de gauche, ce qui laissait accroire au parti socialiste que la mairie était facilement « prenable ».

A l'approche des élections, deux blocs s'agrégèrent autour d'opinions et d'intérêts divers — personnels et collectifs — qui s'intitulèrent « droite » et « gauche », par simplification. A droite : un vieux maire et des adjoints de centre droit, des agriculteurs honnêtes et bonasses, faisant de la politique moins pour changer la société que pour perpétuer des lignées de conseillers municipaux et en tirer une dérisoire fierté. Des gens dépassés, qui déléguaient au secrétaire de mairie et aux services techniques le soin de s'accommoder de la complexité des lois, depuis belle lurette au-dessus de leur entendement.

A gauche, la situation était plus complexe. Autour d'un noyau socialiste constitué de militants formés aux universités d'été du parti, une mosaïque hétéroclite : un tissu de sympathisants, deux communistes, ainsi que, emmenés par Guillaume, quelques partisans d'une « autre gauche » associés à des écologistes de diverses obédiences.

Il y avait des deux côtés des gens sincères, d'autres qui l'étaient moins, et on se serait épuisé à essayer de lire en eux. Heureusement, la révélation publique du projet de Salaun réduisit ces deux listes à la plus simple expression d'opinions radicalement opposées sur un sujet unique : à droite, la liste pour Salaun, à gauche, la liste contre. Anna respira : enfin, on touchait au but.

C'était donc cela, la politique ? Comme une actrice tourne des scènes sans avoir connaissance du scénario, Anna récitait les répliques qu'on attendait d'elle. C'est dans l'insouciance qu'elle avait consenti à la construction de son « image » : celle d'une agricultrice responsable, revenue de ses erreurs, et de surcroît « libérée », incarnant la femme moderne aussi bien que l'égérie d'une nouvelle écologie, et à tous ces titres susceptible *d'interpeller* les électrices et de *fédérer* dans l'urne un tas d'opinions masculines et féminines. Guillaume ne manquait pas de vocabulaire aux consonances de slogans quand il s'agissait de « vendre » le but qu'il poursuivait.

Anna fut placée en haut de la liste, à la deuxième place, juste derrière la tête de liste, un nommé Goascoz, autre personnage ô combien *fédérateur*. Agé d'une cinquantaine d'années, ce fils, petit-fils et arrière-petit-fils de cultivateurs de Plouralez parlait breton, allait à la messe, présidait l'amicale laïque et avait longtemps été le buteur des Ecureuils grisonnants, l'équipe de football des vétérans. Riche de ses profondes racines paysannes, il se targuait d'avoir réussi sa vie : bac sciences ex en poche, ce qui n'était pas rien à l'époque de ses dix-huit ans, où les gosses doués et boursiers devaient subir sept années d'internat au lycée de Quimper, il était entré dans l'administration.

On le disait « haut placé » à l'Equipement. Sur la profession de foi de la liste plurielle on lisait qu'il était « ingénieur », un titre probablement usurpé, comme l'était celui de « directeur du marketing » pour un voyageur de commerce en produits détergents. Ce besoin de se pousser du col amusa Anna, cependant que ce Goascoz ne lui inspirait aucune sympathie. Certes, d'un aïeul, espèce de frère jumeau de Tad, il avait hérité ce regard de Salomon, cet air de juger avant de parler. Mais d'un père plus maquignon que cultivateur, qui avait fait son beurre sur le travail des autres en servant d'intermédiaire entre les bouchers et les éleveurs, il avait gardé, quand il ne s'astreignait pas à sourire comme un ministre en représentation embrasse le cul des vaches, l'air chafouin d'un confesseur libidineux. Pas fiable. Guillaume le confirma.

— Goascoz est un tordu, il faudra s'en méfier.

Ceci dit, il a bloqué le dossier de Salaun à l'Equipement pour qu'il ne passe pas au conseil municipal avant les élections. Autrement, tu parles, les potiches actuelles l'auraient voté à deux mains, en rotant la gueule ouverte à la sortie du gueuleton que Salaun leur aurait payé.

Dans l'action, Guillaume se délestait de son élégance. A défaut de la barbe et du catogan des seventies, il arborait la pilosité du verbe. Une manière de se poser en militant. « Personne n'est jamais vraiment soi-même dans ce monde de faux-semblants », se dit Anna, qui compléta ainsi sa pensée : « Comme moi, d'ailleurs », lorsqu'elle fut au pied du mur.

En l'occurrence les murs de la salle de spectacle de la Maison pour Tous où Salaun avait été autorisé, par ses amis du conseil municipal sortant, à exposer son projet à ses concitoyens, de façon à couper l'herbe sous les pieds de Guillaume et consorts, qui se préparaient déjà à crier haro sur l'enquête d'utilité publique. Personne ne pourrait se plaindre qu'elle avait été ouverte et close par un entrefilet dans la presse locale, à la page des annonces légales que le commun des mortels ne lit pas. Dans le même ordre d'idées, Salaun avait créé la surprise en annonçant qu'il ne se présenterait pas aux municipales sur la liste de droite. Personne ne pourrait l'accuser de mélanger la politique et l'économie.

Bon prince, le président du lobby porcin avait invité ses adversaires au vernissage de l'exposition organisée par une agence nantaise de communication. Sur quarante mètres de linéaires, de luxueux visuels : description du procédé de traitement du lisier (dessiccation et compactage), plans de la *nursery*, plans des nourrisseries, plans des abattoirs, plans de la station d'épuration, coupes, projections informatiques de l'intégration des bâtiments dans le site, tableaux chiffrés des retombées économiques et des créations d'emplois, bref, tout le long de cette exposition, un parcours du Tendre de la truie nourricière et du porc charcutier, sans oublier la pluie d'or que vingt mille cochons, lorsque le complexe atteindrait son rythme de croisière, déverseraient sur la commune, *via* le nouvel échangeur et la zone industrielle qu'il entraînerait dans son sillage.

Anna avait reçu un carton. Salaun accueillait personnellement ses invités à l'entrée. Anna lui tendit la main, il l'embrassa sur les deux joues. Elle ne put s'empêcher d'éprouver une curieuse émotion, où se mêlaient la répulsion pure et simple et le désir raffiné de le gifler de mots — « J'ai rencontré Maria Kermanac'h, espèce de salaud ! » Mais depuis la révélation de Tad elle voyait clair en elle : rien, aucun mot, aucun geste, aucune manifestation d'attirance morbide ni de haine excessive ne devait permettre à Salaun de croire, et de montrer, qu'ils avaient quelque chose en commun. Il ne saurait pas qu'elle savait qu'il s'imaginait être son père.

— Ça me fait plaisir que tu sois venue, Anna.

— Vous savez dans quel but. Comme on va au cinéma, voir un film d'horreur.

Salaun opina de la tête.

— Chacun est libre de penser ce qu'il veut.

— C'est vous qui dites ça ?

— J'ai changé, Anna. Je suis devenu raisonnable.

Il avait changé, en effet. Un peu tassé sur lui-même. La voix plus basse, presque douce. La paupière plus lourde et dans l'œil comme une envie de se reposer. Une part de lui-même était devenue vulnérable. Il prit deux coupes de champagne sur un plateau et entraîna Anna à l'écart du buffet.

— Raisonnable ? Sortir ce projet démentiel à une époque où on ne parle que d'eau polluée, de vache folle, de mal-bouffe et d'OGM ?

— Est-ce qu'on reproche à un magnat de la presse de bousiller les forêts ? Je ne me bats plus avec mes poings, Anna, je me bats à coups d'arguments. Les miens sont là, exposés. Ils représentent l'avenir. Cet élevage ne polluera pas plus que ne polluait un seul cochon dans sa soue, dans le temps.

— Le pire, c'est que vous avez l'air d'y croire.

— Tu es au courant que j'ai un partenaire hollandais et qu'on sera à cinquante-cinquante si l'affaire se monte ? Il sait ce qu'il fait.

— Bien pour ça que les Hollandais viennent chez nous, parce qu'ils n'ont plus de place chez eux. Que la population les met à la porte.

— Je te le présenterai, si tu veux. Il répondra à toutes tes questions. Tiens, à propos de question...

Salaun regarda le ventre d'Anna.

— Je connais l'heureux élu ?

— Les donneurs gardent l'anonymat.

Salaun esquissa une moue de scepticisme. Anna craignit une repartie graveleuse. Elle aurait gâché le respect réciproque qui semblait s'être installé entre eux.

— Un donneur ? Une belle fille comme toi ?... Anna...

Il grimaça, comme sous le coup d'une douleur intérieure.

— Anna...

Il parut reculer au fin fond de lui-même. Elle pressentit qu'il voulait lui parler de Maria, de sa mère.

— Oui ? l'encouragea-t-elle, avec un frémissement dans la voix.

Il se déroba à la dernière seconde.

— Comment va Loeiz ?

— Tad ? Comme quelqu'un qui se remet d'une attaque cérébrale. Et Madeleine ?

— Un fantôme. Je vis dans une maison hantée, Anna. C'est dur, très dur.

Il jeta un coup d'œil à droite et à gauche, pardessus l'épaule d'Anna.

— Il y a trop de monde, ici, murmura-t-il.

Puis il dit très vite, comme on se jette à l'eau :

— Anna, je ne suis plus le même. Je m'en fous presque, que le prochain conseil municipal vote ou ne vote pas pour moi. Je serai allé jusqu'au bout de moi-même, de toute façon. Par contre, j'ai une chose sur le cœur depuis... depuis l'auberge. Il faut que tu m'écoutes. Sortons une minute.

Anna hésita. Tous les regards convergeaient vers eux. L'alliance du bien et du mal. Quelle rumeur en naîtrait ?

— Viens par là, dit Salaun.

Il ouvrit une porte qui donnait sur l'office de

la salle. Une cuisine, à l'usage des associations, lors des soirées festives.

— Je t'écoute, dit Anna.

Elle se reprit :

— Je vous écoute.

— Non, tutoie-moi, il est temps... Ce soir-là, si tu étais montée dans la chambre, tu sais ce que j'aurais fait ?

— Tu vas me le dire.

— Je t'aurais engueulée. Et tu aurais redescendu l'escalier en vitesse. Et je t'aurais dit... tu sais quoi ?

— Oui. Tad a parlé, et j'ai rencontré Maria. Vous étiez trois.

— Tu es ma fille, Anna.

— Tad m'a dit que ce n'était pas lui, et que ce n'était pas toi.

— Il en a la preuve ?

— Dans un coffre, qu'on n'ouvrira qu'après sa mort.

— Quelle preuve ? Ta mère est morte en couches. Dans ce genre... d'histoires, il n'y a jamais de preuves certaines. Par contre, ce que je ressens... Aucun papier ne m'ôtera ça de l'idée, et du cœur... Je suis ton père, Anna, et tu es tout ce qu'il me reste en ce bas monde. Ce que je fais, c'est pour toi. Il n'est jamais trop tard pour réparer. Ou mieux vaut tard que jamais, comme on dit. Tout ça te reviendra après ma mort.

Anna crut qu'elle allait s'évanouir. Ou mourir de rire. Ou de désespoir.

— Non ! Pas ça ! chuchota-t-elle. Ne fais pas ça, je t'en supplie !

Hériter d'un empire porcin ? Ce serait comme

la noyer, pieds et poings liés, dans une fosse à lisier. Salie, souillée pour toujours. Mais Salaun avait l'air si sincère, si étiolé, si désireux d'être aimé d'elle qu'elle ne le dit pas.

— Ce serait tellement honteux que tu sois ma fille ?

Elle ne put que hausser les épaules et croiser les mains sur son ventre, comme on boutonne un manteau, parce qu'on a froid.

— Je te promets de te montrer ce qu'on trouvera dans le coffre.

— J'aimerais aller voir Loeiz.

— Faire table rase du passé ?

— On n'aurait jamais dû agir comme on l'a fait. Ni avec ta mère, ni plus tard, en tant que voisins.

— C'est ton acte de contrition que tu me récites là, dit Anna, avec dans la voix moins d'ironie que de désolation.

— On n'est pas fabriqué d'un bloc, une fois pour toutes. On le croit, au départ, et puis on s'aperçoit que sous l'écorce il y en a une autre, plus tendre, et encore une autre, et ainsi de suite. Et quand tu enlèves la dernière, il n'y a plus que la peau à vif. Vieillir, ça vous fout à poil.

Anna eut envie de pleurer. Une porte de secours donnait directement de l'office sur le parking. Elle l'ouvrit.

— Je dirai à Tad que tu veux venir lui rendre visite. S'il est d'accord, il faudra attendre encore quelque temps, qu'il parle un peu mieux.

— Merci, Anna. Et méfie-toi des gens qui t'entourent.

— Que veux-tu dire ?

Salaun remit son armure d'écorce et dit d'une voix dure :

— Avec les salauds dans mon genre on est tranquille. Salopard dehors, salopard dedans, de la racine des cheveux au bout des doigts de pied, aucune faille, aucune fissure, rien que de la carne. Tandis qu'avec les beaux parleurs... Beaucoup d'entre eux ne sont pas clairs. Des arlequins. La figure barbouillée d'idéaux mais du fumier bien mûr à l'intérieur. A côté de la politique, le lisier de porc c'est du caca d'ange, il sent la rose. Un conseil, bouche-toi le nez et attends-toi à des surprises.

Salaun se calma aussi soudainement qu'il s'était emporté.

— Tu es de taille à te défendre, et surtout à faire la part des choses. Tu me ressembles, Anna, je te l'ai déjà dit.

Il effleura le ventre rond d'Anna.

— Prends soin de toi... et du petit.

## 25

La fin de la campagne électorale fut une rude épreuve. Combines, mesquineries, sous-entendus à propos des relations d'Anna avec Salaun (le baiser sur les deux joues à l'exposition avait fait jaser) : plusieurs fois elle eut envie d'abandonner. Trop tard. Sa défection aurait été considérée comme une trahison. Le groupe l'aurait rejetée, et elle n'était pas prête à cela, à la solitude. Pas encore. Après Noël, peut-être, se disait-elle. Elle jouait au jeu de la balance, pesait ces deux mots mais ne regardait pas l'aiguille. Refusait d'ouvrir les yeux sur le double sens de cet « après » : Ronan resterait et ils pourraient vivre une solitude à deux ; Ronan ne resterait pas et elle serait seule, définitivement. A moins de continuer dans la politique. « Une autre façon de visiter le désert », ajoutait-elle en pensée.

La « gauche » l'emporta au premier tour. Goascoz et ses amis se recueillirent dans un silence de mauvais aloi pendant les quinze jours qui séparaient le dimanche de la victoire de l'installation du nouveau conseil, de la passation des pouvoirs, de l'élection du nouveau maire et de ses adjoints, et, surtout, du vote sur le projet Salaun.

Les circonstances étant exceptionnelles, le conseil municipal se transporta de la vieille mairie, trop exiguë, à la salle de la Concorde, où l'on installa des bancs pour accueillir le nombreux public annoncé par les sons de cloches qui avaient retenti dans les cafés du bourg. Une demi-heure avant les débats, la pièce était comble. On dut laisser les portes ouvertes. Arrivés de bonne heure, Salaun et le Hollandais étaient assis au premier rang, en compagnie du conseil municipal sortant. Au deuxième — second fer à cheval autour de celui de la table des nouveaux élus —, les possesseurs de cartes des différents partis. Derrière, les simples citoyens. Certains brandissaient des panonceaux. « De l'eau pure pour nos enfants ! » ; « Salaun = Lobby porcin = Coquins = Assassins », etc.

L'heure fut d'abord aux solennités qui permettent aux modestes de singer les grands : discours d'adieu du maire sortant, discours de réception de Goascoz, élection du maire et de ses adjoints. La désignation d'Anna au poste d'adjointe à l'environnement fut longuement applaudie.

Un mouvement d'impatience parcourut le public. En majorité dans les gradins de l'arène, les écologistes réclamaient la mise à mort du projet Salaun. Goascoz se leva. Il avait troqué ses polos contre un costume démodé, une chemise empesée et une cravate austère. Sa mue avait été instantanée : de militant de base en notable imbu déjà, au bout d'une demi-heure de mandat, de son écharpe de premier magistrat de la commune. Il rappela que si les réunions du conseil municipal étaient publiques, pour autant l'assistance n'avait pas le droit à la parole et qu'en cas de troubles il n'hésiterait pas à faire évacuer la salle, avec l'aide de la gendarmerie, au besoin. Il fut sifflé et hué.

Là-dessus, au lieu de balayer le projet d'un trait — d'un vote à main levée, la cause semblant entendue, la liste de « gauche » ayant vingt-deux élus et la droite sept —, il tira des feuillets de sa poche et s'égara dans un discours emberlificoté duquel il ressortait que son devoir de maire était d'exposer le dilemme et de « bien évaluer les avantages et les inconvénients du projet de monsieur Armand Salaun ». D'un côté, « des avantages économiques considérables », de l'autre « des nuisances environnementales probables, mais non certaines, et sans doute à terme maîtrisables ».

Guillaume décroisa les bras et, les coudes sur les genoux, prit sa tête à deux mains, mimant une attention ébahie. Anna se réveilla de sa léthargie : Goascoz achevait de déclarer qu'on voterait à bulletins secrets. Huées.

— Pourquoi à bulletins secrets ? s'exclama Anna.

Elle fut applaudie. Goascoz la fusilla du regard.

— De manière que toutes les consciences puissent s'exprimer librement.

— Il me semble que les consciences, comme tu dis, se sont exprimées par leur simple présence sur notre liste.

— Je ne discuterai pas là-dessus. On va voter à bulletins secrets.

Le secrétaire de mairie se présenta aussitôt avec des bulletins « pour » et « contre » et une boîte en carton en guise d'urne, preuve que Goascoz avait mijoté son coup bien en avance. Trois scrutateurs furent désignés. L'office attenant servit d'isoloir.

On dépouilla le scrutin en public. A chaque bulletin « pour », la tension montait d'un cran. Lorsque leur nombre atteignit le chiffre fatidique de quinze, il y eut un silence de mort. Résultat final : seize pour, treize contre, alors qu'en toute logique, en fonction des engagements de la campagne et des professions de foi, on eût dû compter vingt-deux contre et sept pour. Nul besoin de montrer les jaunes du doigt : leur mine gênée les désignait : Goascoz et ses alliés.

Salaun et le Hollandais échangèrent une longue poignée de main et sortirent. Au passage, Salaun adressa un coup de menton à Anna, l'air de dire : « Qu'est-ce que je t'avais dit ? » Des injures fusèrent.

— Fumiers ! Ordures ! Castrats !...

— Je vous en prie, ces messieurs se sont retirés dans la dignité, dit Goascoz. Respectons la démocratie.

— C'est pas à eux qu'on s'adresse, c'est à toi et à ta clique ! Fumiers ! Vendus !

La droite jubilait. Guillaume se leva, réclama le silence à bras tendus et lança :

— Mes amis ! Mes amis ! J'aurais dû me faire tatouer sur le front ces paroles d'un ami qui est resté tel qu'il était, lui, en mai 1968, c'est-à-dire un mec prudent : les sociaux-démocrates ont toujours baisé le peuple ! En voilà une nouvelle preuve : ceux-là nous l'ont mis jusqu'à l'os ! Plouralez, c'est pas Clochemerle, c'est Clochemerde ! Clochermerde de cochon !

— Je vous en prie ! éructa faiblement Goascoz.

Anna quitta la table et rejoignit le public.

— Je démissionne ! cria-t-elle.

— On verra ça plus tard, lui chuchota Guillaume, avant de poursuivre : Les amis, nous avons perdu une bataille mais pas la guerre. Il reste encore dans cette histoire, dans cette trahison, beaucoup de choses à régler. L'enquête publique à boucler, le POS à réviser et tout le bazar administratif. Nous allons attendre notre heure et, quand les bulldozers arriveront sur le terrain, que ce soit dans trois mois, dans six mois ou dans un an, nous serons là, nous serons tous là ! Les cochons ne passeront pas !

Une ovation salua cette promesse de guerre picrocholo-porcine. Les sociaux-démocrates tentèrent de faire front. Il s'ensuivit une belle empoignade. Les gens de droite purent s'éclipser à la faveur de la bousculade. Une fois dehors, ils se congratulèrent, effarés de bonheur inespéré. Guillaume retrouva Anna à l'extérieur.

— Le con ! dit-il, je ne pensais pas qu'il oserait.

— Goascoz ? Qu'il oserait quoi ?

— Orienter le vote de ses petits camarades. On est juste une poignée à le savoir : les terrains autour de la future zone industrielle, ils appartiennent à sa famille. Ce soir, il vient de gagner au Loto.

— Grand bien lui fasse !

— Il ne faut pas que tu démissionnes, Anna, tu es notre tête de pont dans ce merdier.

— Je ne reviendrai pas sur ma décision.

— On dirait que ça te rend heureuse, ce retournement de vestes ?

— D'une certaine façon, oui. Je me sens libérée d'un poids énorme.

— Question lest, pour l'instant, avec ton ballon...

— Pas toi, Guillaume, je t'en prie ! Ce genre de plaisanteries est indigne de nous.

— Excuse-moi.

— Je me sens délestée de tout scrupule. Je vais pouvoir m'envoler et regarder le monde d'en haut.

— De l'olympe de l'individualisme ?

— Traduis ça comme tu veux, je m'en fiche. Je t'ai suivi parce que j'y ai cru, un moment. Je n'y croyais plus tellement, avant ce soir. Je n'y crois plus du tout, à présent. On sera écrasés, quoi qu'on fasse.

— Je te jure que non ! Tu verras !

— Moi, je n'ai plus la force de me battre. Bonsoir, Guillaume. Je t'enverrai un faire-part de naissance.

— Tu sais que je pourrais être pris d'un... hum ! disons d'une bouffée d'amour paternel ? Me présenter à la mairie, fin février et, la bouche en cœur, reconnaître mon gosse ?

— C'est du chantage ?

Il passa son bras autour du cou d'Anna et plongea son visage dans ses cheveux.

— Non, je déconnais, murmura-t-il. Sois tranquille, Anna, même sous la torture je n'avouerai jamais. Je préférerais me flinguer plutôt que de te causer le moindre mal. Tu es une femme formidable. Une vraie femme, avec sa force et ses faiblesses. Et là, ce soir, tu as le charme de ta faiblesse.

Anna se dégagea de ses bras.

— Tu m'as appris un tas de choses. Merci pour tout, Guillaume.

— De rien, dit-il.

Et, la gorge nouée, il réussit à ajouter :

— Tout le plaisir était pour moi.

— Ne crois pas ça, badina-t-elle, la gorge nouée, elle aussi.

Il l'accompagna jusqu'à sa voiture. Il réclama un baiser d'adieu.

— Non, dit-elle, on pourrait nous voir.

— Un mot de la fin, alors !

— Si c'est un mot de la fin il ne faudra rien répondre. D'accord ?

— Juré !

Elle réfléchit un instant, posa un bref baiser au coin de ses lèvres — de loin, pour peu qu'on les observe, on croirait à un baiser sur la joue — et dit :

— J'aime un autre homme depuis le lendemain de mon mariage.

Elle courut vers sa voiture. Elle riait presque de se sentir légère, si légère, malgré l'enfant qu'elle portait.

## 26

Oui, légère, alors qu'elle aurait dû couler à pic, avec, pendus au cou, la pierre de la déconvenue et le fardeau de béton de la désillusion. « On est peu de chose », disait souvent Tad. Oui, si peu de chose : une minuscule tache verte sur les plans cadastraux, quelques hectares nettoyés de leurs poisons, des vaches ressuscitées des tubes à essais du conservatoire de l'Inra, les qualités d'un lait dont quatre-vingt-dix-neuf virgule quatre-vingt-dix-neuf pour cent de la population se fichaient, quelle dérision face à des milliards de centimes d'investissements, à la création de deux cents emplois directs et à toutes leurs retombées, norias de camions sur des routes élargies, nouveaux bistrots, nouveaux restaurants, nouveaux hôtels, nouveaux lotissements pour une nouvelle population de salariés, manne d'impôts nouveaux, nouvelle mairie, nouvelle école, nouvelle salle polyvalente, nouveau réseau d'autocars qu'on appellerait bus, un vrai réseau urbain quadrillant des voies nommées avenues et boulevards, comme il se doit en ville, Plouralez ville nouvelle, enfin ! dotée d'une esplanade avec jets d'eau recyclée, et se reflétant tout autour dans les baies fixes des immeubles en verre et en béton, la statue du dieu Cochon et à ses pieds la foule de ses adorateurs prosternés.

Il y a des combats qu'on perd avec plaisir parce que la défaite vous libère de l'obsession du défi. Pour échapper aux chiens le blaireau recule au fond de son trou. Comment Anna avait-elle pu se bercer d'illusions à ce point ? Comment avait-elle pu espérer que l'intérêt collectif s'inclinerait devant un embryon d'utopie ?

« Eh bien, se dit-elle, qu'ils construisent en face leur camp de concentration géant, que le Dour Gwenn rougisse du sang des abattoirs, je ne serai plus là pour le voir. » Après Noël, enfin, peut-être, elle vendrait. Tout. Se retirerait dans les landes incultes d'Arrée comme on s'enferme au carmel. (Elle pensa avec amusement : mais peut-on entrer au couvent au bras d'un homme, et qui plus est enceinte jusqu'aux yeux, sur le point d'accoucher d'un petit Jésus ?) Comme la chèvre de l'histoire au petit matin se laissa dévorer par le loup, elle cesserait de lutter. A cela près qu'elle ne serait pas mangée. Seulement tuée. Très provisoirement. Accepter la mort, pour mieux renaître dans l'instant. Elle releva le col de son peignoir, ouvrit la porte de la maison et s'appuya de l'épaule aux vieilles pierres de l'embrasure.

— Et toi, tu crois que tu seras mangée ? Non, tu peux être tranquille.

L'oie allongea le cou et frétilla de l'arrière-train. L'oie de Ronan. En mai, Gwenola avait exigé de sa mère qu'on respectât le vœu de Ronan

— sur sa carte postale d'Australie : «... engraissez la dinde, je serai là à Noël ». Un samedi matin elles s'étaient rendues au petit marché sur le parking de Cultivert et avaient acheté non pas une dinde — « C'est moche, une dinde, tu trouves pas, maman ? » — mais une jeune oie blanche et grise qui, baptisée Sidonie, était fatalement devenue un animal de compagnie, un membre de la famille, adoptée par Torpen, le vieux setter, âgé d'un an à la mort de Youenn. Il n'avait plus chassé depuis, ce qui expliquait sa longévité : à l'échelle d'une vie humaine, le setter était centenaire. Le chien et l'oie dormaient ensemble dans un nid de foin, sous l'appentis.

Dès qu'Anna ou Gwenola ouvrait la porte de la maison, l'oie répondait au grincement des gonds en cacardant et roulait d'un bord et de l'autre comme un marin en goguette pour venir souhaiter le bonjour. Le setter suivait. A moitié sourd et presque aveugle, perclus de rhumatismes, il trouvait encore la force de frétiller de la queue. L'oie réclamait sa gamelle de pain trempé, le chien son morceau de baguette rassise — Anna achetait des baguettes rien que pour lui —, leur petit déjeuner, qu'elle leur servit, et elle les regarda manger.

L'air sentait le froid, ce merveilleux mélange d'odeur de feuilles sèches, de fumées de brûlis et de mares prises par la glace sur le surplis des champs givrés.

Le chien, ce vieux jouisseur, s'allongea sur le flanc et sa copine la mère l'oie fourragea du bec dans sa fourrure. Elle avait une âme de dompteur : aimait à épouiller le fauve sous le cou, sur la tête, sur le museau. Soudain le setter se rappelait pourquoi le bon Dieu l'avait créé. Il tressaillait et prenait le cou de l'oie dans sa gueule, comme autrefois il prenait les bécasses et les bécassines, mâchoires simplement bloquées, sans appuyer. Le jeu, pour le chien et l'oiseau, consistait alors à ne plus bouger. Un dessinateur doué aurait eu le temps de les croquer, comme ça, statufiés. Et puis l'oie en avait assez. Elle criaillait, une seule fois, et le chien lui rendait son cou et se rallongeait en remuant la queue. L'oie s'accroupissait tout contre le chien, gonflait ses plumes et mettait son bec sous son aile. Et Anna regardait l'oie et le chien dormir, l'un contre l'autre.

Vingt nuits et presque vingt et un jours passèrent sur cette scène. On était le 24 décembre, en fin d'après-midi, à l'heure du crépuscule. L'oie et le chien dormaient près de la porte, qu'ils ne franchissaient jamais. Aussi ignoraient-ils que la chambre de Tad avait été réaménagée, pour un soir, en salle à manger. Un dessus-de-lit en piqué et des coussins couvraient le lit. Dans la cheminée flambaient haut et clair des bûches de hêtre. Près de la fenêtre, la table de fête avait été dressée. Nappe et serviettes en lin brodées par Herveline, service de table en Quimper, verres fins à fil d'or et couverts en argent. Dans un seau chromé, une bouteille de champagne et des glaçons. A côté d'un bougeoir à quatre bougies, une boîte d'allumettes. Trop près de la cheminée, mais Tad y tenait, et on avait encore moins le cœur à le contrarier qu'avant, c'était son habitude de confondre vin chambré et vin tiède, une bouteille de médoc. De l'autre côté du couloir, dans une marmite remplie de bouillon, un chapon mijotait, sacrifié à la place de l'oie. L'heure venue, il serait *fini*, mis à dorer au beurre, dans le four de la cuisinière où ronflait un feu de coke. A l'intérieur du réfrigérateur, une bouteille de sauternes et de vin d'Alsace, des langoustines, du foie gras et un diplomate aux abricots. « Le dessert préféré de Ronan, quand il était petit, et il ne fallait pas lui en promettre, Herveline lui en donnait tant que tant », avait dit Tad — avait réussi à traduire Anna.

La demie de six heures sonna au clocher du bourg. Dehors, en plus de l'oie et du chien ensommeillés, ils étaient trois à guetter les bruits et à scruter l'obscurité au-delà de la voûte du porche. Assis dans son fauteuil roulant, Tad s'était fait beau — avait demandé à Anna de le faire beau. Il portait sa chemise blanche et sa cravate grise, son gilet et sa veste de velours à boutons de corne. Sur ses genoux, une couverture lui tenait chaud. Anna avait passé un manteau par-dessus une robe noire, ce qu'elle avait de plus chic pour un réveillon, une robe trop étroite, qui ne cachait pas son état. Discrètement maquillée, les cheveux coiffés en chignon, parée d'un collier et de pendants d'oreilles, elle irradiait une beauté mature qui surprit sa fille quand elle descendit l'escalier.

— Oh la vache, qu'est-ce que t'en jettes, maman ! Tu veux me rendre jalouse ou quoi ? A côté de toi j'ai l'air d'être déguisée, avec ma jupe et mes escarpins vernis.

Gwenola claquait des dents. Elle était à l'âge

où porter un vêtement chaud, ou pire, un imperméable à capuche sous la pluie, assassine votre image auprès des copains et copines, et auprès de vous-même, dans le miroir des vitrines, en ville.

Ils n'avaient pas prononcé un mot depuis dix minutes. Depuis que Gwenola avait dit : « Les avions, ça a toujours du retard pendant les fêtes. »

A l'intérieur, le téléphone sonna. Gwenola se précipita. Revint aussitôt.

— Encore quelqu'un qui voulait le curé, au presbytère. J'ai dit : ah désolée papa n'est pas là. Et à l'autre bout le type m'a dit aussi sec : ah bon et quand est-ce qu'il va rentrer ?

Tad secoua la tête, ravi.

— Gwenola ! dit Anna, un jour on va avoir des ennuis. Quelqu'un va se rappeler le numéro qu'il a composé et regarder dans l'annuaire.

Ils reprirent leur veille. Entendirent un bruit de moteur. Une voiture s'engageait dans le chemin. Gwenola se serra contre sa mère. L'oie se leva. Le chien dressa l'oreille. Anna boutonna son manteau. Le déboutonna.

— C'est mieux comme ça, dit Gwenola tout bas, autant qu'il voie tout de suite.

Au ralenti, la voiture passa devant le porche. Un taxi. Une portière claqua, le taxi fit demi-tour et s'éloigna. L'oie cacarda, doucement, comme si elle s'interrogeait sur la présence ou non d'un intrus. Le setter se leva sur ses pattes et se mit à gémir.

Dans l'ombre du porche, on devinait une forme plus pâle, immobile. Le forme bougea, comme si elle s'en allait. Le chien s'élança en aboyant. Le langage d'un chien n'est pas bien compliqué à apprendre. Cet aboiement ne s'adressait pas à un étranger. C'étaient des paroles de bienvenue, des mots d'amour. A l'orée de l'obscurité, le chien gémissait, remuait la queue, tortillait de l'arrière-train autant que ses vieux reins le lui permettaient. Il se coucha, sous une main qui le flattait.

— Tonton Ronan ! cria Gwenola en s'élançant à son tour.

Elle se jeta dans ses bras. Puis Anna et Tad les virent sortir de l'ombre, bras dessus, bras dessous, tant bien que mal, car Ronan était empêtré de deux sacs de voyage. Anna se sentit fondre : c'était bien lui, son allure dégingandée, ses bottes, son jean, son blouson d'aviateur, sa démarche de cow-boy désabusé. Il portait la barbe. Son visage était tanné, presque ciré, comme du vieux cuir. Ses yeux n'en paraissaient que plus clairs. Il posa ses sacs et se pencha pour donner l'accolade à son père. Tad pleurait. Il serra les mains de son fils entre les siennes.

— J'ai fait un long voyage, Tad. Je te raconterai tout ça.

Puis Anna lui tendit la joue.

— Anna !...

Ils ne s'embrassèrent pas. Ils demeurèrent joue contre joue, les yeux humides. Gwenola essuya une larme, elle aussi.

— On a l'air malin, à chialer tous comme des Madeleines.

Le regard de Ronan demeurait fixé sur le couloir.

— Ne t'inquiète pas, dit Anna, il n'y a pas d'homme.

— Mais, Anna...

— Maman n'arrête pas de le répéter : elle est enceinte du Saint-Esprit !

Ronan sourit, et son sourire fit apparaître des rides au coin de ses yeux.

— Ah ! Ah ! L'histoire se répète, dis-moi.

— Comment ça ? demanda Gwenola.

— Tu sais bien, il y a deux mille ans, cette fameuse opération du Saint-Esprit.

— Ah oui ! Sauf que celui-ci naîtra fin février, dit Gwenola.

— Plutôt début mars, dit Anna.

— Ce sera de nouveau Noël, dans ce cas.

Ils se détendirent. Gwenola et Anna portèrent les sacs à l'intérieur, Ronan poussa le fauteuil roulant de son père le long du couloir.

— Il y a du changement, ici !

— C'est la chambre de Tad, depuis qu'il est malade, dit Anna, et notre salle à manger, ce soir.

— Margrite et son mari ne viennent pas ?

— Tu veux rigoler ? dit Gwenola. Ils parleraient que d'héritage.

— Ils vieillissent très mal, dit Anna. On les invitera au gros goûter, demain.

— Tu te souviens de mon dernier grand goûter, ici ? demanda Ronan.

— Comme si c'était hier, dit Anna.

La mère et la fille s'empressèrent autour de Ronan. Ils étaient tous encore un peu gênés, non pas comme des étrangers mais comme des gens qui ont tant à se dire qu'ils ne savent pas par quel bout commencer, ou préfèrent garder ce plaisir pour le lendemain, le surlendemain et tous les jours de l'année à venir, et se taire, se le dire provisoirement avec les yeux, avec de petits rires de bonheur, de petits rires un peu idiots à propos de choses idiotes — le bouchon de champagne récalcitrant, qui finit par sauter directement dans le feu.

Ronan avait apporté des cadeaux, de différents horizons : des statuettes africaines en ébène symbolisant les sept jours de la semaine ; du thé du Kenya ; du café d'Abyssinie ; des épices du Yémen ; des châles du Pérou.

— Du coup, y a plus qu'à déballer les nôtres, alors ? proposa Gwenola.

— Avant de dîner ? dit Anna.

— Bah ! dit Ronan, ça sert à quoi d'attendre le lendemain ?

Tad se vit offrir, réunies dans un même cadre, deux photos qu'Anna avait fait agrandir et coloriser au scanner chez un photographe de Quimper. L'une le représentait, à l'âge de douze ans environ, devant une masure. Il portait une casquette et un costume de velours élimé, trop grand pour lui. Surpris par le photographe (qui ? un monsieur de la ville, sûrement), il se retournait et grimaçait d'un air gouailleur. En arrière-plan, la main en visière, et le visage dans l'ombre, c'était sa mère, dit-il. Elle avait une trentaine d'années, on lui en donnait soixante. Usée par le travail. L'autre photo était un cliché d'Herveline, adolescente, en compagnie de son père. Le père tenait un lapin dans ses bras.

Un marteau, un crochet : Ronan fixa le cadre au mur, en face du lit de Tad, de façon qu'il puisse le contempler, adossé à son oreiller.

Gwenola eut trois cassettes vidéo. Pas de

surprise, elle les avait commandées. Des films à la mode, et qui ne le seraient plus dans six mois.

Anna s'était acheté son parfum habituel et Gwenola, malicieuse, avait commandé pour elle au père Noël un chauffe-biberon.

La mère et la fille s'étaient associées pour acheter le cadeau de Ronan. De superbes chaussons, et les *boutou koad* qui allaient avec. Tad rit de bon cœur.

— Tu es obligé de rester, maintenant, dit-il.

— J'espère qu'on ne s'est pas trompé de taille, dit Anna.

Ronan chaussa les pantoufles et glissa ses pieds dans les sabots.

— Du sur mesure ! Dignes d'un bottier italien !

— Tu sais, dit Gwenola, c'était juste pour rigoler. Pas pour ça que tu seras obligé de rester.

— Je n'ai plus l'intention de partir. Sauf si vous me dites que je dérange.

Gwenola leva les yeux au ciel.

— Dis-moi maman, tu te souvenais qu'il était complètement tarte, en plus ? Moi pas.

Ils dînèrent. Ronan dit qu'à Londres, tout en travaillant dans un pub pour gagner sa vie, il avait suivi des cours d'infirmier. Son diplôme en poche, il s'était mis au service d'une organisation humanitaire. Voilà ce qu'il avait fait, pendant ces quinze années : aider la population du tiers-monde.

— Super ! s'exclama Gwenola. Quand je vais dire ça à mes copines...

Anna raconta la vie de la ferme, les changements dans le mauvais sens et puis les changements dans le bon sens.

Vers onze heures, il fallut rendre sa chambre à Tad. Il dormait dans son fauteuil. Ronan le prit dans ses bras et aida Anna à le déshabiller et à le border. Ils débarrassèrent la table et passèrent dans la cuisine.

— Bon ben, moi je vous laisse, dit Gwenola.

Elle avait la télé et un magnétoscope dans sa chambre.

— Tu peux rester si tu veux, dit Anna.

— Tu parles ! se moqua Gwenola. Vous avez sûrement un tas de trucs à vous dire. En amoureux, ajouta-t-elle.

Anna prépara un grog. Elle versa de l'eau bouillante sur le rhum, le miel et le quartier de citron piqué de clous de girofle. Ronan contemplait les cartes postales au-dessus du réfrigérateur.

— Je ne pensais pas en avoir envoyé autant, dit-il.

— Aucune de ces cartes ne vient des pays dont tu as parlé.

— C'était pour ne pas vous inquiéter. J'ai souvent risqué ma peau.

— En aidant des pauvres gens à crever moins vite ?

— Rien n'est simple, dans la plupart de ces pays. Si on y risque sa peau, c'est sans doute pour ne pas la perdre. Entre deux missions, j'allais passer mes congés dans des endroits... tranquilles. Pour vous faire rêver.

— Mais pourquoi es-tu revenu maintenant, et pas l'année dernière, ou l'année prochaine ?

— D'abord, on finit par s'user. Aucun homme

ne peut se prendre pour Sisyphe et rouler éternellement le rocher de la misère. L'idéalisme a ses limites. Quand il ne reste que le goût de l'aventure, il est temps d'arrêter. L'horreur n'est pas un sujet d'épopée, mais les horreurs t'emplissent de récits intérieurs, à la longue insupportables. Il arrive un moment où, à force de côtoyer la mort, tu as envie de mourir. Revenir, c'était une façon de tuer l'homme que j'ai été, et de revivre. Voilà pour le côté sérieux de la chose... Ensuite, j'ai subi l'influence d'un sorcier. Je t'autorise à rigoler.

— Attendons voir...

— Un sorcier, ou un guérisseur, si tu préfères, en Casamance, au bord de la Gambie. Nous étions concurrents, comme tu l'imagines. Il m'a plus d'une fois mis à l'épreuve. Finalement, on est devenus assez copains. Pour lui faire plaisir, je lui ai demandé de me prédire l'avenir. Il m'a dit : « Rentre chez toi, la femme que tu aimes t'attendra sur le seuil de ta porte aux derniers jours du millénaire. » Même les moins superstitieux ont envie de croire aux prédictions qu'ils souhaitent entendre.

— Et celle-là s'est réalisée ?

— Pince-toi, pince-moi, si tu crois que je suis une image virtuelle.

— Je voulais dire... à propos de la femme... Elle t'attendait ?

— Anna, tu ne crois pas le moment venu ?

— De... ?

— De se le dire. Qu'on s'aime depuis le premier jour.

Anna lui prit la main.

— Il aurait suffi d'un mot, d'un geste, et je serais partie avec toi.

— Je l'ai bien senti, mais j'ai eu peur. Peur de transgresser je ne sais quelles lois non écrites. Et puis Tad...

— Il avait deviné, j'en suis sûre.

— Quand je suis revenu, pour la messe anniversaire de mon frère, j'étais décidé à faire ce geste, et je l'aurais fait si...

Il lui raconta sa conversation avec Justin. Elle rit doucement.

— C'était donc ça !... Pauvre Justin ! Je lui ai dit non. Il espérait au-dessus de ses moyens.

— N'empêche qu'à cause de lui on a perdu quatorze ans.

— Perdu ? Qui peut savoir ?

Anna songea aux marionnettes et aux ficelles qu'on agite de là-haut.

— Tu vas rester ?

— Si tu me le demandes.

— Je t'en supplie.

— Alors je vais devoir changer de nom, dit-il d'un ton lugubre. Début mars je ne m'appellerai plus Ronan.

— Début mars ? Qu'est-ce que tu racontes ?

— Quand naîtra le petit Jésus. Je m'appellerai Joseph.

— Idiot !

Ils s'embrassèrent, en tremblant, comme deux adolescents.

— Je voudrais dormir à côté de toi, dit Ronan.

— Moi aussi, chuchota Anna.

Au lit, il la pria d'ôter sa chemise.

— Tu veux voir mon gros ventre ? dit-elle avec un rire léger.

— Tu es magnifique, Anna.

Il se déshabilla et s'allongea à côté d'elle. Il avait un corps musclé, sec, presque noueux. Il caressa sa gorge, ses seins, ses hanches, son ventre, et posa la main sur son pubis pour rompre définitivement l'interdit. Anna posa ses deux mains sur la sienne.

— Tu imagines bien que ce gosse n'est pas un bébé éprouvette. Je l'ai fabriqué avec un homme, un type bien, un type un peu fou pour accepter une chose pareille, m'engrosser et m'oublier. Promets-moi de ne jamais me poser de question sur lui.

— Je te le jure.

— Parce que vois-tu, pendant que... Oh Ronan, j'ai pensé tellement fort à toi en le faisant que je suis persuadée que cet enfant est de toi.

Il lui baisa le front, la tempe, les lèvres.

— Je serai encore plus dingue que le type en question : je te crois, Anna.

— Est-ce que tu as comme moi l'impression que toutes ces années n'ont pas existé ?

— Oui. On a vécu hors du temps.

Elle toucha sa barbe, ses cheveux.

— Pourtant, on a vieilli, dit-elle.

— Si peu.

Ils firent l'amour avec la tendresse qu'exigeait l'état d'Anna. Après, ils parlèrent jusqu'à l'aube. Anna lui décrivit le grand projet de Salaun et la trahison du conseil municipal. Elle confia à Ronan la décision qu'elle avait prise : tout vendre avant que Menez Glaz ne résonne vingt-quatre heures sur vingt-quatre du cri des bêtes qu'on abat et du rugissement des camions.

— A mon avis, le sorcier nous a envoûtés tous les deux. En nous donnant les mêmes idées, au même moment. Tu as raison, il faut fuir. Il reste encore des endroits habitables, en Bretagne. Tu sais ce à quoi je rêvais, en Afrique ? A une maison comme celle-ci, perdue dans les monts d'Arrée.

— J'y suis née, dit Anna. Mais Gwenola n'acceptera jamais de nous suivre. C'est la ville qui l'attire, pas les tourbières.

— Le temps que tout ça s'organise et elle aura quitté le nid. Elle sera en fac, à Brest ou à Rennes.

— Et Tad ? On ne peut pas le déraciner.

— Non, on ne peut pas. N'importe comment, il faut que cet enfant naisse, avant tout.

Ils s'endormirent. Vers onze heures, ils furent réveillés par les bruits de la maison. Dehors, l'oie et le chien s'impatientaient. Gwenola avait préparé le petit déjeuner de Tad. Anna eut la surprise de la voir jouer les maîtresses de maison en tablier. Elle avait *nettoyé* — comme disait Tad — la carcasse du chapon et disposé la viande sur un plat, en prévision du grand goûter de Noël. Un far aux pommes cuisait dans le four.

— Je n'ai pas pris de petit déjeuner, dit-elle. Voilà ce que je propose. Un breakfast copieux...

— Disons un brunch, alors, dit Ronan.

— Si tu veux, un brunch, de quoi tenir le coup jusqu'au grand goûter. Qui est presque prêt, comme vous pouvez le constater.

— Quelle métamorphose ! dit Anna. Tu te sens bien, ma fille ?

— Hum, encore un coup du sorcier africain, je le crains, dit Ronan.

— C'est quoi, cette histoire de sorcier africain ?

— On t'expliquera plus tard, dit Anna.

— A propos, dit Ronan, tu as prévenu les Dagorn que j'étais là ?

— Si je me souviens bien, je l'ai dit à Margrite il y a plusieurs mois. Mais je crois qu'elle ne m'écoutait pas.

Avec la ponctualité des gens qui s'ennuient chez eux, Thomas et Margrite garèrent leur Mégane dans la cour à cinq heures pile. Ronan les observa à travers le rideau. Thomas s'était encore empâté. Il eut du mal à s'extraire de sa voiture. Margrite était toute grise, de cheveux et de peau, faisait petite vieille, déjà.

— Ces deux-là n'ont pas vécu dans le hors-temps. Les années ont l'air de leur peser lourd, dit Ronan.

Thomas ferma sa voiture à clé. Margrite portait des paquets cadeaux. Horrifiée, Anna dit à Ronan :

— Je n'ai même pas pensé aux cadeaux !

— Il me reste des bricoles dans mon sac, dit Ronan.

Il alla ouvrir la porte. Margrite faillit en tomber raide.

— Ronan ! Vous auriez pu nous prévenir, au moins !

Elle porta la main à son cœur, reprit son souffle

et donna sa joue sèche à baiser. Thomas serra la main de son beau-frère.

— Alors, de passage au pays, l'intello ?

Gwenola prit sa mère et Ronan de court. Elle poussa tous ses pions. Dix dames d'un coup.

— Maman et Ronan vont se marier ! C'est chouette, hein ?

— Se marier ? dit Thomas.

Ronan prit Anna par la taille, et ils acquiescèrent d'un hochement de tête. Les lèvres minces de Margrite happèrent l'air.

— Mais... mais...

— Hé ben quoi ? dit Gwenola.

— Mais le gosse ?

— Il est de moi, dit Ronan.

— Tu es revenu, euh !... en cours d'année ? demanda Thomas.

— Plusieurs fois, dit Ronan. Vous savez comme moi que ça ne marche pas forcément du premier coup. D'ailleurs, l'année prochaine, Anna et moi on compte remettre ça.

— On espère bien ! dit Gwenola, qui se régalait de la mine déconfite de sa tante.

— Alors comme ça vous allez vous marier ? Et tu vas t'installer ici ?

— Avec ma femme, c'est normal, non ?

— Ça alors ! Ça alors !

Le livre de comptes s'était rouvert sur le visage de Margrite. Le fils préféré épouse la bru adorée : tout espoir de récupérer une part de l'héritage s'envolait. Ronan et Anna s'effacèrent pour laisser entrer leurs invités.

— Est-ce que je peux me permettre de te demander une chose, Margrite ? dit Ronan.

Devant Tad, ne parle pas d'argent, d'héritage et de trucs dans le genre, d'accord ?

Margrite se dressa sur ses ergots.

— Pour qui tu me prends ? On peut repartir tout de suite, si tu veux !

— Entre donc, bougonna Thomas, et arrête de déconner.

Le mariage fut célébré le 27 janvier. Gwenola organisa une fête — sa première — pour ses copains et copines, sous le hangar. Anna et Ronan s'offrirent un dîner aux chandelles et une nuit au *Moulin de Rosmadec*, à Pont-Aven.

Début mars, Guillaume Loussouarn reçut un faire-part de naissance. C'était un garçon, prénommé Ronan, ainsi que Loeiz et Hervé en deuxième et troisième prénoms, pour honorer son grand-père le grand Loeiz Kermorvan et sa grand-mère Herveline.

L'enfant fut baptisé à l'église du bourg, dans les bras de sa marraine, Gwenola.

Mi-avril, le sommeil du bébé fut troublé par une rumeur de kermesse où se mêlaient proclamations dans des haut-parleurs, roulements de tambours, coups de trompettes, hurrahs...

Et tirs sporadiques de grenades lacrymogènes.

En face, Guillaume et ses compagnons occupaient le terrain.

## 27

Salaun avait surmonté tous les obstacles administratifs : le chantier de Kergrenn Uhellan allait être ouvert. Un matin, avant le lever du jour, bulldozers et scrapers prirent position derrière l'exploitation existante. Ils scalperaient d'abord les champs. La terre noire serait envoyée à la décharge et sur un vaste plateau de terre jaune aplanie s'élèveraient avant la fin de l'année les nouveaux ateliers, l'abattoir, l'usine de salaisons, la station d'épuration, ses bassins de décantation, les silos à aliments et, projet de dernière heure, les hangars et le garage d'un transporteur associé par contrat au couple formé par Salaun et le Hollandais. Le bimoteur privé de ce dernier n'arrêtait pas de se poser et de décoller de l'aérodrome de Guiscriff.

Ronan l'avait surnommé *The Flying Dutchman*, astuce de cinéphile admirateur du film d'Albert Lewin Pandora. Vieille légende, avait-il expliqué à Gwenola, d'un assassin décapité et condamné par les dieux à vivre une vie humaine tous les sept ans et à errer le reste de l'éternité sur les mers à bord de son voilier.

— Sauf à se faire aimer d'une femme, pendant l'un de ses séjours sur terre, et que cette femme donne sa vie pour que son âme connaisse enfin la paix des morts.

— Eh ben, s'il tombe sur moi il pourra remettre les voiles vite fait, ton Hollandais volant, avait dit Gwenola.

Les sentinelles mises en place par les Paysans Citoyens sonnèrent le tocsin. A peine le premier bulldozer eut-il craché sa fumée noire que Guillaume s'allongea devant la lame avec une vingtaine de ses compagnons. Agitateurs hors pair, ils surent envenimer le conflit. Rameutés par la presse régionale abreuvée de communiqués, des sympathisants de tous bords affluèrent sur les lieux du combat. Un camp de toile fut érigé et des barbecues allumés où l'on mit à rôtir des moutons d'Ouessant. Le Finistère crut revivre l'époque de Plogoff et de la guerre antinucléaire lorsque les gendarmes mobiles chargèrent les manifestants. Œufs pourris contre fusils. La charge eut pour effet de souder entre elles ces forces disparates. Le préfet affecta les gendarmes à une autre mission : s'interposer entre les révoltés et les durs de la Fédération des jeunes agriculteurs désireux de casser de l'écolo. Les antiporcs dressèrent des barricades et se relayèrent jour et nuit aux barbecues.

Le blocus de Kergrenn Uhellan n'était pas total. Les assiégeants autorisaient les camions d'aliments à franchir la barricade et, à leur suite, une équipe d'ouvriers parmi lesquels se faufilait de temps en temps un inspecteur des RG. Un émissaire de la fronde déposait trois fois par jour sur le perron de la maison, à l'attention de Salaun et de sa femme assiégés, un panier de provisions. Du cochon, rien que du cochon bio, mais seulement des pieds, des queues et des oreilles.

Désavoués par le bureau national, Goascoz et ses camarades mangeaient leurs cravates. Comment avaient-ils pu voter une telle ineptie ? N'avaient-ils donc pas senti le vent venir ? L'opinion avait le cœur de plus en plus près de la nature. Ignoraient-ils qu'en haut lieu on étudiait très sérieusement l'octroi de *primes à la non-production* ? C'est ce qu'il aurait fallu proposer à Salaun, des gros sous pour qu'il renonce à son projet. Un peu tard. En moins de quinze jours, la renommée de Kergrenn Uhellan devint internationale. Les RG pronostiquaient l'arrivée de renforts d'agitateurs cosmopolites dans le sillage des équipes de télévision étrangères.

Bien qu'aux premières loges, Anna et Ronan observaient la bataille de loin, c'est-à-dire se contentaient de lire les journaux et de regarder la télévision, non pas avec indifférence, mais avec flegme. Quoi qu'il arrive, ils partiraient de Menez Glaz. Mais leur intérêt était aussi que Salaun perdît la bataille : le manoir garderait sa valeur.

Le préfet nomma un médiateur. A la suite d'un entretien avec Guillaume, l'ombudsman rendit un rapport pessimiste : les Paysans Citoyens ne réclamaient ni plus ni moins que la reddition sans conditions de Salaun. « Kergrenn Uhellan, l'impasse écolo-porcine », titra *Libération*.

Les cochons commencèrent à crever. Les petits,

d'abord. Le premier jour, les ouvriers en jetèrent trois ou quatre dehors, puis vingt, puis cinquante, et des centaines pour finir. Des acclamations retentissaient à chaque fois qu'un porc venait grossir le tas. On laissa un vétérinaire de la DDA emporter un cadavre. Le directeur du cabinet du préfet communiqua très officiellement le résultat de l'autopsie à Guillaume : fièvre aphteuse, et l'adjura de lever le siège de façon qu'on puisse abattre toutes les bêtes. Que nenni ! C'était trop beau ! Ces cochons crèveraient sur place. Huit jours plus tard, une montagne de corps flasques s'élevait au pignon de la maison de Salaun. La puanteur était insoutenable. Les barricades reculèrent et s'orientèrent en fonction des vents portants. La fête devint une grand-messe noire sacrificielle. Les tam-tams improvisés haussèrent encore le ton.

Le vent colportait les rumeurs les plus folles. La Fédération des jeunes agriculteurs faisait courir le bruit que les écolos avaient balancé un cochon malade parmi les petits. La vérité était ailleurs, entre le probable et l'effroyable : le Hollandais — le Hollandais volant, le Hollandais maudit — avait très bien pu importer le virus sous ses semelles ; mais plutôt, déclara un scientifique, il fallait voir dans cette hécatombe les premières manifestations d'une nouvelle catastrophe qu'annonçaient toutes les conditions réunies en Bretagne pour l'apparition d'un nouveau virus : après la maladie de la vache folle, celle du cochon fou. On parlait à voix basse de sida du porc.

Une fin d'après-midi, le téléphone sonna à

Menez Glaz. Ronan s'occupait de la traite. Anna décrocha. C'était Salaun.

— Anna ? J'ai un gros problème. Tu peux venir ?

Il avait parlé lentement et distinctement. Sa voix résonnait de façon bizarre.

— Je vois bien que tu as un gros problème. Tu ne crois pas que tu l'as bien cherché ?

Il baissa la voix.

— Je ne parle pas des cochons. J'ai un gros problème avec Madeleine. Elle est en pleine crise.

— Appelle la police.

— Tu verras que c'est impossible. Je t'en prie, Anna, je te le demande en tant que... Quand un père arrive au bout du rouleau et qu'il n'a qu'une fille, à qui il fait appel, tu crois ?

— Je ne suis pas ta fille.

— Alors, fais-le comme si tu l'étais.

— Mais quoi ? s'écria Anna.

— Viens, je ne peux pas t'en dire plus, chuchota-t-il d'une voix presque inaudible, elle me surveille. Tu comprendras. Entre doucement.

— Je suis seule avec le petit.

— Et ta fille ?

— Elle va rentrer dans une demi-heure.

— Bon. Espérons que je serai toujours en vie.

— En vie ? Mais qu'est-ce que tu racontes ?

Elle l'entendit dire : « Tu as entendu le haut-parleur, Madeleine ? Je ne t'ai pas menti. J'ai appelé Anna. Tu l'aimes bien, Anna, n'est-ce pas ? »

— Elle m'a fait signe qu'elle t'aime bien. Je t'attends, Anna.

Il raccrocha. Gwenola revint du lycée.

— Il faut que j'aille en face. Garde le petit et préviens Ronan quand il reviendra de la traite.

— Mais maman, qu'est-ce que tu vas faire là-bas ?

— Je n'en sais trop rien. Madeleine a atteint le bout de sa folie, je crois.

— Rappelle-toi pourquoi j'ai arrêté d'aller la voir. Elle me collait les jetons.

— Préviens Ronan. Qu'il me rejoigne là-bas.

Elle dut parlementer avec Guillaume. Sous sa tente, il se donnait des airs de chef apache déterminé à exterminer les Visages pâles.

— Comment va l'enfant ? demanda-t-il.

— Il ne te ressemble pas.

— Tant mieux, puisqu'il a un père.

— Guillaume, je t'en prie, dis à tes guerriers de me laisser passer. Il y a urgence.

— Qu'est-ce qu'il veut, l'enflure ? Se rendre ?

— Non. Il a un problème avec sa femme. Elle est folle, tu le savais ?

— Pas étonnant, avec un abruti comme lui.

— Au téléphone, on aurait dit que sa vie ne tenait qu'à un fil.

— Qu'il crève ! Un cochon de moins.

— Il faut que j'y aille, Guillaume. C'est sûrement très grave. Tu te rends compte, l'humiliation, pour lui, de m'avoir téléphoné ?

— Et s'il te gardait en otage ?

— Arrête de délirer !

— Bon. Mais si tu n'es pas revenue dans une demi-heure, j'alerte les flics. D'accord ?

— D'accord.

La maison de Salaun, haute et étroite, avec ses murs gris, ses lourds linteaux de granit et ses toits pointus surmontés de paratonnerres, n'avait jamais autant ressemblé à une forteresse. En gravissant l'escalier du perron, Anna faillit vomir. Elle avait vu la montagne de cochons crevés à la télévision. De près, c'était un Himalaya rose et déliquescent, qui dégageait une odeur fade de tripes en décomposition.

La porte d'entrée s'ouvrit en grinçant. Une autre odeur flottait dans le hall, qu'Anna mit quelques secondes à reconnaître.

L'odeur d'un chandelier à trois lampes à pétrole, une pièce rare, dont les trois mèches, trop longues, dégageaient une fumée noire.

A côté du chandelier, s'élevait la fumée blanche d'une cigarette qui pendait entre les lèvres exsangues d'un fantôme décharné.

En chemise de nuit, Madeleine Salaun était assise sur un fauteuil Voltaire, au milieu de ce décor qui avait représenté son idéal de fille d'avoué : lourdes tentures gaufrées de fleurs vénéneuses, lambris d'acajou, commodes et vitrines Empire, collections de faïences et de porcelaines, biscuits de Saxe, tableaux de petits maîtres régionaux, tapis d'Orient, fatras d'un rang social auquel elle s'était cramponnée, représentation figée d'une mésalliance au milieu de laquelle elle avait peu à peu sombré dans la folie.

Les poignets de Madeleine étaient à peine plus gros que les canons du fusil de chasse qu'elle braquait sur son mari, assis en face d'elle, sur le second Voltaire. Ses yeux se déplacèrent lentement vers Anna, disparurent presque sur le côté, aperçurent probablement, au-delà de la fenêtre, la montagne de gélatine rose, revinrent à leur place, au centre de leur orbite, yeux d'oiseau de nuit cernés de blanc bleuâtre, fixés sur leur proie tétanisée. Les canons du fusil reposaient sur un guéridon et la crosse sur les genoux de Madeleine. Son index était crispé sur la première détente. Ses lèvres craquelées firent la lippe, le mégot tomba sur le tapis. De la main gauche, sans ciller, sans détacher son regard de Salaun, Madeleine prit une nouvelle cigarette, l'alluma et arrondit la bouche sur le filtre. Un nouveau nuage de fumée l'environna.

— Madeleine, murmura Salaun, tu as vu ? C'est Anna.

— Madeleine ! vous me reconnaissez ? Vous vous souvenez de moi, n'est-ce pas ? Vous vous souvenez de...

Anna s'interrompit juste à temps. Elle allait dire : « de Gwenola ». Et Gwenola aurait évoqué Kévin.

— Madeleine, sois raisonnable, murmura Salaun, donne ce fusil à Anna.

D'un léger coup de menton, Salaun incita Anna à avancer. Elle fit un pas, deux pas... Ecarter les canons d'un revers de bras... Se laisser choir sur Madeleine... Ce ne serait pas bien difficile de l'immobiliser et de se saisir du fusil.

Un troisième pas...

La cigarette tomba sur le tapis.

Les yeux du fantôme allèrent de droite à gauche...

Le coup de feu réduisit la poitrine de Salaun en bouillie. Il s'affaissa dans son fauteuil.

Le fantôme se leva, balaya de son fusil le chandelier à trois lampes, les verres explosèrent, le pétrole s'embrasa et commença à dévorer la chemise de nuit. Anna saisit un coussin. Le fantôme braqua son fusil vers elle. Lui intima de demeurer où elle était.

Lui intima d'assister, en se mordant les poings, à l'immolation. Madeleine debout dans les flammes, les flammes qui d'un coup de langue embrasèrent les rideaux, les tentures, les lambris.

Le fantôme ne lâchait pas son arme.

Anna recula pas à pas jusqu'à la porte du couloir.

Madeleine s'effondra. La pièce n'était plus qu'un brasier.

Des mains happèrent Anna. Celles de Guillaume.

— Anna, bon Dieu ! Tu veux griller ou quoi ?

Ils dégringolèrent les marches du perron. Ronan arrivait en courant. Anna s'évanouit dans ses bras, au milieu de la foule des manifestants sidérés.

Les ouvriers de Salaun avaient déroulé des tuyaux et apporté des extincteurs. Mais déjà les flammes sortaient par les fenêtres. Dans le lointain, les sirènes des pompiers retentirent. Ils n'auraient plus que des cendres à noyer, à l'intérieur des hauts murs noircis comme le conduit d'une immense cheminée.

Un peu plus tard, roulant au ralenti entre deux rangs de policiers, les ambulances emportèrent deux corps calcinés. Les troupes de Guillaume plièrent bagage, en silence.

Et ce furent les engins de Justin, réquisitionnés par le préfet, qui rompirent ce silence. Ses bulldozers s'employèrent à charger les cadavres des porcs dans les bennes d'une entreprise d'équarrissage.

Bien plus tard, c'est-à-dire à trois mois de là, les engins raseraient les ruines et égaliseraient le terrain, non plus pour que d'autres engins creusent des fondations et assemblent des charpentes métalliques, mais en vue d'un retour à la friche des terres de Kergrenn Uhellan. Sous leurs chenilles, les graines de chiendent, de plantain et de pissenlit se préparaient à germer, qui attendaient leur heure depuis tant d'années.

Tad mourut dans son sommeil. Désormais assuré que sa terre demeure, avait-il lui-même choisi de souffler, cette nuit-là, la bougie qu'on avait allumée au ciel, sur le candélabre des Elus, le jour de sa naissance ? Il avait les mains jointes quand Anna le trouva, déjà froid, un matin de début d'automne, sa saison préférée, où la nature s'assoupit et la sève se retire et se love dans le lit clos des racines.

Il fut porté en terre un samedi d'octobre et étendu à côté d'Herveline. La veille, les deux dates bornant sa vie avaient été gravées dans le marbre. Jamais depuis des lustres on n'avait vu autant de monde à un enterrement. Personne n'aurait imaginé qu'il y avait encore autant d'hommes, vieux et jeunes paysans, à le connaître ou à se souvenir de son passage dans les collines de Laz, Tregourez, Leuhan et autres communes des Montagnes Noires, ainsi que dans la plaine de l'Aulne et plus au Nord dans les monts d'Arrée où il avait travaillé dans sa jeunesse, chez des fermiers de Collorec, Berrien, Loqueffret, Commana et Brasparts, dont les descendants, porteurs de bannières damasquinées, fabriciens de la mémoire, vinrent rendre hommage à un de ceux qui avaient fondé l'honneur et sculpté le visage de l'Armorique, à un *Aotrou*, à un Maître de la campagne qui resterait à jamais présent, telle la statue du Commandeur, dans les yeux brouillés de larmes des lavandières occupées à brosser les souillures du progrès sur la robe de la Bretagne.

A peine eut-elle les yeux secs que Margrite pressa Ronan et Anna de faire ouvrir le coffre, à la banque de Quimper. Ronan refusa d'y aller. Thomas, par mimétisme, préféra laisser les deux femmes répondre à la convocation du notaire. L'officier ministériel introduisit lui-même la clé dans la serrure, compta les valeurs — des napoléons dans une bourse — et remit à Anna une grosse enveloppe à son nom. Afin que Margrite ne puisse prétendre par la suite que cette enveloppe contenait de l'argent, Anna étala son contenu sur la table mise à la disposition des clients, dans la salle des coffres de la banque : une lettre, des photos et une feuille de calculs, assortie d'explications, de la main de Tad.

La lettre était une lettre adressée à Tad par Henri de Guersalek, un an environ après la naissance d'Anna.

*Cher Loeiz,*

*J'ai décidé de vous croire et d'admettre par conséquent que nous n'étions que deux misérables à abuser de cette pauvre fille. Comme les confidences de Maria — ces histoires de menstrues et de linge ensanglanté qu'elle mettait à sécher au fond du jardin — me laissent accroire que je suis le père de la petite Anna, il me faut réparer, et quitter le pays, par crainte du scandale que ce cher Armand Salaun me promet « si je ne fais pas un geste », comme on le dit si bien par ici. Un scandale me coûterait trop cher — je ne veux pas que sur l'arbre généalogique on entoure mon nom du cercle noir des faiseurs de bâtards. Autrefois on en tirait gloire, de nos jours c'est une tare. Alors, un geste ? J'ai eu la chance de naître riche, et celle d'être doté d'une certaine intelligence d'esprit — qui n'a pas été suffisante, cependant, pour résister à cette convention du noble en rut qui vide ses pulsions entre les cuisses de la bonne. Mais enfin, assez d'intelligence, toutefois, pour juger que de nous trois vous êtes le meilleur. J'ai confiance en vous, Loeiz. Alors voilà : notre apprenti maître chanteur se satisfera, m'a-t-il affirmé, des terres de Kergrenn Uhellan, en Cornouaille. Vous aurez quant à vous moins de terres mais de belles pierres : cette belle maison qu'on appelle manoir, à Menez Glaz. Cette demeure va à votre caractère, Loeiz : je suis sûr que ses dieux lares vous accueilleront avec ferveur. Comment paierez-vous ? Vous ne paierez pas. Ce seront deux ventes fictives. Je donnerai à l'un et à l'autre l'argent nécessaire à la porte du notaire, et le notaire me rendra mon argent un peu plus tard. Venons-en à l'avenir de la petite Anna. Après ma mort, je voudrais que vous gardiez un œil sur elle, Loeiz, que vous suiviez son itinéraire de vie, de façon qu'à sa majorité vous lui remettiez les pièces d'or que je vous confie. Libre à vous, bien entendu, de lui dire qu'elles viennent de son père putatif.*

*Vous lui remettrez également les photos de famille ci-jointes. Comme tous les hommes, et peut-être plus encore que la plupart des hommes, j'ai du mal à lire dans les traits d'un bébé, à y trouver des ressemblances. Plus tard, sans doute, ces ressemblances s'affirmeront. Les photos sont des portraits de ma mère, de sa petite enfance à ses vingt ans. Je vous souhaite une bonne et longue vie, cher Loeiz, et pardonnez-moi de vous infliger, par la force des choses, la présence de Salaun, à Kergrenn Uhellan, en face de Menez Glaz.*

Anna scruta les photos et ne trouva pas qu'elle ressemblât à madame de Guersalek.

La feuille de calculs n'était qu'un état des ventes d'or, avec des explications. A chaque fois qu'Anna avait eu besoin d'argent pour investir, Tad avait vendu des pièces. Et, écrivait-il en quelques mots, mais avec justesse, sinon justice, lorsqu'il avait fait d'Anna sa légataire universelle, il avait décidé que le reste des pièces d'or serait la part de Margrite, qu'elle aurait à sa mort.

— Alors, qu'est-ce que c'est que ça ? demanda Margrite.

— Des choses qui te concernent et des choses qui ne te concernent pas, dit Anna.

— Tout mc concerne !

— Non, dit Anna avec fermeté.

Elle pria le notaire de lire la lettre d'Henri de Guersalek. Il haussa les sourcils et se tint coi. Il examina la feuille de comptes et hocha la tête.

— En effet, cette lettre ne vous concerne pas, Margrite. En revanche ce feuillet, si. Vous êtes d'accord ? demanda-t-il à Anna.

— Bien sûr.

— Dans ce cas, considérons ce feuillet comme un codicille au testament. Ces pièces d'or vous appartiennent, Margrite.

— Il y en a pour combien ?

— Hum ! A vue de nez, autour de cinq cent mille francs.

Les yeux de Margrite étincelèrent.

— Ah ! tout de même !

Anna déchira la lettre et les photos en petits morceaux. Le notaire tendit la main.

— Confiez-les-moi. A l'étude nous avons un appareil qui réduit les secrets en confettis.

— J'aurais trop peur que vous les recolliez.

— Comme vous voudrez.

Anna sortit de la banque et traversa le boulevard Kerguelen. L'Odet roulait des eaux boueuses. Elles emportèrent son secret en morceaux, vers l'océan.

Elle se rappela le fantôme de Madeleine, le coup de fusil, la vie qui s'enfuyait des yeux de Salaun et dans son regard toutes ses forces tendues vers elle, et elle songea qu'elle avait peut-être assisté au meurtre de son père.

Au loin, des bouts de papier flottaient encore dans les remous. Anna avait encore quelque chose à jeter : cette incertitude, dont elle se débarrassa d'un geste de la main, en laissant filer entre ses doigts le sable des années écoulées depuis sa naissance.

Elle retourna le sablier et prit la direction des certitudes : Menez Glaz où un mari et deux enfants l'attendaient.

# EPILOGUE

Là où auraient dû s'élever une porcherie géante, un abattoir et une usine de salaisons, il y a maintenant un jardin public, baptisé, un peu pompeusement, du nom d'*arboretum* dans les dépliants de l'Office du tourisme. Un chemin en lacets permet de descendre au bord de la rivière et de rejoindre un carrefour de sentiers de grande randonnée qui mènent, au gré de chacun, vers l'un ou plusieurs des pays d'Armorique : pays Bigouden, de Cornouaille, du Cap, du Menez-Hom, des Abers, du Léon, du Trégor...

Mais le voyageur peut tout aussi bien décider de s'attarder ici, dans le pays du Centre. Il aura vu, à l'entrée de la bourgade, des panonceaux séduisants :

MANOIR DE MENEZ GLAZ
— LA COLLINE BLEUE —
Chambres et table d'hôtes

Il suivra le chemin de crête, le long de la rivière, en face du jardin public, et découvrira une ferme vouée au bleu, en effet.

Bleus, de ce joli bleu breton qui s'accorde si bien avec le gris des vieilles pierres, le portail, la porte, les fenêtres et les volets du manoir.

Selon les saisons, se succèdent ou s'assemblent et s'accordent presque tous les bleus de la palette, y compris ceux que la nature décline en mauves et en violets.

Bleus les bleuets, les hortensias, les campanules, les clématites, les myosotis, les véroniques, les lupins, les massifs de lavande et de pieds-d'alouette.

Et surtout, bleus — extraordinairement bleus, parce que l'œil n'a pas appris à les reconnaître ou a perdu leur souvenir —, les champs de luzerne, de trèfle et de lin.

Il arrive qu'un client du manoir, à l'esprit terre à terre, demande à quoi servent ces cultures.

— A rien, ou presque, répond Ronan Kermorvan.

C'est que la ferme n'en est plus vraiment une. Ses propriétaires se fichent que leurs quelques vaches pie-noires rapportent ou non. Menez Glaz est un musée vivant, que les enfants des classes primaires visitent en groupes, les mercredis.

Les adultes, émus par la beauté des lieux, ne peuvent s'empêcher de penser à une oasis bleue. Ses remparts bleus ont arrêté la progression des étendards-enseignes de la ville, avec l'aide de l'architecte des Bâtiments de France, qui a classé le site. De l'autre côté, les défenses de l'oasis s'arc-boutent sur les rives d'un océan de maïs, toujours menaçant, mais dont ici on ne craint plus les raz-de-marée. A l'intérieur du caravansérail — le manoir proprement dit, qui ne compte que six chambres d'hôtes — les étrangers, en majorité anglais et allemands, sont accueillis par une toute jeune femme, Gwenola, diplômée d'une école hôtelière.

Les plats régionaux servis au dîner sont préparés par sa maman, Anna. Un garçonnet d'une huitaine d'années, Ronan, s'occupe avec beaucoup de sérieux de sa petite sœur de deux ans, prénommée Louise, en souvenir de son grand-père Loeiz. L'endroit respire un tel bonheur de vivre que le voyageur s'attarde souvent plusieurs nuits, qui n'avait réservé que pour une.

Dans le bourg, on dit que Menez Glaz est un hôtel « chic », surtout depuis que le président de la République y a dormi une nuit. Comme les autres, il n'a pas manqué de demander : « Pourquoi la colline bleue ? »

— Voyez-vous, monsieur le Président, lui a répondu Ronan, en breton il n'y a qu'un mot, *glaz*, pour deux couleurs, le bleu et le vert. C'est l'esprit qui décide, en fonction de la chose désignée, entre le bleu et le vert. Nous avons choisi le bleu, c'est moins commun pour une colline.

— A cause du bois de mélèzes ? Hier soir, quand la lumière déclinait, il m'a semblé bleuté, en effet.

Vers la mi-août, des ocelles blancs constellent tout ce bleu : dans les *lez*, minuscules parcelles reconstituées à l'ancienne entre des talus, du blé noir en fleur.

— Vous devez avoir du mal à récolter ce blé, observent souvent les voyageurs de l'été finissant, aucun engin ne peut entrer dans ces parcelles. Quel intérêt économique ?

— Aucun, répond Anna. C'est uniquement pour le plaisir des yeux, et aussi parce que le blé noir fleurit aux alentours du 15 août, le jour de la Sainte-Marie, et que le bleu et le blanc sont ses deux couleurs. Dans ce pays où tant de chapelles lui sont consacrées, une sorte d'hommage à la Sainte Vierge.

Elle enveloppe alors le petit Ronan d'un regard où l'amour maternel se mêle à une ironie qu'elle est seule à comprendre.

Les yeux de cette belle femme cessent de pétiller, tout d'un coup. Le voyageur s'étonne de cette soudaine gravité intérieure, qu'il pressent. Mais personne, pas même son mari, ne pourrait suivre Anna là où elle s'en va quand son bonheur de vivre est si fort qu'il lui coupe la respiration et qu'elle s'évanouit en elle-même.

Elle se transporte au bord d'un fleuve immense. D'un côté les marais de sa naissance, de l'autre le pays bleu des fleurs épanouies. Entre les deux, sur les hauts-fonds, un gué de pierres noires. Une enfant qui sait à peine marcher saute sur la première pierre, glisse, se rattrape, bondit dans le ciel d'une marelle dessinée à la craie sur le bitume d'un orphelinat, projette le palet dans la cour de la Maison rurale où elle devient jeune fille, fait un grand pas vers la pierre plate du mariage, au milieu du fleuve hésite à poser le pied sur des dalles de marbre sous lesquelles reposent Herveline, Youenn, Kévin, Salaun, Madeleine,

Tad, mais il faut bien en passer par là si elle veut traverser et atteindre enfin l'oasis et, sitôt en sécurité sur l'autre rive, se retourner et voir s'estomper les pierres du gué dans le brouillard du passé, et lever son visage vers la lumière radieuse du présent qui s'accomplit.

— Excusez-moi, dit-elle à son interlocuteur, voilà que je me suis mise à penser à autre chose.

— Pas à des soucis, je suppose ? Tout ici respire le bonheur.

A cela, Anna répond de façon inattendue :

— Oh, le bonheur est quelque chose de grave, savez-vous. Le bonheur est un souci de tous les jours. Il faut y penser sans arrêt, sinon il risquerait de se sentir abandonné et de s'en aller ailleurs.

REMERCIEMENTS

A mes oncles et tantes paysans chez qui j'ai passé de merveilleux dimanches dans mon enfance.

Au Centre national du livre.

A Gweltaz ar Fur, pour les précisions concernant les mots en breton.

*Achevé d'imprimer sur les presses de*

**BUSSIÈRE**
GROUPE CPI

*à Saint-Amand-Montrond (Cher)*
*en novembre 2005*

POCKET - 12, avenue d'Italie - 75627 Paris Cedex 13
Tél. : 01-44-16-05-00

— N° d'imp. : 52514. —
Dépôt légal : mars 2003.
Suite du premier tirage : novembre 2005.

*Imprimé en France*